Über den Autor

John Cheever, geboren am 27. Mai 1912 als Sohn eines Kaufmanns in Quincy/Massachusetts, besuchte die Thayer Academy in South Braintree, von der er wegen angeblicher Faulheit und Rauchens relegiert wurde. Er zog nach Boston, wo er sich der literarischen Arbeit widmete. Später war er u. a. als Hochschuldozent tätig. Sein Weg zum Schriftsteller war langwierig und entbehrungsreich; der Durchbruch gelang ihm schließlich mit der Veröffentlichung seiner Short Stories, von denen in diesem Buch eine Auswahl erscheint. Der Roman «Die Wapshots» (rororo Nr. 13340) verhalf ihm zu internationalem Ruhm und wurde 1958 mit dem National Book Award ausgezeichnet. Der zweite Teil dieser skurrilen, übermütigen Familienchronik «Der Wapshot-Skandal» liegt ebenfalls als Taschenbuch vor (rororo Nr. 13341) sowie der Roman «Die Bürger von Bullet Park» (rororo Nr. 13357) und der Story-Band «Der Schwimmer» (rororo Nr. 13326). 1994 erschienen im Rowohlt Verlag John Cheevers «Tagebücher». Für sein Gesamtwerk erhielt er 1979 den Pulitzer-Preis. John Cheever starb 1982.

John Cheever

MARCIE FLINTS SCHWIERIGKEITEN

Stories

Deutsch von
Lore Fiedler, Jürgen Manthey und Karin Polz

rororo
Rowohlt

Aus dem Originalband «The Stories of John Cheever»
erschienen 1978 bei Alfred A. Knopf, New York,
«The Pleasures of Solitude» aus dem Originalband
«The Enormous Radio and other Stories», erschienen
1953 bei Funk & Wagnalls, New York
Originalveröffentlichung in *The New Yorker*

Umschlaggestaltung: Walter Hellmann
(Foto: G + J Photonica/Andrew Garn)
Autorenfoto Seite 2 © Nancy Crampton, New York
Lektorat: Marcus Gärtner

Deutsche Erstausgabe
Veröffentlicht im Rowohlt Taschenbuch Verlag GmbH,
Reinbek bei Hamburg, September 1997

Satz Garamond (Page One)
Gesamtherstellung Clausen & Bosse, Leck
Printed in Germany
1490-ISBN 3 499 22164 0

Inhalt

Marcie Flints Schwierigkeiten	7
Das Wiedersehen	31
Marito in città	37
Der Ozean	57
Der Topf voll Gold	91
Die Sutton-Place-Story	119
Die Kur	145
Das goldene Zeitalter	163
Der Vorort-Ehemann	179
Der Zug um fünf Uhr achtundvierzig	219
Freuden der Einsamkeit	241

MARCIE FLINTS SCHWIERIGKEITEN

Ich schreibe dies an Bord der *Augustus*; wir sind seit drei Tagen auf See. Mein Koffer ist voll Erdnußbutter, und ich bin auf der Flucht vor den Vororten aller großen Städte. Was für Löcher! Die Vororte, meine ich. Der Himmel behüte mich vor liebreizenden Damen, die in der Abenddämmerung ihre Astern und Rosen schneiden, damit der Frost sie nicht tötet, und vor Damen, denen die Köpfe rauchen vor Bürgereifer. Ich bin auf dem Weg nach Turin, wo die Mädchen wild sind auf Erdnußbutter und wo die Welt die Burg eines Mannes ist und ...» Es gab nicht das geringste auszusetzen an dem Vorort (Shady Hill), aus dem Charles Flint flüchtete, sein Alter ist unwesentlich, und er reiste nicht zum erstenmal nach Turin; er hatte vor kurzem drei Monate geschäftlich dort zu tun gehabt.

«Der Himmel behüte mich», fuhr er fort, «vor Frauen, die sich wie *Toreros* kleiden, wenn sie zum Supermarkt gehen, und vor Aktentaschen aus Rindsleder, Flanellhosen und Gabardinemänteln. Er behüte mich vor Wörterraten und Ehebrechern, vor Dachshunden und Swimmingpools und tiefgekühlten Canapés und Bloody Marys und Selbstgefälligkeit und Fliederbüschen und Elternabenden.» Er schrieb weiter und weiter, während die *Augustus*, die 17 Knoten in der Stunde machte, Kurs nach Osten hielt; in einem Tag würden sie die Azoren sichten.

Wie alle verbitterten Männer kannte Flint nicht einmal die Hälfte der Geschichte und war mehr daran interessiert, seine eigenen hitzigen Gefühle loszuwerden, als daran, die Wahrheit zu erfahren. Marcie, die Ehefrau, vor der er flüchtete, war eine dunkelhaarige, dunkeläugige Frau, beim besten Willen nicht mehr jung, doch mit viel weiblicher Anmut und Tapferkeit ausgestattet. Sie hatte ihren Nachbarn nicht gesagt, daß Charlie sie verlassen hatte; sie hatte nicht einmal ihren Anwalt angerufen. Aber sie hatte der Köchin gekündigt und schlug jetzt bei der Zubereitung des Abendbrots für die Kinder einen südsüdwestlichen Kurs zwischen dem Herd und dem Ausguß ein. Es war ihr nicht gegeben, die Vergangenheit unter die Lupe zu nehmen, wie ihr Ehemann das tat, oder die Kräfte zu untersuchen, die zwei seit fünfzehn Jahren fröhlich verheiratete Eheleute durch einen Ozean trennen konnten. Es hatte da, so empfand sie, einen gewissen Unterschied in ihren Ansichten während seiner letzten Geschäftsreise gegeben, denn er schrieb zwar einerseits immer, daß sie ihm fehle, schrieb andererseits aber auch, daß er sechsmal die Woche im Superga esse und daß es ihm prächtig gehe. Er hatte eigentlich nur sechs Wochen unterwegs sein wollen, und als daraus drei Monate wurden, stellte sie fest, daß das gar nicht so leicht zu ertragen war.

Während der ersten Wochen hatten ihre Nachbarn sich wirklich reizend um sie gekümmert, aber sie wußte selbst, daß eine einzelne Frau eine Dinnerparty verderben kann, und als Flint immer länger fortblieb, stellte sie fest, daß es immer mehr einsame Abende gab, die sie hinter sich bringen mußte. Nun hatte das Nachtleben in Shady Hill zwei Seiten: Es gab natürlich die Parties – außerdem war da aber noch eine richtige Heinzelmännchen-Werkstatt, bestehend aus Madrigalsingen, politischen Diskussionsgruppen, Blockflötengruppen, Tanzkursen, Konfirmandenunterricht, Komitee-Sitzungen und Vorträgen über Literatur, Philosophie, Städteplanung und Schädlingsbekämpfung. Das helle Sternenbanner am Himmel hatte wahrscheinlich noch nie zuvor ein ähnliches Bild nächtlicher Betriebsamkeit überspannt. Marcie, die eine liebliche, klare Stimme hatte, schloß sich einem Madrigalsingkreis an, der donnerstags zusammenkam, und einer politischen Arbeitsgruppe, die sich montags traf. Nachdem sie erst einmal ihr Interesse bekundet hatte, war sie als Komiteemitglied begehrt, obwohl nicht recht deutlich wurde, weshalb: sie machte fast nie den Mund auf. Schließlich übernahm sie eine Aufgabe im Gemeinderat, im dritten Monat der Abwesenheit ihres Mannes, hauptsächlich, um beschäftigt zu sein.

Tugendhaftigkeit, Vernunft, Bürgereifer und Einsamkeit – sie alle trugen zu den Schwierigkeiten der armen Marcie Flint bei. Charlie, im fernen Turin, konnte sich mühelos vorstellen, wie sie am Abend seiner Heimkehr vor dem beleuchteten Eingang des gemeinsamen Hauses stand, aber konnte er sich auch vorstellen, wie sie unter dem Bett nach den Schuhen der Kinder suchte oder ausgelassenes Fett in eine leere Suppendose goß? «Daddy muß in Italien bleiben, um Geld zu verdienen, damit wir die Sachen kaufen können, die wir brauchen», erklärte sie den Kindern. Aber wenn Charlie sie aus dem Ausland anrief, wie er das einmal die Woche tat, schien er immer getrunken zu haben. Betrachten wir also diese liebenswerte Frau, wie sie «Hodie Christus natus est» singt, Karl Marx studiert und auf einem ungepolsterten Stuhl den Gemeinderatssitzungen beiwohnt.

Wenn irgend etwas nicht in Ordnung war mit Shady Hill, etwas, auf das man den Finger legen konnte, dann war es die Tatsache, daß der Ort keine öffentliche Bücherei hatte, keine stockfleckigen Ausgaben von Pascal, die nach Kohl rochen, keine lückenhaften Gesammelten Werke von Dostojewski und George Eliot, nicht einmal Galsworthy, keinen Barrie und keinen Bennett. Dies war während Marcies Tätigkeit das Hauptanliegen des Gemeinderats. Die Befürworter einer Bücherei waren meistens Neuankömmlinge in der Gemeinde. Einpeitscher der Opposition war Mrs. Selfredge, Gemeinderätin und sehr auf Etikette bedacht, eine Frau mit blauen Augen von erstaunlichem Glanz und erstaunlicher Ausdruckslosigkeit. Mrs. Selfredge sprach oft von dem zurückgezogenen Leben, das sie führten. «Wir gehen nie aus», sagte sie, aber auf eine Weise, die auszudrücken schien, daß dies nicht ihrem eigenen Wunsch entspreche, sondern einem tiefverwurzelten Hang zur Einsamkeit. Sie war verheiratet mit einem wohlhabenden Mann, der viel älter war als sie, und sie hatten keine Kinder. Tatsächlich ließ schon die entfernteste Erwähnung sexueller Vorgänge Mrs. Selfredge tief erröten. Sie vertrat die Auffassung, eine Bücherei gehöre zu jener Kategorie öffentlicher Einrichtungen, die Shady Hill attraktiv für die Erschließung neuer Wohngebiete machen könnte. Das war kein blindes Vorurteil. Carsen Park, der Nachbarort, hatte zugelassen, daß innerhalb seiner Gemarkung neue Wohngebiete erschlossen wurden, mit katastrophalen Folgen für die Altansässigen. Ihre Steuern waren auf das Doppelte gestiegen, ihre Schulen wurden zugrunde gerichtet. Daß ein Zusammenhang zwischen Lesen und Immobilien bestehe, wurde von den Befürwortern einer Bücherei bestritten – bis in einem der Käseschachtelhäuser im Neubaugebiet von Carsen Park ein schrecklicher Mord (tatsächlich waren es drei Morde) geschah und das Büchereiprojekt mit den Opfern begraben wurde.

Von den Terrassen des Superga kann man ganz Turin überblicken und die schneebedeckten Berge rundherum, und ein Mann, der dort Wein trinkt, denkt vielleicht nicht an seine Frau, die gerade einer Gemeinderatssitzung beiwohnt. Der Gemeinderat bestand aus zehn Männern und zwei Frauen; den Vorsitz führte der Bürgermeister, der auch die Projekte, die auf den Tisch kamen, auswählte. Der Gemeinderat hielt seine Sitzungen im Civic Center ab, einer alten Villa, die für rückständige Steuern in Zahlung genommen worden war. Der Sitzungsraum war der Salon gewesen. Früher waren hier Ostereier versteckt worden, Kinder hatten Papierschwänze an Papieresel gesteckt, im Kamin hatte ein Feuer gebrannt, und in der Ecke hatte ein Christbaum gestanden. Seitdem das Haus Eigentum der Gemeinde war, hatte man sich offenbar gewissenhaft darum bemüht, diese sanften Geister der Vergangenheit auszutreiben. Raffaels Selbstbildnis, die Bilder vom Brückentorso in Avignon und vom Avon bei Stratford waren abgehängt und die Wände in einem niederdrückenden Grünton gestrichen worden. Der Kamin blieb, aber der Rauchfang wurde zugemauert, die Ziegelsteine mit grüner Farbe überstrichen. Eine Kette fluoreszierender Röhren warf ein bleiches Licht auf die Gesichter der Gemeinderäte und ließ sie alle abgehärmt und müde aussehen. Der Raum bedrückte Marcie. In seinem harten Licht war ihre Lieblichkeit nutzlos, und sie war nicht nur gelangweilt, sondern fühlte sich auch auf quälende Weise sich selbst entfremdet.

An diesem einen Abend berieten sie über Wassergelder und Parkuhren, und dann brachte der Bürgermeister das Thema öffentliche Bücherei zum letztenmal zur Sprache. «Der Fall ist natürlich abgeschlossen», sagte er, «aber wir haben bis jetzt jeden angehört, von beiden Seiten. Es gibt noch jemanden, der uns dazu etwas sagen möchte, und ich glaube, wir sollten ihn anhören. Er kommt aus Maple Dell.» Dann öffnete er die Tür, die vom Sitzungszimmer auf den Korridor führte, und ließ Noel Mackham ein.

Nun ähnelte Maple Dell mehr als jede andere Gegend in Shady Hill einem Neubaugebiet. Es war die Art von Nachbarschaft, wo die Häuser dicht aneinanderstehen, alles weiße Holzhäuser, alle vor zwanzig Jahren gebaut, neben jedem von ihnen ein Auto, das solider wirkte als das Haus selbst, ganz als ob es sich hier um den Überrest irgendeiner nomadischen Kultur handelte. Außerdem war Maple Dell eine Art Laichplatz, ein Ort für das Austragen und das Aufziehen der Jungen und für nichts sonst – denn wer würde je hierher zurückkehren? Wer würde in der dunkelsten Nacht je mit Sehnsucht an die drei Schlafzimmer im Obergeschoß, an die lecke Toilette und die säuerlich riechenden Korridore denken? Wer würde je zurückkehren in das kleine Wohnzimmer, in dem man nicht einmal eine Katze im Kreis herumschwenken konnte, ohne das kolorierte Foto vom Mount Rainier umzuwerfen? Wer würde je zurückkehren zu dem Stuhl, auf dem man sich den Hintern wundsaß, zu dem vorsintflutlichen Fernsehgerät und dem verbeulten Aschenbecher mit der Schleiertänzerin aus Blech?

«Wie ich höre, ist die Sache abgeschlossen», sagte Mackham, «aber ich wollte gern als Befürworter einer öffentlichen Bücherei in die Akten aufgenommen werden. Mein Gewissen hat mich schon lange geplagt.»

Er machte keine besonders glückliche Figur als Fürsprecher – für was auch immer. Er war groß. Das Haar ging ihm ungleichmäßig aus; ein wenig spärlicher Flaum war stehengeblieben, den er sich über die kahle Stirn gekämmt hatte. Seine Gesichtszüge waren hager, seine Haut unrein. Es gab keine tiefen Töne in seiner Stimme. Ihr Umfang schien sich auf eine kränkliche Heiserkeit zu beschränken, ein monotones und nach Kehlkopfentzündung klingendes Geräusch, das in Marcie Empfindungen gereizter Schwermut erweckte, als ob es eine Art Zigeunermusik gewesen wäre. «Ich wollte nur ein paar Worte zugunsten einer öffentlichen Bücherei sagen», krächzte Mackham. «Als ich ein kleiner Junge war, waren wir arm. Über unser Leben gibt es nicht viel Gutes zu berichten, aber da gab es die Carnegie-Bücherei. Ich fing an dort hinzugehen, als ich etwa acht war. Ich glaube, ich bin zehn Jahre regelmäßig hingegangen. Ich las alles: Philosophie, Romane, technische Bücher, Gedichte, Logbücher. Ich habe sogar ein Kochbuch gelesen. Für mich bedeutete diese Bücherei den Unterschied zwischen Erfolg und Versagen. Wenn ich an das Erlebnis denke, das es jedesmal für mich war, wenn ich ein gutes Buch in die Finger bekam, ist mir der Gedanke einfach unerträglich, meine Kinder an einem Ort aufwachsen zu lassen, in dem es keine Bücherei gibt.»

«Also, wir verstehen natürlich, was Sie meinen», sagte Bürgermeister Simmons. «Aber ich glaube, darum geht es hier nicht. Es geht nicht darum, daß irgend jemand Kindern Bücher vorenthalten will. Die meisten von uns in Shady Hill haben ihre eigene Bibliothek.»

Mark Barrett stand auf. «Ich würde auch gern ein Wörtchen zum Thema arme Jungen und Lesen einwerfen, wenn es gestattet ist», sagte er mit einer so ausdrucksvollen und männlichen Stimme, daß alle lächelten. «Ich war selbst ein armer Junge», sagte er fröhlich, «ich schäme mich nicht, das zu sagen, und ich würde gern die Bemerkung einwerfen – sie mag ganz belanglos sein –, daß ich meine Nase nie in eine öffentliche Bücherei gesteckt habe, außer um Zuflucht vor Regen zu suchen oder vielleicht einem hübschen Mädchen nachzulaufen. Ich möchte einfach vermeiden, daß jemand den Eindruck gewinnt, öffentliche Büchereien seien der Weg zum Erfolg.»

«Ich habe nicht gesagt, eine öffentliche Bücherei sei der Weg zum ...»

«Zumindest haben Sie es *angedeutet*!» brüllte Barrett und setzte sich mit großem Getue. Sein Stuhl knarrte, und indem er die Muskeln ein wenig anspannte, ließ er auch noch seine Sockenhalter, seine Hosenträger und seine Schuhe ertönen.

«Ich wollte nur sagen ...», fing Mackham wieder an.

«Sie haben es *angedeutet*!» brüllte Barrett.

«Nur weil *Sie* nicht lesen können», sagte Mackham, «muß nicht unbedingt ...»

«Verdammt noch mal, Mann, ich habe nicht gesagt, daß ich nicht lesen kann!» Barrett war wieder auf den Füßen.

«Bitte, meine Herren. Bitte! Bitte!» sagte Bürgermeister Simmons. «Etwas mehr Zurückhaltung bei unseren Äußerungen.»

«Ich werde hier nicht sitzen und mir von jemandem, der in Maple Dell wohnt, erzählen lassen, er sei ein so toller Bursche, weil er einen Haufen Bücher gelesen hat!» brüllte Barrett. «Bücher haben ihren Platz. Das bestreite ich gar nicht. Aber kein Buch hat mir je geholfen dahin zu kommen, wo ich bin, und von da, wo ich bin, kann ich auf Maple Dell runterspucken. Und was meine Kinder betrifft: Ich möchte, daß sie draußen an der frischen Luft Ball spielen und nicht Kochbücher lesen.»

«Bitte, Mark. Bitte», sagte der Bürgermeister. Und dann wandte er sich an Mrs. Selfredge und forderte sie auf, Antrag auf Schließung der Sitzung zu stellen.

«Der Tag, die Stunde, der Augenblick der Offenbarung», schrieb Charlie in seiner Sonnendeckkabine auf der *Augustus*, «kam für mich an einem Sonntag, als ich seit acht Tagen wieder zu Hause war. O Gott, war ich glücklich! Ich verbrachte den größten Teil des Tages damit, Doppelfenster einzuhängen, und ich bastele gern an meinem Haus herum. Doppelfenster einhängen und Ähnliches. Als die Arbeit getan war, stellte ich die Leiter weg, schnappte mir ein Handtuch und meine Badehosen und ging hinüber zu Townsends Swimming-pool. Sie waren nicht da, aber sie hatten das Wasser im Swimming-pool gelassen. Ich zog meine Badehose an und sprang hinein, und ich weiß noch, daß ich – ganz oben, im Wipfel einer der Kiefern – einen Büstenhalter hängen sah. Wahrscheinlich hatten die Townsendschen Kinder ihn im Hochsommer stibitzt und auf den Baum transportiert; die bestürzten Schreie ihres Opfers hatte der Westwind längst davongetragen. Das Wasser war sehr kalt, und mein Blutdruck oder irgendein anderer medizinischer Grund mögen vielleicht die Tatsache erklären, daß ich vor Glück beinahe platzte, als ich aus dem Swimming-pool stieg und mich anzog. Ich ging zu unserem Haus zurück, und als ich eintrat, war es so still, daß ich mich fragte, ob etwas nicht in Ordnung sei. Es war keine unheilvolle Stille – ich wunderte mich nur, daß die Uhr so laut tickte. Dann ging ich nach oben und fand Marcie schlafend in ihrem Zimmer. Sie war in eine leichte Decke gehüllt, die ihr von Schultern und Brust geglitten war. Dann hörte ich die Stimmen von Henry und Katie, und ich ging ans Fenster des hinteren Schlafzimmers. Es ging auf den Garten hinaus, wo ein Kiesweg, der ein bißchen Unkrautjäten nötig hatte, einen kleinen Hügel hinaufführte. Henry und Katie waren dort. Katie kratzte mit einem Stock etwas in den Kies, irgendeine Liebesbotschaft vermutlich. Henry hatte eines von diesen Flugzeugen mit breiten Tragflächen – eigentlich sind es Zauberflugzeuge –, die aus Balsaholz sind und mit einem Gummiband angetrieben werden. Er spannte das Gummiband, indem er den Propeller drehte, und ich sah, wie seine Lippen sich bewegten, während er zählte. Dann, als das Band straff war, spreizte er die Füße auf dem Kies wie ein Scharfschütze – Katie kümmerte sich um dies alles nicht – und schickte das Flugzeug in die Luft. Die Tragflächen wirkten blaß in der einsetzenden Dämmerung, dann sah ich, wie das Flugzeug den Schatten verließ und hinaufstieg, wo die Sonne es in gelbes Licht tauchte. Mit nicht viel mehr Kraft als eine Motte schwebte, kreiste und kurvte es, kam langsam wieder in den Schatten herunter und stürzte in die Pfingstrosen. «Ich hab es wieder raufgebracht!» hörte ich Henry brüllen. «Ich hab es wieder rauf ins Licht gebracht!» Katie schrieb weiter an ihrer Botschaft im Kies. Und dann, wie bei einem Trick im Kino, sah ich mich selbst in einem ähnlichen Garten stehen und wie mein Sohn aus der Dunkelheit ein Flugzeug, einen Pfeil, einen Tennisball, einen Stein – irgend etwas – nach oben schicken, während meine Schwester Herzen in den Kies malte. Die Erinnerung daran, wie tief dieser Drang nach dem Licht gewesen war, verzauberte mich völlig, und ich sah zu, wie mein Junge das Flugzeug immer wieder nach oben schickte.

Dann, ich fühlte mich noch immer voller Schwung und guter Laune, ging ich zur Tür zurück, blieb stehen, um die Kurven von Marcies Brüsten zu bewundern, und beschloß in einer plötzlichen Anwandlung von Mildtätigkeit, sie schlafen zu lassen. Ich fühlte mich so wohl, daß ich einen Drink brauchte – nicht um in Laune zu kommen, sondern um sie zu dämpfen –, ein Trankopfer jedenfalls, und ich goß etwas Whisky in ein Glas. Dann ging ich in die Küche, um Eis zu holen, und ich stellte fest, daß irgendwie Ameisen in die Küche gekommen waren. Das überraschte mich, weil wir nie viel Ärger mit Ameisen gehabt hatten. Spinnen, ja. Vor den Herbststürmen – bevor noch das Barometer überhaupt fiel – schien das Haus sich mit Spinnen zu füllen, als ob sie spürten, daß etwas in der Luft hing. Es gab Spinnen in der Badewanne, Spinnen im Wohnzimmer und Spinnen in der Küche, und wenn man vor einem Sturm durch den langen oberen Flur ging, konnte man manchmal die Fäden eines Spinnennetzes an seinem Gesicht spüren. Aber wir hatten beinahe noch nie Ärger mit Ameisen gehabt. Jetzt, an diesem Nachmittag, strömten Tausende von Ameisen aus dem Holzwerk der Küche hervor und marschierten in einer Doppelreihe über die Abtropfplatte in den Ausguß, wo etwas zu sein schien, was sie anzog.

Ich fand hinten auf dem Bord im Besenschrank noch etwas Ameisengift, ein kleines Glas mit braunem Zeug drin, das ich vor Jahren bei Timmons hier im Ort gekauft hatte. Ich tat eine ordentliche Portion davon auf eine Untertasse und stellte diese auf die Abtropfplatte. Dann nahm ich meinen Drink und einen Teil der Sonntagszeitung mit hinaus auf die Terrasse vor dem Haus. Das Haus liegt nach Westen, so daß ich mehr Licht hatte als die Kinder, und ich war so glücklich, daß mir sogar die Meldungen in der Zeitung freundlich vorkamen. Keine Könige waren in den nassen dunklen Straßen von Marseille ermordet worden, kein Unheil war auf dem Balkan im Anzug, kein unscheinbarer, unauffälliger Engländer – das Entzücken seiner Wirtin und seiner Tanten – hatte die Überreste einer jungen Dame in einem Säurebad aufgelöst, nicht einmal Juwelen waren gestohlen worden. Die Macht der Sonntagszeitung, gelegentlich eine bange, regennasse Welt gefallener Kronen und unvermeidlichen Krieges heraufzubeschwören, schien gebrochen. Dann verließ die Sonne meine Zeitung und den Stuhl, auf dem ich saß, und ich wünschte, ich hätte einen Pullover angezogen.

Die Jahreszeit war schon weit fortgeschritten, das Salz des Wechsels lag in der Luft, und auch das reizte mich. Ein oder zwei Sonntage davor wäre die Terrasse noch von Licht überflutet gewesen. Dann dachte ich an andere Orte, wo ich gern wäre, Nantucket, mit nur noch einer Handvoll Leuten, frei von Segelbooten und mit Dünen, die, was sie im Sommer nie tun, einen dunklen Schatten auf den Badestrand werfen. Und ich dachte an den Vineyard Sound und die mehlfarbenen Steilufer und das purpurne Herbstmeer und an die Stille, in der man das Knirschen des Tauwerks in den Rollen hören kann, wenn ein Segelboot weit draußen auf dem Sound dreht. Ich probierte meinen Whisky und schlug die Zeitung auf, aber der Anblick des goldenen Lichts auf Gras und Bäumen war verlockender als die Nachrichten, und jetzt vermischten sich meine Erinnerungen an die Inseln mit der Weiße von Marcies Schenkeln.

Ein berauschender Stolz auf diesen Augenblick, auf die Heiterkeit und die Natürlichkeit meines Verhältnisses zur Umgebung und auf die Leichtigkeit, mit der ich bekommen konnte, was ich haben wollte, ergriff dann Besitz von mir. Ich dachte wieder an die schlafende Marcie und daß ich meinen Willen dort bald durchsetzen würde – es würde eine Möglichkeit sein, diesen Stolz auszudrücken. Und dann horchte ich auf die Stimmen der Kinder, und als ich sie nicht hörte, beschloß ich, die Gunst der Stunde zu nutzen. Ich legte die Zeitung hin und lief die Treppe hinauf. Marcie schlief noch, und ich zog mich aus und legte mich neben sie, und ich schien sie aus einem angenehmen Traum geweckt zu haben, denn sie lächelte und zog mich an sich.

Um zu Marcie und ihren Schwierigkeiten zurückzukehren: Nachdem die Sitzung geschlossen worden war, zog sie ihren Mantel an und sagte: «Gute Nacht. Gute Nacht ... Ich erwarte ihn nächste Woche zurück.» Sie ließ sich nicht leicht aus der Fassung bringen, aber sie hatte plötzlich das Gefühl, einem dummen und unwürdigen Schauspiel beigewohnt zu haben. Während sie hinter Mackham die Treppe hinunterging, empfand sie für den Fremden Mitleid und Sympathie in wirkungsvoller Mischung und deutlichen Zorn über ihren alten Freund Mark Barrett. Sie hatte das Bedürfnis, sich zu entschuldigen, und sie sprach Mackham in der Tür an und sagte, daß auch sie heitere Erinnerungen habe, in denen eine öffentliche Bücherei eine Rolle spiele.

Zufällig verließen Mrs. Selfredge und Bürgermeister Simmons als letzte den Sitzungsraum. Der Bürgermeister wartete, die Hand auf dem Lichtschalter, auf Mrs. Selfredge, die ihre weißen Handschuhe anzog. «Ich bin froh, daß das Thema Bücherei vom Tisch ist», sagte er. «Ich habe einige Bedenken, aber im Augenblick bin ich gegen alles Öffentliche, alles, was diese Gemeinde attraktiv für die Erschließung von Neubaugebieten machen könnte.» Er sprach mit Nachdruck, und bei dem Wort «Neubaugebiet» stand ihm eine Hügelkette vor Augen, die mit völlig identischen Häusern bedeckt war. Es erschien ihm nicht richtig, daß die Häuser, die er sich vorstellte, einander völlig glichen und daß sie aus zuwenig abgelagertem Holz und Kunststein gebaut waren. Es erschien ihm nicht richtig, daß junge Ehepaare ihr gemeinsames Leben in einer

Umgebung beginnen sollten, der es an Anmut fehlte, und es erschien ihm nicht richtig, daß die Häusereihen ihren dürftigen Anspruch auf Ehrbarkeit nicht lange würden aufrechterhalten können und sich binnen kurzer Zeit in eine häßliche Siedlung verwandeln würden. «Natürlich geht es nicht darum, Kinder von Büchern fernzuhalten», wiederholte er. «Wir haben alle unsere eigene Bibliothek. Da gibt es keine Probleme. Ich nehme an, Sie sind in einem Haus aufgewachsen, in dem es eine Bibliothek gab?»

«O ja, ja», sagte Mrs. Selfredge. Der Bürgermeister hatte das Licht ausgeschaltet, und die Dunkelheit verhüllte und milderte die Lüge, der sie sich soeben schuldig gemacht hatte. Ihr Vater war Streifenpolizist in Brooklyn gewesen, und es hatte bei ihnen kein einziges Buch gegeben. Er war ein freundlicher Mann gewesen – wenn er auch nicht sehr angenehm roch –, der sich auf seinem Streifengang mit allen Kindern unterhielt. Schlampig und vergnügt, hatte er die Jahre nach seiner Pensionierung damit verbracht, in Unterwäsche in der Küche zu sitzen und Bier zu trinken, zur tiefen Verzweiflung und Beschämung seines einzigen Kindes.

Auf dem Gehweg verabschiedete sich der Bürgermeister von Mrs. Selfredge, und während sie dort stand, hörte sie, wie Marcie mit Mackham sprach. «Es tut mir schrecklich leid wegen Mark, was er gesagt hat», sagte Marcie. «Im Lauf der Zeit haben wir alle uns schon einiges von ihm gefallen lassen müssen. Aber haben Sie nicht Lust, auf einen Drink mit zu mir zu kommen? Vielleicht könnten wir das Bücherei-Projekt wieder aufrollen.»

Es ist also doch noch nicht abgeschlossen, dachte Mrs. Selfredge ungehalten. Sie würden nicht ruhen, bis Shady Hill Neubaugebiet wäre von einem Ende zum anderen. Die farblosen, zahlungsschwachen Leute aus der

Carsen-Park-Siedlung mit ihren Kinderscharen, ihren Hypotheken, ihren Aussichtsfenstern und ihrem Blick auf einander völlig gleichende Häuser und baumlose, matschige, ungepflasterte Straßen schienen Mrs. Selfredges höchste Werte zu bedrohen – ihre Rasenflächen, ihre Vergnügungen, ihre Eigentumsrechte, sogar ihre Selbstachtung.

Mr. Selfredge, ein intelligenter und eleganter alter Herr, war aufgeblieben, um auf seine kleine Prinzessin zu warten, und sie erzählte ihm von ihren Sorgen. Mr. Selfredge hatte sich aus dem Bankgeschäft zurückgezogen, glücklicherweise, denn jedesmal, wenn er sich in diesen Tagen nach draußen in die Welt begab, wurde er mit dem Verfall der Werte – Verantwortungsgefühl und Unternehmungsgeist – konfrontiert, die die Welt seiner Jugend zu einer entscheidungsfreudigen, vitalen und gesunden Welt gemacht hatten. Er wußte viel über Shady Hill – er kannte sogar Mackhams Namen. «Er hat bei der Bank eine Hypothek auf sein Haus aufgenommen», sagte er. «Ich kann mich noch daran erinnern, wie er den Antrag stellte. Er arbeitet für einen Lehrbuch-Verlag in New York, der von mindestens einem Ausschuß des Kongresses der Veröffentlichung subversiver Literatur zur amerikanischen Geschichte beschuldigt worden ist. Ich würde mir seinetwegen keine Sorgen machen, meine Liebe, aber wenn es dich beruhigt, schreibe ich gern einen Brief an die Zeitung.»

«Aber die Kinder waren nicht so weit weg, wie ich dachte», schrieb Charlie an Bord der *Augustus*. «Sie waren noch immer im Garten. Und die Bedeutung jener Stunde für sie war, nehme ich an, daß sie wie geschaffen schien zum Stibitzen von Eßbarem. Ich kann nur vermuten oder mir ausdenken, was in ihnen vor sich ging. Vielleicht wurden sie von einem Hunger ins Haus gelockt, der ebenso groß war wie meiner. Als sie den Flur betraten und auf Geräusche horchten, werden sie nichts gehört haben, und vermutlich öffneten sie den Kühlschrank ganz langsam, damit man das Geräusch des schweren Schnappschlosses nicht hörte. Der Kühlschrank muß eine Enttäuschung für sie gewesen sein, denn Henry ging hinüber zum Ausguß und fing an, das Natriumarsenat zu essen. ‹Kandis›, sagte er, und Katie gesellte sich zu ihm, und sie stritten sich um den Rest des Giftes. Sie müssen ziemlich lange in der Küche geblieben sein, denn sie waren noch dort, als Henry begann, sich zu übergeben. ‹Doch nicht über all die Sachen›, sagte Katie. ‹Komm mit nach draußen.› Ihr wurde jetzt auch übel, und sie gingen nach draußen und versteckten sich unter einem Fliederstrauch, wo ich sie fand, als ich mich angezogen hatte und nach unten kam.

Sie sagten mir, was sie gegessen hatten, und ich weckte Marcie und rannte dann wieder nach unten und rief Doc Mullens an. ‹Großer Gott!› sagte er. ‹Ich komme sofort rüber.› Ich sollte ihm vorlesen, was auf dem Etikett des Glases stand, aber es stand nur Natriumarsenat drauf, nichts von Prozenten. Und als ich ihm sagte, daß ich das Gift bei Timmons gekauft hätte, sagte er, ich solle Timmons anrufen und nach dem Hersteller fragen. Die Nummer war besetzt, darum sprang ich in das Auto und fuhr in den Ort, während Marcie zwischen den beiden kranken Kindern hin- und herlief. Der Himmel war ziemlich hell, das weiß ich noch, aber in den Straßen war es fast dunkel. Timmons Drugstore war als einziges Gebäude erleuchtet; er gehörte zu der Art von Läden, die von den Krümeln von den Tischen anderer Geschäftsleute zu existieren scheinen. Diese späte Stunde, zu der alle anderen Länden schon geschlossen waren, war Timmons beste Zeit. Das verrückte Durcheinander der Auslagen in den Schaufenstern – Werkzeuge, Aschenbecher, eine Venus mit einem Bruchband, Eisbeutel und Parfüm – setzte sich im Laden fort, der den Eindruck eines pharmazeutischen Antiquitätenladens oder einer Geisterbahn erweckte: ein Lagerraum für Schönheiten aus Pappe, die sich mit Sonnenöl einrieben, für Alpenlandschaften aus Pappe, die im Abendrot erglühten und für Seife mit Kieferndutf warben, für Bücherborde, für Behälter, die mit Spieltisch-Bezügen gefüllt waren, und für Wasserpistolen aus Plastik. Der Drugstore ähnelte auch ein wenig einem Wohnhaus, denn am Mineralwasserausschank stand Mrs. Timmons, eine adrett und ängstlich aussehende Frau. Fotos ihrer drei Söhne (einer von ihnen war tot) in Uniform waren vor dem Spiegel hinter ihr aufgestellt, und als Timmons selbst an den Ladentisch kam, kaute er noch und wischte sich die Krümel von einem belegten Brot mit dem Handrücken vom Mund. Ich zeigte ihm das Glas und sagte: ‹Die Kinder haben vor etwa einer Stunde von diesem Zeug gegessen. Ich habe Doc Mullens angerufen, und er sagte, ich soll mit Ihnen sprechen. Es steht nicht drauf, wie hoch der Anteil an Arsen ist, und Doc Mullens meinte, wenn Sie noch wissen, wo Sie es eingekauft haben, könnten wir den Hersteller anrufen und das feststellen.›

‹Die Kinder haben sich vergiftet?› fragte Timmons.

‹Ja!› sagte ich.

‹Sie haben diesen Artikel nicht bei mir gekauft›, sagte er.

Die Plumpheit seiner Lüge und die Stille in dem verrückten Laden ließen mich alle Hoffnung verlieren. ‹Ich *habe* es bei Ihnen gekauft, Mr. Timmons›, sagte ich. ‹Da gibt es gar keine Frage. Meine Kinder sind todkrank. Ich muß von Ihnen wissen, wo Sie das Zeug herhaben.›

‹Sie haben diesen Artikel nicht bei mir gekauft›, sagte er.

Ich blickte zu Mrs. Timmons, aber sie wischte den Ladentisch ab; sie war taub. ‹Gott verdammt noch mal, Timmons!› brüllte ich, und ich griff über den Ladentisch und packte ihn am Hemd. ‹Sehen Sie in Ihren Büchern nach! Sehen Sie in Ihren verdammten Büchern nach, und sagen Sie mir, wo dies Zeug herkommt!›

‹Wir wissen, was es heißt, einen Sohn zu verlieren›, sagte Mrs. Timmons hinter mir. Es war kein Klang in ihrer Stimme, nichts als der monotone, der knirschende Singsang von Kummer und Armut. ‹Sie brauchen uns nicht zu erzählen, wie das ist.›

‹Sie haben diesen Artikel nicht bei mir gekauft›, sagte er noch einmal, und ich zerrte an seinem Hemd, bis die Knöpfe absprangen, dann ließ ich ihn los. Mrs. Timmons wischte weiter am Ladentisch herum. Timmons stand da, den Kopf vor Scham so tief gesenkt, daß ich seine Augen nicht sehen konnte. Ich verließ den Laden.

Als ich nach Hause kam, war Doc Mullens im oberen Flur, und das Schlimmste war vorüber. ‹Es hätte nicht viel gefehlt, und Sie hätten sie verloren›, sagte er vergnügt. ‹Aber ich habe die Magenpumpe benutzt, und ich denke, sie werden bald wieder in Ordnung sein. Es ist natürlich ein starkes Gift, und Marcie muß eine Woche lang Urinproben nehmen – es greift unter Umständen die Nieren an –, aber ich glaube, sie kommen wieder in Ordnung.› Ich bedankte mich bei ihm und begleitete ihn hinaus an sein Auto, und dann ging ich zurück ins Haus und nach oben, wo die Kinder zusammen in ein Zimmer gelegt worden waren, um einander Gesellschaft zu leisten, und ich machte ein paar alberne Scherze mit ihnen. Dann hörte ich Marcie in unserem Schlafzimmer weinen, und ich ging zu ihr. ‹Es ist ja alles in Ordnung, Mädchen›, sagte ich. ‹Jetzt ist alles wieder in Ordnung. Es geht ihnen gut.› Aber als ich sie in die Arme nahm, wurde ihr Wimmern und Schluchzen lauter, und ich fragte sie, was los sei.

‹Ich möchte mich scheiden lassen›, schluchzte sie.

‹Was?›

‹Ich möchte mich scheiden lassen. Ich kann so nicht weiterleben. Ich kann es nicht ertragen. Jedesmal wenn sie eine Erkältung haben, jedesmal wenn sie zu spät von der Schule kommen, immer wenn irgend etwas passiert, denke ich, das ist die Strafe. Ich kann es nicht länger aushalten.›

‹Strafe wofür?›

‹Als du fort warst, habe ich eine Dummheit gemacht.›

‹Wie meinst du das?›

‹Mit jemandem.›

«Wem?›

‹Noel Mackham. Du kennst ihn nicht. Er wohnt in Maple Dell.›

Dann sagte ich lange Zeit nichts – was konnte ich schon sagen? Und plötzlich fuhr sie mich zornig an:

‹Oh, ich wußte, daß du so reagieren würdest, ich wußte, daß du so reagieren würdest, ich wußte, daß du mir die Schuld geben würdest!› sagte sie. ‹Aber es war nicht meine Schuld, es war einfach nicht meine Schuld. Ich wußte, daß du mir die Schuld geben würdest, ich wußte, daß du mir die Schuld geben würdest, ich wußte, daß du so reagieren würdest, und ich …›

Ich habe nicht viel von dem gehört, was sie sonst noch sagte, weil ich einen Koffer packte. Und dann küßte ich die Kinder zum Abschied, nahm einen Zug in die Stadt und ging am nächsten Morgen an Bord der *Augustus*.»

Folgendes war Marcie passiert: Am Tag nach der Gemeinderatssitzung druckte die Abendzeitung Selfredges Brief ab, und Marcie las ihn. Sie rief Mackham an. Er sagte, er werde den Redakteur bitten, eine Antwort abzudrucken, die er geschrieben habe, und er werde um acht bei ihr vorbeikommen, um ihr den Durchschlag zu zeigen. Sie wollte zusammen mit ihren Kindern Abendbrot essen, aber gerade, als sie sich zu ihnen setzte, klingelte es, und Mark Barrett platzte herein. «Hallo, Schätzchen», sagte er. «Kriege ich einen Drink?» Sie machte ihm einen Martini, er legte Hut und Mantel ab und kam zur Sache. «Ich habe gehört, daß du diesen Langweiler gestern abend zu einem Drink eingeladen hast.»

«Wer hat dir das erzählt, Mark? Wer um alles in der Welt hat dir das erzählt?»

«Helen Selfredge. Das ist kein Geheimnis. Sie will nicht, daß die Sache mit der Bücherei wieder aufgerollt wird.»

«Das ist ja, als ob man verfolgt wird. Ich finde es abscheulich.»

«Mach dir deswegen keine Gedanken, Süße.» Er hielt ihr sein Glas hin, und sie füllte es wieder. «Ich bin nur als Nachbar hier, als Charlies Freund, und was nützen einem Freunde und Nachbarn, wenn sie einem nicht mal einen guten Rat geben könnten? Mackham ist ein Langweiler, und außerdem ist er ein Schürzenjäger. Wo Charlie doch unterwegs ist, fühle ich mich ein bißchen wie ein älterer Bruder; ich möchte auf dich aufpassen. Ich möchte, daß du mir versprichst, diesen Langweiler nicht mehr in euer Haus einzuladen.»

«Das kann ich nicht, Mark. Er kommt heute abend.»

«Nein, tut er nicht, Süße. Du wirst ihn anrufen und ihm absagen.»

«Er ist ein Mensch, Mark.»

«Nun hör mir mal gut zu, Süße. Hör gut zu. Ich werde dir mal etwas verraten. Natürlich ist er ein Mensch, aber der Müllmann und die Putzfrau sind auch Menschen. Ich werde dir etwas sehr Interessantes verraten. Als ich zur Schule ging, hatten wir genauso einen Langweiler wie Mackham in der Klasse. Keiner mochte ihn. Keiner sprach mit ihm. Na ja, ich war sehr lebhaft, Marcie, ich hatte viele Freunde, und ich fing an, mir Gedanken über diesen Langweiler zu machen. Ich fing an mich zu fragen, ob es nicht meine Pflicht sei, mich seiner anzunehmen und ihm das Gefühl zu geben, er gehöre auch dazu. Na ja, ich sprach ihn an, und es würde mich nicht wundern, wenn ich der erste gewesen wäre, dem so etwas in den Sinn kam. Ich ging mit ihm spazieren. Ich lud ihn in mein Zimmer ein. Ich tat, was ich konnte, um ihm das Gefühl zu geben, er werde akzeptiert.

Das war ein großer Fehler. Zuerst lief er in der Schule herum und erzählte allen, er und ich würden dies tun, er und ich würden das tun. Dann ging er ins Büro des Dekans und ließ sich in mein Zimmer umquartieren, ohne mich vorher zu fragen. Dann fing seine Mutter an, mir diese lausigen Plätzchen zu schicken, und seine Schwester – ich hatte sie nie gesehen – fing an, mir Liebesbriefe zu schreiben. Er wurde zu einer solchen Klette, daß ich ihm sagen mußte, er solle mich in Ruhe lassen. Ich sprach ganz offen mit ihm. Ich sagte ihm, ich hätte ihn nur aus einem einzigen Grund angesprochen: weil ich Mitleid mit ihm gehabt hätte. Das hat überhaupt keine Wirkung gehabt. Einen Langweiler wird man nicht wieder los, egal, was man zu ihm sagt. Er hängte sich weiter an mich, wartete nach dem Unterricht auf mich, und nach dem Football-Training war er immer unten in den Umkleideräumen. Es wurde so schlimm, daß wir ihm eine Lektion erteilen mußten. Wir luden ihn zu einer Tasse Kakao in Pete Fentons Zimmer ein und knöpften ihn uns vor. Wir warfen seine Kleider aus dem Fenster, pinselten seinen Hintern mit Jod an und steckten ihn mit dem Kopf so lange in einen Eimer Wasser, bis er beinahe ertrank.»

Mark zündete sich eine Zigarette an und trank sein Glas leer. «Aber was ich damit sagen will: Wenn man sich mit einem Langweiler einläßt, bedauert man es zwangsläufig früher oder später. Anfangs mag man es aus freundlichen und edlen Motiven tun, aber am Ende hat man ihm mehr geschadet als genützt. Ich möchte, daß du Mackham anrufst und ihm absagst. Sag, daß du krank bist. Ich möchte nicht, daß er in euer Haus kommt.»

«Mackham kommt nicht her, um mich zu besuchen, Mark. Er kommt her, um mir den Brief zu zeigen, den er für die Zeitung geschrieben hat.»

«Ich befehle dir, ihn anzurufen.»

«Das werde ich nicht tun, Mark.»

«Du gehst jetzt ans Telefon.»

«Bitte, Mark. Brüll mich nicht an.»

«Du gehst jetzt ans Telefon.»

«Verlaß bitte mein Haus, Mark.»

«Du bist eine halsstarrige, schwachköpfige, gottverdammte Närrin!» brüllte er. «Das ist dein Problem!» Dann ging er.

Sie aß ihr Abendbrot allein und war noch nicht fertig, als Mackham kam. Es regnete, und er trug einen schweren Mantel und einen schäbigen Hut (den er, vermutete sie, für schlechtes Wetter aufgehoben hatte). Mit dem Hut sah er wie ein alter Mann aus. Er schien bedrückt und müde zu sein, und er wickelte sich einen langen gelben Wollschal vom Hals. Er war bei dem Redakteur gewesen. Der Redakteur wollte seine Antwort nicht drucken. Marcie fragte ihn, ob er einen Drink wolle, und als er nicht antwortete, fragte sie ihn ein zweites Mal. «Oh, nein, danke», sagte er düster und sah ihr mit einem Lächeln voll so tiefer Müdigkeit in die Augen, daß sie dachte, er müsse krank sein. Dann kam er auf sie zu, als ob er sie berühren wolle, und sie ging in die Bibliothek und setzte sich auf das Sofa. Auf halbem Weg durch das Zimmer sah er, daß er vergessen hatte, seine Überschuhe auszuziehen.

«Oh, das tut mir leid», sagte er. «Ich fürchte, ich habe schmutz...»

«Das macht nichts.»

«Das würde es aber, wenn dies *mein* Haus wäre.»

«Hier macht es nichts.»

Er setzte sich auf einen Stuhl in der Nähe der Tür und begann seine Überschuhe auszuziehen, und die Überschuhe gaben den Ausschlag. Ihn zu sehen, wie er die Beine übereinanderschlug und den Überschuh erst vom einen Fuß, dann vom anderen zog, erfüllte Marcie so mit Mitleid für dieses unbeholfene Bild menschlicher Natur und ihrer allem Widrigen trotzenden hohen Ziele, daß er ihrer Blässe oder ihren weitgeöffneten Augen angesehen haben mußte, daß sie hilflos war.

Das Meer und die Decks sind dunkel. Charlie kann die Stimmen aus der Bar am Ende des Korridors hören, und er hat seine Geschichte erzählt, aber er schreibt weiter. Sie kommen in wärmere Gewässer und in Nebel, und das Nebelhorn ertönt in Minutenabständen. Er kontrolliert es auf seiner Uhr. Und plötzlich fragt er sich, was er eigentlich an Bord der *Augustus* tut, mit einem Koffer voll Erdnußbutter. «Ameisen, Gift, Erdnußbutter, Nebelhörner», schreibt er, «Liebe, Blutdruck, Geschäftsreisen, Unergründlichkeit. Ich weiß, daß ich zurückgehen werde.» Das Nebelhorn tutet wieder, und in dem anhaltenden Ton sieht er in einer Vision seine Familie, wie sie irgendwelche Stufen hinauf auf ihn zulaufen – zerbröckelnde Steine,

Leimkraut, Eidechsen und ihre geliebten Gesichter. «Ich werde in Genua ein Flugzeug nehmen», schreibt er. «Ich werde sehen, wie meine Kinder heranwachsen und ihr Leben selbst in die Hand nehmen, und ich werde Marcie besänftigen – süße Marcie, liebe Marcie, Marcie, mein Schatz. Ich werde sie mit der Wölbung meines Körpers vor allen Gefahren der Dunkelheit beschützen.»

DAS WIEDERSEHEN

Meinen Vater habe ich zuletzt in der Grand Central Station gesehen. Ich fuhr von meiner Großmutter in den Adirondacks zu einem Wochenendhaus am Cape, das meine Mutter gemietet hatte, und ich schrieb meinem Vater, daß ich in New York zwischen zwei Zügen anderthalb Stunden Zeit hätte. Ich fragte an, ob wir zusammen essen gehen könnten. Seine Sekretärin schrieb mir, daß er mich um die Mittagszeit am Auskunftschalter erwarten würde, und pünktlich um zwölf Uhr sah ich ihn in der Menge auftauchen. Für mich war er ein Fremder – meine Mutter hatte sich vor drei Jahren von ihm scheiden lassen, und ich war seither nicht mehr mit ihm zusammengewesen –, aber sobald ich ihn sah, fühlte ich, daß er mein Vater war, mein Fleisch und Blut, meine Zukunft und mein Schicksal. Ich wußte, daß ich, einmal erwachsen, etwas werden würde wie er; er war der Maßstab, den ich bei der Verwirklichung aller meiner Pläne würde anzulegen haben. Er war ein großer, gutaussehender Mann, und ich war überglücklich, ihn wiederzusehen. Er schlug mir auf den Rücken und schüttelte mir die Hand. «Tag, Charlie», sagte er. «Tag, mein Junge. Ich würde dich gern in den Club mitnehmen, aber der ist oben in den Sechzigern, und wenn du den nächsten Zug erwischen willst, ist es besser, wir essen gleich hier irgendwo etwas.» Er legte den Arm um mich, und ich schnupperte an meinem Vater, so wie ich meine Mutter an einer Rose hatte riechen sehen. Es war eine sehr satte Mischung aus Whisky, Rasierwasser, Schuhcreme, Wolle und dem Hautgout reifer Männlichkeit. Ich hoffte, jemand würde uns zusammen sehen. Ich wünschte, jemand würde ein Foto von uns machen. Ich wollte es festgehalten haben, daß wir zusammen waren.

Wir verließen den Bahnhof und gingen eine Seitenstraße zu einem Restaurant hinauf. Es war noch früh, und das Lokal war leer. Der Barkeeper stritt sich mit dem Botenjungen herum, und ein sehr alter Kellner in einer roten Jacke stand in der Küchentür. Wir setzten uns, und mein Vater rief laut nach dem Ober. «*Waiter*!» schrie er. «*Garçon! Cameriere!* Sie da!» Sein Stimmaufwand wirkte in dem leeren Lokal reichlich fehl am Platze. «Wo bleibt die Sauce?» rief er. «Dalli-dalli.» Dann klatschte er in die Hände. Der Kellner wurde aufmerksam und kam an den Tisch.

«Haben Sie mich mit dem Händeklatschen gemeint?» fragte er.

«Nur ruhig Blut, *sommelier*», meinte mein Vater. «Wenn es keine zu große Zumutung ist, eine Frage an Sie zu richten – wenn es nicht allzu weit außerhalb ihres Zuständigkeitsbereichs liegt, dann hätten wir gern ein Paar Beefeater Gibson.»

«Ich habe es gar nicht gern, wenn man nach mir klatscht», sagte der Kellner.

«Ich hätte meine Trillerpfeife mitbringen sollen», erwiderte mein Vater. «Ich habe eine Trillerpfeife, die ist nur für die Ohren alter Kellner wahrnehmbar. Und jetzt nehmen Sie Ihren netten kleinen Block und Ihren netten kleinen Bleistift, und sehen Sie zu, daß Sie's richtig mitkriegen: zwei Beefeater Gibson. Sprechen Sie mir nach: zwei Beefeater Gibson.»

«Ich glaube, Sie gehen lieber woandershin», sagte der Kellner ruhig.

«Das ist einer der glänzendsten Einfälle, der mir je zu Ohren gekommen ist», sagte mein Vater. «Komm, Charlie, sehen wir zu, daß wir aus diesem Schuppen hier rauskommen.»

Ich folgte meinem Vater aus dem Restaurant in ein anderes. Diesmal trat er nicht ganz so großartig auf. Unsere Getränke kamen, und er nahm mich über die Baseball-Saison ins Kreuzverhör. Dann klopfte er mit dem Messer an sein leeres Glas und rief wieder laut: «*Garçon! Waiter! Cameriere!* He, Sie! Könnten wir Sie bemühen, uns noch einmal dasselbe zu bringen?»

«Wie alt ist der Junge?» fragte der Kellner.

«Das geht Sie einen feuchten Kehricht an», erwiderte mein Vater.

«Es tut mir leid, mein Herr», sagte der Kellner, «aber dem Jungen bringe ich nichts mehr.»

«Na gut», sagte mein Vater. «Ich habe eine interessante Neuigkeit für Sie. Dies hier ist zufälligerweise nicht das einzige Restaurant in New York. Um die Ecke hat gerade noch eins aufgemacht. Komm, Charlie.»

Er zahlte die Rechnung, und ich folgte ihm aus dem Restaurant in ein anderes. Diesmal hatten die Kellner rosa Jacken an, wie sie zum Jagdanzug gehören, und die Wände waren voller Jagdtrophäen. Wir setzten uns, und wieder fing mein Vater laut zu rufen an: «Befehlshaber der Meute! Halali und so weiter und so weiter. Wir hätten gern so etwas Ähnliches wie einen Appetitanreger, genauer gesagt: zwei Bibson Geefeater.»

«Zwei Bibson Geefeater?» fragte der Ober und lächelte.

«Verdammt, Sie wissen ganz genau, was ich meine», stieß mein Vater wütend hervor. «Ich möchte zwei Beefeater

Gibson, und zwar ein bißchen dalli. Es hat sich einiges geändert in merry old England. Das hat mir jedenfalls mein Freund, der Herzog, geflüstert. Also, zeigen Sie mal, was England auf dem Gebiet der Cocktails zu bieten hat.»

«Hier ist nicht England», gab der Kellner zur Antwort.

«Fangen Sie nicht an mit mir zu streiten», sagte mein Vater. «Tun Sie, was man Ihnen sagt.»

«Vielleicht möchten Sie gern wissen, wo Sie sich hier befinden», meinte der Ober.

«Wenn es etwas gibt, was ich nicht leiden kann», sagte mein Vater, «dann ist es eine unverschämte Bedienung. Komm, Charlie.»

Das vierte Lokal, in das wir gingen, war ein italienisches Restaurant.

«*Buon giorno*», sagte mein Vater. «*Per favore, possiamo avere due cocktail americani, forti, forti. Molto Gin, poco vermut.*»

«Ich kann kein Italienisch», sagte der Kellner.

«Oh, tun Sie doch nicht so», winkte mein Vater ab. «Sie können Italienisch, und, verdammt, Sie wissen das auch selbst. *Vogliamo due cocktail americani. Subito.*»

Der Kellner ging weg und sprach mit dem Geschäftsführer, der an den Tisch kam und sagte: «Es tut mir leid, mein Herr, aber dieser Tisch ist reserviert.»

«Na gut», erwiderte mein Vater. «Geben Sie uns einen anderen Tisch.»

«Alle Tische sind reserviert», sagte der Geschäftsführer.

«Ich verstehe», schaltete mein Vater. «Sie wollen uns nicht als Gäste haben. Ist es das? Ach, fahren Sie doch zur Hölle. *Vade all'inferno.* Gehen wir, Charlie.»

«Ich muß zum Zug», brachte ich vor.

«Das tut mir aber leid, mein Lieber», sagte mein Vater. «Das tut mir wirklich sehr leid.» Er legte den Arm um mich und drückte mich an sich. «Ich bringe dich zum Bahnhof zurück. Hätten wir doch nur genug Zeit gehabt, um in den Club zu gehen.»

«Schon gut, Daddy», sagte ich.

«Ich kaufe dir eine Zeitung», sagte er. «Ich kaufe dir eine Zeitung, damit du im Zug etwas zu lesen hast.»

Er ging zum Zeitungsstand und sagte: «Lieber Herr, würden Sie so gut sein und mir den Gefallen tun, mir eins Ihrer gottverdammten, völlig unnützen Groschenblätter zu verkaufen?»

Der Verkäufer wandte sich ab und starrte auf das Titelfoto einer Illustrierten. «Ist es zuviel verlangt, lieber Herr», fuhr mein Vater fort, «ist es zuviel verlangt, wenn Sie mir eins dieser ekelerregenden Erzeugnisse des Revolverjournalismus überließen?»

«Ich muß gehen, Daddy», erinnerte ich ihn. «Es ist schon spät.»

«Warte noch einen Augenblick, mein Lieber», sagte er. «Warte einen Augenblick. Ich will diesem Burschen doch noch ein Lebenszeichen entlocken.»

«Auf Wiedersehen, Daddy», sagte ich und ging die Treppen hinunter und stieg in den Zug. Ich habe meinen Vater nie wiedergesehen.

MARITO IN CITTÀ

Vor einigen Jahren gab es in Italien ein beliebtes Lied, das «Marito in città» hieß. Die Melodie war einfach und einschmeichelnd wie ein Gassenhauer. Der Text lautete: *«La moglie se ne va, marito poverino, solo in cittadina»* und beschäftigte sich mit der mißlichen Lage eines allein gelassenen Mannes; dies in der unbeschwerten und possenhaften Weise, wie sie schon Tradition zu sein scheint, so als ob ein Mann ohne Familie im Grunde genauso komisch wäre wie ein Mann, der sich in eine Angelschnur verwickelt hat. Mr. Estabrook hatte das Lied gehört, als er mit seiner Frau Europa bereiste (vierzehn Tage, zehn Städte) und in irgendeinem seltsamen Winkel seines Gedächtnisses hatten die Worte und die Musik einen unauslöschlichen Eindruck hinterlassen. Er hatte das Lied nicht vergessen, ja, es schien so, als ob er es nicht vergessen könnte, obwohl es in Widerspruch zu seiner Hochachtung für die Möglichkeiten stand, die das Alleinsein bietet.

Als seine Frau und seine vier Kinder ihn verließen, um in die Berge zu fahren, lag über der Szene der Zauber, die weihevolle Stimmung und die trügerische Einfalt eines altmodischen Illustrierten-Titelblattes. Es war alles so, wie man es sich vorstellt: der Sommermorgen, der Kombiwagen, die Reisetaschen, die Kinder mit ihren klaren Augen, das bereitgelegte Wechselgeld für die gebührenpflichtigen Straßen, eine umständliche Bemerkung zu einer jahreszeitlichen Veränderung – die Erde hatte einen Jahresring mehr. Er schüttelte seinen Söhnen die Hand und küßte seine Frau und seine Töchter, und während er dem Wagen die Auffahrt entlang nachsah, hatte er das Gefühl, daß dies ein bedeutsamer Augenblick sei, daß ihm so etwas wie eine Offenbarung zuteil würde, wenn er nur die Fähigkeit hätte, die Mächte, die beteiligt waren, zu erforschen. Die Frauen und Kinder aus Rom, Paris, London und New York waren, das wußte er, auf dem Weg in die Berge oder ans Meer. Es war ein Wochentag, darum schloß er Scamper, den Hund, in die Küche ein und fuhr zum Bahnhof; er sang: *«Marito in città, la moglie se ne va»*, und so weiter und so weiter.

Man weiß natürlich, wie das Ganze ablaufen wird; es wird sich nie ganz von der Possenhaftigkeit eines Gassenhauers lösen können, aber Mr. Estabrooks Bestrebungen waren ernsthaft, erfrischend und beachtenswert. Er war vertraut mit der umfangreichen und erbaulichen Literatur über die Einsamkeit, und er hatte die Absicht, die Wochen seines Alleinseins zu nutzen. Er könnte sein Teleskop reinigen und die Sterne studieren. Er könnte lesen. Er könnte Bachs zweistimmige Inventionen auf dem Klavier üben. Er könnte – wie ein Exilant, der behauptet, daß die Klarheit und manchmal auch die Qual seiner Entfremdung ein hohes Maß an Selbsterkenntnis verspreche – mehr über sich selbst erfahren. Er würde die Zugvögel beobachten, die Veränderungen im Garten, die Wolken am Himmel. Er hatte eine sehr deutliche Vorstellung von sich selbst und von seinem durch das Abenteuer des Alleinseins verschärften Wahrnehmungsvermögen. Als er an seinem ersten Abend nach Hause kam, stellte er fest, daß Scamper aus der Küche entwischt war und auf einem Sofa im Wohnzimmer geschlafen hatte, das jetzt verschmutzt und voller Haare war. Scamper war eine Promenadenmischung und der Liebling der Kinder. Mr. Estabrook sprach vorwurfsvoll mit dem Hund und stellte die Sofakissen hoch. Als nächstes stand er vor einem ganz elementaren Problem, das in der Literatur über die Einsamkeit nur selten berührt wird – dem Problem des Hungers. Damit klangen trotz seiner guten Vorsätze possenhafte Töne an. *Oh, marito in città*. Er konnte sich vorstellen, wie er in einem frischen Khakihemd in der Dämmerung im Garten sein Teleskop aufstellte, aber er konnte sich nicht vorstellen, wer dieser selbstbeherrschten Person das Essen kochen würde.

Er schlug ein paar Eier in die Pfanne, stellte dann aber fest, daß er sie nicht essen konnte. Er machte sich mit besonderer Sorgfalt einen Cocktail und trank ihn. Dann versuchte er es wieder mit den Eiern, aber er fand sie noch immer ekelhaft. Er trank einen zweiten Cocktail und näherte sich den Eiern aus einer anderen Richtung, aber sie waren noch immer widerlich. Er stellte Scamper die Eier hin und fuhr an die Hauptstraße, wo es ein Restaurant gab. Als er das Lokal betrat, dröhnte ihm Musik in der Lautstärke eines Parademarsches entgegen, und eine Kellnerin stand auf einem Stuhl und hängte Gardinen auf. «Ich komme gleich zu Ihnen», sagte sie. «Setzen Sie sich hin, wo Sie wollen.» Er suchte sich einen Platz an einem der vierzig leeren Tische aus. Seine Situation war keine wirkliche Enttäuschung für ihn; er hatte sich absichtlich immer mit einer großen Anzahl von Männern, Frauen und Kindern umgeben, und es war nicht mehr als natürlich, daß er sich jetzt nicht allein, sondern einsam fühlte. Angesichts der körperlichen und seelischen Rückwirkungen kam es ihm seltsam vor, daß man diesen Zustand nur mit einem einzigen Wort beschreiben konnte. Er war einsam, und er litt. Das Essen war nicht nur schlecht; es war unglaublich. Es erweckte keinerlei Erinnerungen, ein Mangel, der das Charakteristikum fader Speisen ist. Er konnte nichts essen. Er schnipselte an dem sehnigen Pfeffersteak herum und bestellte sich ein Eis, um die Gefühle der Kellnerin zu schonen. Das Essen ließ ihn an all jene denken, die eigene Schwerfälligkeit oder Schicksalsschläge dazu zwangen, allein zu leben und jeden Abend diese Kost zu sich zu nehmen. Es war eine beängstigende Vorstellung. Er beschloß, ins Kino zu gehen.

Die lange Sommerabenddämmerung war noch immer von einem sanften Lichtschein erfüllt. Der Abendstern hing über der riesigen Leinwand; er schien sich den Zuschauern fast wie ein böses Omen zuzuneigen. Blaß in dem verblassenden Licht, jagten die Figuren und Tiere eines Zeichentrickfilms einander über die Leinwand, zerplatzten, tanzten, sangen, fielen auf den Hintern. Das letzte Dämmerlicht begleitete die Einleitungsmusik und den Vorspann des Filmes, den zu sehen er gekommen war, dann wurde es Nacht, und eine unglaublich törichte Handlung nahm ihren Lauf. Seine moralische Entrüstung über diesen Zusammenfluß von Hunger, Stumpfsinn und Einsamkeit war heftig, und er gedachte traurig der Männer, die verpflichtet worden waren, um das Drehbuch zu schreiben, und der hart arbeitenden Schauspieler, die dafür bezahlt wurden, daß sie diese unausgegorenen Dialoge aufsagten. Er sah sie vor sich, wie sie am Ende eines Arbeitstages in Beverly Hills völlig entmutigt aus ihren Kabrioletts stiegen. Länger als eine Viertelstunde hielt er es nicht aus, dann fuhr er nach Hause.

Scamper war von dem unbrauchbar gewordenen Sofa auf einen Sessel übergewechselt, dessen heller Seidenbezug jetzt mit Schmutz und Haaren übersät war. «Böser Scamper», sagte Mr. Estabrook, und dann traf er Vorkehrungen, um die Polstermöbel vor Scamper zu schützen, die er von nun an jeden Abend wiederholen würde: Er stellte einen umgedrehten Hocker auf das Sofa, stellte die Sessel mit den Seidenbezügen auf den Kopf, stellte einen Papierkorb auf das kleine Sofa in der Diele und stellte die gepolsterten Eßzimmerstühle umgekehrt auf den Tisch, wie man es in Restaurants tut, wenn der Fußboden gewischt wird. Als alles auf dem Kopf stand und er auch noch die Lampen ausgeschaltet hatte, schien die Beständigkeit seines Zuhauses in Frage gestellt zu sein, und einen Augenblick lang kam er sich vor wie ein Geist, der zurückgekommen ist, um den Zahn der Zeit am Werk zu sehen.

Im Bett dachte er verständlicherweise an seine Frau. Er wußte aus Erfahrung, daß es sinnvoll war, bei Trennungen von ihr Leidenschaft zu zeigen, und zwei Tage vor ihrer Abreise hatte er sich erklärt, aber Mrs. Estabrook war müde. Am nächsten Abend erklärte er sich wieder. Mrs. Estabrook schien einzuwilligen, aber dann ging sie hinunter in die Küche, stopfte vier dicke Decken in die Waschmaschine, brannte eine Sicherung durch und setzte den Fußboden unter Wasser. Völlig sich selbst überlassen, stand er in der Küchentür und fragte sich, warum sie das getan habe. Sie hatte es ihm nur schwerer machen wollen, sie zu fassen! Während er zusah, wie sie das Wasser vom Küchenboden aufwischte, eine würdevolle, aber ziemlich füllige Frau, dachte er, daß sie den Wunsch gehabt hatte, wie eine Nymphe durch den Wald zu laufen – mit Sonnentupfern auf dem Rücken und glitzerndem Wasser zu ihren Füßen –, und da sie in der letzten Zeit kurzatmig war und es auch keinen Wald gab, hatte sie sich darauf beschränken müssen, Decken in eine Waschmaschine zu stopfen. Es war ihm noch nie zuvor in den Sinn gekommen, daß der

Hang zur Flucht beim weiblichen Geschlecht ebenso stark ausgeprägt war wie der Hang zur Verfolgung beim männlichen. Dieser Einblick in die Natur der Dinge bewegte ihn, befriedigte ihn in gewisser Weise, war aber, wie sich herausstellte, die einzige Befriedigung, die ihm in dieser Nacht zuteil wurde.

Es war nicht leicht, die Vorstellung von einem gepflegten, selbstbeherrschten Mann, der seine Einsamkeit nutzt, zu verwirklichen, aber das hatte er schließlich auch nicht erwartet. Am nächsten Abend übte er bis elf die zweistimmigen Inventionen. Am Abend darauf holte er sein Teleskop hervor. Es war ihm nicht gelungen, das Problem seiner Ernährung zu lösen, und nach einer Woche hatte er fast fünfzehn Pfund abgenommen. Seine Hosen legten sich wie ein Hemd in Falten, wenn er den Gürtel schloß. Er brachte drei Paar Hosen ins Dorf hinunter zur Reinigung. Es war schon nach Geschäftsschluß, aber der Inhaber war noch da, ein Mann, dem das Leben übel mitgespielt hatte. Er hatte Mrs. Hazeltons geklöppelte Kissenbezüge zerrissen und Mr. Fitchs seidene Hemden verloren. Seine Betriebsanlage war verpfändet, die Krankenversicherung wartete auf seine Beiträge, und alles, was er aß – sogar Joghurt –, schien sich in seiner Speiseröhre zu Feuer zu verwandeln. Deprimiert sagte er zu Mr. Estabrook: «Wir haben keinen Schneider mehr im Geschäft, aber oben in der Maple Avenue wohnt eine Frau, die Änderungen macht. Mrs. Zagreb. Ecke Maple Avenue und Clinton Street. Sie hat ein Schild im Fenster.»

Es war ein dunkler Abend, und es war die Jahreszeit, in der es viele Glühwürmchen gab. Die Maple Avenue wurde ihrem Namen gerecht, und das dichte Laubwerk des Ahorns machte die Straße noch dunkler. Das Eckhaus war ein Fachwerkbau mit einer Veranda. Die Ahornbäume standen so dicht, daß auf dem Rasen kein Gras wuchs. Ein Schild, auf dem ÄNDERUNGEN stand, hing im Fenster. Er drückte auf die Klingel. «Einen Moment», rief jemand. Es war eine kräftige, fröhliche Stimme. Eine Frau öffnete die Tür mit der einen Hand und hatte in der anderen ein Handtuch, mit dem sie sich das dunkle Haar trockenrieb. Sein Anblick schien sie zu überraschen. «Kommen Sie herein», sagte sie. «Kommen Sie herein. Ich habe mir gerade das Haar gewaschen.» Er folgte ihr durch eine kleine Diele in ein kleines Wohnzimmer. «Ich möchte Hosen enger machen lassen», sagte er. «Machen Sie so etwas?»

«Ich mache alles.» Sie lachte. «Aber warum haben Sie abgenommen? Müssen Sie Diät halten?»

Sie hatte das Handtuch hingelegt, schüttelte sich aber weiter das Haar aus und lockerte es mit den Händen. Während sie sprach, ging sie im Zimmer umher und schien mit ihrer Ruhelosigkeit den Raum zu füllen – eine Eigenschaft, die ihn bei einer anderen Person vielleicht gestört hätte, bei ihr aber anmutig und faszinierend erschien, wie der drängende Ausdruck einer inneren Stimme.

«Nein, ich muß keine Diät halten», sagte er.

«Sie sind doch nicht krank?» Ihre Frage kam rasch und klang aufrichtig betroffen – als ob er einer ihrer ältesten Freunde wäre.

«O nein. Ich habe nur versucht, für mich selber zu kochen.»

«Sie armer Kerl», sagte sie. «Wissen Sie Ihre Maße?»

«Nein.»

«Dann muß ich Maß nehmen.»

Mit lebhaften Bewegungen und noch immer das Haar ausschüttelnd ging sie durch das Zimmer und holte aus einer Schublade ein gelbes Bandmaß. Um seine Taille zu messen, mußte sie mit den Händen unter seine Jacke greifen – eine fast sinnliche Geste. Als das Bandmaß seine Taille umschloß, legte er die Arme um sie und zog sie heftig an sich. Sie lachte nur und schüttelte sich das Haar aus. Dann schob sie ihn sanft fort; es war eher ein Versprechen als eine Abfuhr. «O nein», sagte sie, «heute abend nicht, heute abend nicht, mein Lieber.» Sie ging auf die andere Seite des Zimmers und sah ihn von dort aus an. Ihr Gesicht war voller Zärtlichkeit, und Unentschlossenheit trübte ihre Züge, aber als er auf sie zuging, senkte sie den Blick und schüttelte heftig den Kopf. «Nein, nein, nein», sagte sie. «Heute abend nicht. Bitte.»

«Aber ich kann Sie wiedersehen?»

«Natürlich, aber nicht heute abend.» Sie durchquerte das Zimmer und legte die Hand auf seine Wange. «Gehen Sie jetzt», sagte sie. «Ich rufe Sie an. Sie sind sehr nett, aber jetzt müssen Sie gehen.»

Er stolperte durch die Tür hinaus, wie betäubt, aber gleichzeitig kam er sich auf wunderbare Weise bedeutend vor. Er war drei, höchstens vier Minuten in dem Zimmer gewesen, und was alles hatte sich in dieser Zeit zwischen ihnen abgespielt, woher kam diese sofortige Erkenntnis, daß sie als Liebende wie geschaffen füreinander waren? Schon bei ihrem ersten Anblick war er erregt gewesen – ihre kräftige, fröhliche Stimme hatte ihn erregt. Warum waren sie fähig gewesen, so mühelos, so direkt aufeinander zuzugehen? Und wo blieb sein Gespür für Gut und Böse, sein leidenschaftlicher Wunsch nach Würde, Männlichkeit und – innerhalb seiner Gelübde – Keuschheit? Er war ein Mitglied der Church of Christ, er war im Kirchenvorstand, er empfing regelmäßig und voller Andacht das Abendmahl, er hatte gelobt, die Glaubensartikel zu verteidigen. Er hatte schon eine Todsünde begangen. Aber während er unter den Ahornbäumen entlang durch die Sommernacht fuhr, konnte er auch bei strengster Prüfung in seinen Empfindungen nichts anderes entdecken als Tugendhaftigkeit, Großmut und ein sehr erweitertes Weltverständnis. – Er schlug sich mit Rührei herum, übte die Inventionen und versuchte zu schlafen. *«Oh, marito in città!»*

Was ihn peinigte, war die Erinnerung an Mrs. Zagrebs Brüste. Ihre Weichheit und ihr Duft schienen in der Luft zu hängen, während er auf den Schlaf wartete, folgten ihm in seine Träume, und als er erwachte, schien sein Gesicht an Mrs. Zagrebs Brüsten zu ruhen; sie glänzten wie Marmor und hinterließen auf seinen durstigen Lippen einen Geschmack, der so vielfältig und mild war wie die Lüfte einer Sommernacht.

Am nächsten Morgen duschte er kalt, aber Mrs. Zagrebs Brüste schienen vor dem Vorhang des Duschraums schon auf ihn zu warten. Sie lehnten sich gegen seine Wange, als er zum Bahnhof fuhr, beugten sich über seine Schulter und lasen mit, als er mit dem 8 Uhr 33 in die Stadt fuhr, schaukelten mit ihm durch Pendelbus und Stadtbahn und verfolgten ihn durch den ganzen Geschäftstag. Er dachte er würde wahnsinnig. Sobald er zu Hause war, suchte er ihre Telefonnummer in dem Adressenverzeichnis von Bekannten, das seine Frau neben dem Telefon liegen hatte. Das war natürlich ein Fehler, aber er fand ihre Nummer im örtlichen Telefonbuch und rief sie an. «Ihre Hosen sind fertig», sagte sie. «Sie können sie jederzeit abholen. Jetzt gleich, wenn Sie wollen.»

Sie rief, er solle hereinkommen. Sie war im Wohnzimmer und reichte ihm seine Hosen. Plötzlich überfiel ihn Schüchternheit, und er fragte sich, ob er den vergangenen Abend nicht erfunden habe. Das hier, seine Schüchternheit, das war die Wahrheit; alles andere war Einbildung gewesen. Hier war eine verwitwete Schneiderin, die in einem Fachwerkhaus in der Maple Avenue, das einen Anstrich nötig hatte, einem einsamen, nicht mehr jungen Mann ein paar Hosen überreichte. Die Welt wurde von gesundem Menschenverstand, legitimen Leidenschaften und Glaubensartikeln regiert. Sie schüttelte den Kopf. Das war also nur eine Angewohnheit und hatte nichts mit dem Haarewaschen zu tun. Sie schob sich das Haar aus der Stirn und fuhr sich mit den Fingern durch die dunklen Locken. «Wenn Sie Zeit für einen Drink haben», sagte sie, «es ist alles in der Küche.»

«Ja, gern», sagte er. «Trinken Sie ein Glas mit?»

«Ja, machen Sie mir bitte einen Whiskysoda», sagte sie.

Traurig, schweren Herzens, wichtigtuerisch, ein Gefangener jener Ströme von Empfindungen, die nie an die Oberfläche gelangen, ging er in die Küche und machte die Drinks. Als er wieder ins Wohnzimmer kam, saß sie auf dem Sofa, und er setzte sich zu ihr. Er schien in ihrem Mund zu versinken wie in einem Mahlstrom, wirbelte dreimal um die eigene Achse und raste durch eine gewaltige Spanne Ewigkeit. Das Zwiegespräch plötzlicher Liebe scheint von Land zu Land nicht sehr zu variieren. Wir sagen über das Kissen hinweg in allen Sprachen «Hallo, hallo, hallo, hallo, hallo», als ob wir uns in einem endlosen, zärtlichen Telefongespräch nach Übersee befänden, und die Ehebrecherin nimmt den Ehebrecher in die Arme und ruft: «Oh, mein Liebster, warum bist du so verbittert?» Sie bewunderte sein Haar, seinen Hals, die Mulde in seinem Rücken. Sie roch schwach nach Seife, nicht nach Parfüm, und als er das erwähnte, sagte sie leise: «Ich parfümiere mich nie, wenn ich jemanden lieben will.» Sie gingen nebeneinander die schmale Treppe zu ihrem Zimmer hinauf – das größte Zimmer in dem kleinen Haus, aber trotzdem klein und spärlich möbliert, wie ein Zimmer in einem Ferienhaus, mit alten Möbeln, die weiß angestrichen waren, und einem abgetretenen weißen Teppich. Ihre Geschmeidigkeit, ihre verlockenden Bewegungen kamen ihm vor wie eine erschütternde Quelle der Unschuld. Er hatte das Gefühl, er sei noch nie einem so unschuldigen, liebevollen, mutigen und freien Geist begegnet. So riefen sie immer wieder «Hallo, hallo, hallo, hallo», bis es drei Uhr war und sie ihn fortschickte.

Gegen halb vier oder vier ging er in seinem Garten spazieren. Es war Viertelmond, die Luft war mild, das Licht dunstig. Die Wolken sahen wie ein Strand aus, und zwischen ihnen waren Sterne verstreut wie Muscheln und Moränen. Der Duft einer im Juli blühenden Pflanze – Phlox oder Ziertabak – erfüllte die Luft, und die Bedeutung des dunstigen Lichts hatte sich seit seiner Jugend nicht sehr geändert; jetzt wie damals schien es eine romantische Liebe in Aussicht zu stellen. Aber was sagte sein Glaube dazu? Er hatte eines der göttlichen Gebote gebrochen, hatte es wiederholt und freudig gebrochen und würde es bei jeder sich ihm bietenden Gelegenheit wieder brechen. Er hatte eine Todsünde begangen und durfte die Sakramente seiner Kirche nicht empfangen. Und doch verkörperte die kenntnisreiche Mrs. Zagreb für ihn eine ungewöhnliche Unschuld und Tugendhaftigkeit. Aber wenn dies seine wahren Empfindungen waren, mußte er vom Kirchenvorstand zurücktreten, aus der Kirche austreten, seine eigene Rangordnung von Gut und Böse aufstellen und sich ein Leben ohne die Glaubensartikel aufbauen. Hatte er andere Ehebrecher gekannt, die das Abendmahl genommen hatten? Ja, das hatte er. Diente seine Kirche nur dem gesellschaftlichen Vorteil, bedeutete sie Verfall und Heuchelei, ein Mittel, nach oben zu kommen? Waren die bewegenden Worte bei Hochzeiten und Beerdigungen nicht mehr als ein Brauch, genausowenig religiös wie der Brauch, bei Brooks Brothers im Fahrstuhl den Hut abzunehmen, wenn eine Frau eintrat? Getauft, herangewachsen und erzogen im Glauben seiner Kirche, war der Gedanke, diesen Glauben aufzugeben, für ihn unvorstellbar. Sein Glaube war für ihn der beste Beweis für das Wunderbare des Lebens, die Bestätigung für eine kraftvolle und allwissende Liebe, die so allgegenwärtig und strahlend wie das Licht des Tages war. Sollte er den Suffraganbischof bitten, die Zehn Gebote nochmals zu überprüfen, in ihre Gebete einen besonderen Hinweis aufzunehmen auf die edelmütigen und liebevollen Empfindungen, die sexueller Übersättigung folgen?

Er ging durch den Garten und war sich der Tatsache bewußt, daß Mrs. Zagreb ihm zumindest die Illusion vermittelt hatte, er spiele eine bedeutende romantische Rolle, eine Hauptrolle, ein erregender Aufstieg gegenüber all den Boten, Dienern und Clowns der Monogamie. Es gab gar keinen Zweifel: ihre Bewunderung hatte ihm den Kopf verdreht. War ihre Erregung über die Mulde in seinem Rücken nur ein listiger Trick, die erbarmungslose Ausbeutung der tiefsitzenden, ungeheuerlichen männlichen Eitelkeit? Der Himmel begann aufzuhellen, und als er sich auszog, um ins Bett zu gehen, betrachtete er sich im Spiegel. Ja, ihre bewundernden Worte waren nichts als Lügen gewesen. Er hatte einen schrecklichen Hängebauch. Oder nicht? Er zog den Bauch ein, streckte ihn vor und betrachtete ihn prüfend von vorn und von der Seite, dann ging er ins Bett.

Der nächste Tag war ein Samstag, und er machte sich einen Plan. Rasen mähen, Hecken schneiden, Brennholz spalten und die Winterfenster streichen. Bis fünf arbeitete er vor sich hin, dann duschte er und mixte sich einen Drink. Er hatte vor, sich Rührei zu machen und dann sein Teleskop aufzustellen, da der Himmel klar war. Aber als er mit dem Drink fertig war, ging er demütig zum Telefon und rief Mrs. Zagreb an. Er versuchte es alle fünfzehn Minuten, bis es dunkel geworden war, dann setzte er sich in den Wagen und fuhr zur Maple Avenue hinüber. In ihrem Schlafzimmer brannte Licht – das übrige Haus war dunkel. Ein großer Wagen, der neben dem Nummernschild das Siegel des Bundesstaates trug, war unter den Bäumen geparkt; auf dem Vordersitz schlief ein Chauffeur.

Man hatte ihn gebeten, beim Abendmahl die Kollekte einzusammeln, und das tat er auch, aber als er niederkniete, um das allgemeine Sündenbekenntnis abzulegen, konnte er nicht zugeben, daß das, was er getan hatte, ein Unrecht vor Gott war. Die Last seiner Sünden war nicht unerträglich; die Erinnerung an sie war keineswegs drükkend. Er improvisierte ein ketzerisches Dankgebet für die Beständigkeit und die Klugheit seiner Frau, die klaren Augen seiner Kinder und die Geschmeidigkeit seiner Geliebten. Er nahm das Abendmahl nicht, und als der Geistliche einen fragenden Blick in seine Richtung warf, war er versucht, laut und deutlich zu sagen: «Ich treibe Ehebruch, ohne mich dessen zu schämen.» Bis elf las er Zeitung, dann rief er Mrs. Zagreb an, die sagte, er könne jederzeit kommen. Er war in zehn Minuten bei ihr und zog sie heftig an sich, sobald er das Haus betreten hatte. «Ich bin gestern abend vorbeigekommen», sagte er.

«Das habe ich mir fast gedacht», sagte sie. «Ich kenne viele Männer. Stört es dich?»

«Überhaupt nicht», sagte er.

«Eines Tages», sagte sie, «werde ich ein Blatt Papier nehmen und alles aufschreiben, was ich über Männer weiß. Und dann werde ich es in den Kamin werfen und verbrennen.»

«Du hast keinen Kamin», sagte er.

«Das ist wahr», sagte sie, aber außer «Hallo, hallo, hallo, hallo» sagten sie den Rest des Nachmittags und die halbe Nacht nicht viel.

Als er am nächsten Abend nach Hause kam, lag ein Brief seiner Frau auf dem Tisch in der Diele. Es kam ihm so vor, als könne er durch den Umschlag hindurch den Inhalt lesen. Sie würde ihm vernünftig und sachlich erklären, daß ihr alter Freund, Olney Pratt, aus Saudi-Arabien zurückgekehrt sei und sie gebeten habe, ihn zu heiraten. Sie würde ihn bitten, sie freizugeben, und sie hoffe, daß er dafür Verständnis habe. Sie und Olney hätten nie aufgehört, einander zu lieben, und es wäre unredlich gegenüber ihrer beider innerstem Wesen, wenn sie diese Liebe auch nur einen Tag länger verleugneten. Sie sei sicher, daß sie sich über das Sorgerecht für die Kinder einigen könnten. Er habe gut für sie gesorgt und sei ein nachsichtiger Ehemann gewesen, aber sie wolle ihn nie wiedersehen.

Er hielt den Brief in der Hand und dachte, daß die Schrift seiner Frau Ausdruck ihrer Weiblichkeit, ihrer Klugheit und der Tiefe ihrer Gedanken sei; es war die Schrift einer Frau, die ihre Freiheit forderte. Er öffnete den Umschlag, darauf gefaßt, von Olney Pratt zu lesen, aber statt dessen las er: «Lieber Brummbär, die Nächte sind *schrecklich* kalt, und ich *vermisse* ...» Und so ging es zwei Seiten lang weiter. Er war noch beim Lesen, als es an der Haustür klingelte. Es war Doris Hamilton, eine Nachbarin. «Ich weiß, daß Sie nicht ans Telefon gehen, und ich weiß, daß Sie nicht gern woanders essen», sagte sie, «aber ich bin fest entschlossen, dafür zu sorgen, daß Sie wenigstens einmal in diesem Monat etwas Vernünftiges zu essen bekommen, und ich bin hier, um Sie zu kapern.»

«Oh», sagte er.

«Sie gehen jetzt nach oben und duschen, und ich mache mir inzwischen einen Drink», sagte sie. «Es gibt frischen gekochten Hummer. Tante Molly hat uns heute morgen einen Haufen geschickt, und Sie müssen uns jetzt helfen, sie zu essen. Eddie muß nach dem Dinner zum Arzt, und Sie können nach Hause gehen, wann Sie wollen.»

Er ging nach oben und tat wie ihn geheißen. Als er sich umgezogen hatte und wieder herunterkam, stand sie mit einem Drink im Wohnzimmer. Sie fuhren, jeder in seinem eigenen Wagen, zu ihrem Haus hinüber. Dann aßen sie bei Kerzenlicht an einem Tisch im Garten, und er fühlte sich – frisch gewaschen und in einem sauberen Leinenanzug – ganz zufrieden in dieser Rolle, der er vor so kurzer Zeit noch eine so heftige Absage erteilt hatte. Es war keine romantische Hauptrolle, aber sie hatte doch eine gewisse subtile Qualität. Nach dem Dinner entschuldigte Eddie sich und fuhr zu seinem Psychiater, wie er es drei Abende in der Woche tat. «Ich nehme an, Sie gehen nirgendwo hin», sagte Doris. «Ich nehme an, Sie kennen den neuesten Klatsch noch nicht.»

«Nein, ich habe mit niemandem gesprochen.»

«Ich weiß. Ich habe Sie Klavier spielen gehört. Jedenfalls hat Lois Spinner die Scheidung beantragt, und die Sache wird Frank teuer zu stehen kommen.»

«Warum?»

«Na ja, er hat es mit dieser widerlichen Schlampe getrieben, eine wirklich widerliche Person. Sein älterer Sohn,

Ralph – er ist ein prächtiger Junge –, hat sie zusammen in einem Restaurant gesehen. Sie *fütterten* einander. Keines seiner Kinder will ihn jemals wiedersehen.»

«Es wäre nicht das erste Mal, daß ein Mann ein Verhältnis hat», sagte er zögernd.

«Ehebruch ist eine Todsünde», sagte sie fröhlich. «Er wurde in vielen Kulturen mit dem Tod bestraft.»

«Sind Ihre Ansichten zur Ehescheidung so kompromißlos?»

«Oh, er hatte gar nicht vor, das Luder zu heiraten. Er bildete sich ein, er könnte seine schmutzigen Spielchen spielen, seine Familie erniedrigen, blamieren und verletzen und dann wieder in ihren Schoß zurückkehren, wenn das Ganze ihn langweilte. Er hatte nicht die Absicht, sich scheiden zu lassen. Er hat Lois angefleht, sich nicht von ihm scheiden zu lassen. Ich glaube, er hat sogar mit Selbstmord gedroht.»

«Ich habe Männer gekannt», sagte er, «die ihre Zuneigung auf Ehefrau und Geliebte verteilt haben.»

«Ich möchte wetten, daß Sie keinen Fall kennen, wo das mit Erfolg geschehen ist», sagte sie.

Die traurige Wahrheit ihrer Worte war ihm noch nie so recht klargeworden. «Ehebruch ist etwas Alltägliches», sagte er. «Er ist Hauptgegenstand unserer Literatur, unserer Theaterstücke, unserer Filme. Sogar Schlager werden darüber geschrieben.»

«Sie wollen Ihr Leben doch nicht mit einem französischen Schwank vergleichen?»

Die Sicherheit, mit der sie sprach, überraschte ihn. Dies war die unwiderstehliche Stimme einer Welt, in der Gesetz und Ordnung herrschten, die Stimme der Universitätsmannschaften und der besten Clubs. Plötzlich erinnerte er sich, mit einem schlechten Beigeschmack, wieder an

Mrs. Zagrebs Schlafzimmer, dessen Armseligkeit ihm so ergreifend erschienen war. Er erinnerte sich daran, daß die Gardinen Risse hatten und daß die Hände, die ihn so bewundert hatten, kurz und rauh waren. Die Promiskuität, die er für die Quelle ihrer Reinheit gehalten hatte, schien ihm jetzt eine unheilbare Krankheit. Das Wohlwollen, das sie ihm gezeigt hatte, erschien ihm pervers und abstoßend. Sie war vor seiner Blöße am Boden gekrochen. Er saß in seinen sauberen Sachen in der Sommernacht und dachte an Mrs. Estrabrook, wie sie, gelassen und erholt, ihre vier intelligenten und hübschen Kinder durch irgendeine Galerie seiner Einbildung führte. Ehebruch war Stoff für Schwänke, Schlager, Wahnsinn und Selbstzerstörung.

«Es war schrecklich nett von Ihnen, mich einzuladen», sagte er. «Aber jetzt mache ich mich wohl besser auf den Weg. Ich will vor dem Schlafengehen noch Klavier spielen.»

«Ich werde zuhören», sagte Doris. «Man kann es durch den Garten ganz deutlich hören.»

Als er nach Hause kam, läutete das Telefon. «Ich bin allein», sagte Mrs. Zagreb. «Ich dachte, vielleicht hättest du Lust, etwas zu trinken.» Er war in wenigen Minuten bei ihr und versank noch einmal bis auf den Boden des Meeres, in jene ungeheure Ewigkeit, wo er sicher war vor den Qualen des Lebens. Aber als es Zeit wurde aufzubrechen, sagte er ihr, daß er nicht mehr kommen könne. «Das ist schon in Ordnung», sagte sie. Dann fragte sie: «Hat sich schon einmal jemand in dich verliebt?»

«Ja», sagte er. «Einmal, vor ein paar Jahren. Ich mußte nach Indianapolis, um ein Schulungsprogramm zu organisieren, und ich wohnte bei diesen Leuten – das gehörte zu meiner Aufgabe –, und da war diese schrecklich nette Frau, und jedesmal wenn sie mich sah, fing sie an zu weinen. Sie weinte beim Frühstück. Sie weinte bei den Cocktails und beim Dinner, pausenlos. Es war furchtbar. Ich mußte in ein Hotel ziehen, und ich konnte es natürlich nie jemandem erzählen.»

«Gute Nacht», sagte sie. «Gute Nacht und leb wohl.»

«Gute Nacht, Liebste», sagte er. «Gute Nacht und leb wohl.»

Seine Frau rief ihn am nächsten Abend an, als er gerade dabei war, das Teleskop aufzustellen. Was für eine Aufregung! Sie würden am nächsten Tag zurückkommen. Seine Tochter wolle ihre Verlobung mit Frank Emmet bekanntgeben. Sie wollten noch vor Weihnachten heiraten. Es müßten Fotos gemacht, Anzeigen an die Zeitungen geschickt werden, ein Zelt müßte gemietet, Wein bestellt werden und so weiter. Und sein Sohn hatte die Segelregatten am Montag, Dienstag und Mittwoch gewonnen. «Gute Nacht, mein Liebling», sagte seine Frau, und er ließ sich in einen Sessel fallen, hocherfreut über die Erfüllung so vieler seiner Hoffnungen. Er liebte seine Tochter, er mochte Frank Emmet, er mochte sogar Frank Emmets Eltern, die reich waren, und der Gedanke an seinen geliebten Sohn an der Ruderpinne, wie er sein Boot über das letzte Stück bis zur Barkasse der Preisrichter lavierte, versetzte ihn in gute Laune. Und Mrs. Zagreb? Sie würde keine Ahnung vom Segeln haben. Sie würde sich in das Großsegel verwickeln, sich gegen den Wind übergeben und in der Kajüte in Ohnmacht fallen, wenn sie die Landspitze erst hinter sich hätten. Sie würde auch keine Ahnung von Tennis haben. Ja, selbst vom Skilaufen würde sie keine Ahnung haben! Dann machte er sich, von Scamper beobachtet, wieder daran, das Wohnzimmer umzuräumen. In der Diele stellte er den Papierkorb auf das kleine Sofa. Im

Eßzimmer stellte er die Stühle umgekehrt auf den Tisch und machte die Lampen aus. Während er fröstelnd und bestürzt durch die unwohnlichen Räume ging, war ihm wieder zumute wie einem Wesen, das zurückgekommen ist, um den Zahn der Zeit am Werk zu sehen. Dann beschloß er schlafen zu gehen, und auf seinem Weg nach oben sang er: «*Marito in città, la moglie se ne va, o povero marito!*»

DER OZEAN

Ich führe dieses Tagebuch, weil ich glaube, daß ich mich in Gefahr befinde, und weil ich keine andere Möglichkeit habe, meinen Befürchtungen Ausdruck zu verleihen. Ich kann damit nicht zur Polizei gehen, wie Sie sehen werden, und ich kann mich meinen Freunden nicht anvertrauen. Es ist offensichtlich, welche Niederlagen meiner Selbstachtung in letzter Zeit zugefügt worden sind, wie wenig Verständnis und Mitgefühl mir zuteil wurden, aber wie immer gibt es quälende Zweifel bei der Frage nach dem Schuldigen. Vielleicht ist es meine eigene Schuld. Ich möchte ein Beispiel nennen. Gestern aß ich mit Cora, meiner Frau, um halb sieben zu Abend. Unsere einzige Tochter lebt nicht mehr bei uns, und wir essen jetzt gewöhnlich in der Küche, an einem Tisch, den ein Goldfischglas schmückt. Es gab kalten Schinken, Salat und Kartoffeln. Als ich eine Gabel voll Salat nahm, mußte ich ihn wieder ausspucken. «Oh, ja», sagte meine Frau. «Ich habe befürchtet, daß das passieren würde. Du hast dein Feuerzeugbenzin in der Speisekammer gelassen, und ich habe es mit dem Essig verwechselt.»

Wie ich schon sagte – wessen Schuld war es? Ich achte immer sehr darauf, alles an seinen Platz zu legen, und wenn sie die Absicht gehabt hätte, mich zu vergiften, wäre sie sicher nicht so ungeschickt vorgegangen, Feuerzeugbenzin in die Salatsoße zu mischen. Wenn ich das Benzin nicht in der Speisekammer gelassen hätte, wäre es gar nicht zu dem Vorfall gekommen. Aber hören Sie, wie es weiterging. Während wir aßen, zog ein Gewitter herauf. Der Himmel wurde schwarz. Plötzlich setzte ein heftiger Regen ein. Direkt nach dem Abendessen zog Cora einen Regenmantel an, setzte sich eine Duschhaube auf und ging nach draußen, um den Rasen zu sprengen. Ich beobachtete sie aus dem Fenster. Ohne die Sturzbäche von Regen um sich herum zu beachten, sprengte sie den Rasen mit großer Sorgfalt und verweilte besonders lange bei den verbrannten Stellen. Ich machte mir Sorgen, daß sie sich in den Augen unserer Nachbarn lächerlich machen würde. Die Frau von nebenan würde die Frau an der Ecke anrufen und ihr erzählen, daß Cora Fry bei strömendem Regen ihren Rasen sprengte. Ich wollte es ihr ersparen, sich bei den Klatschbasen lächerlich zu machen, und ging hinaus zu ihr, aber als ich unter meinen Regenschirm trat, wurde mir klar, daß ich nicht das erforderliche Fingerspitzengefühl hatte, um die Angelegenheit mit Anstand hinter mich zu bringen. Was sollte ich sagen? Sollte ich sagen, daß eine Freundin am Telefon sei? Sie hat keine Freundinnen. «Komm herein, meine Liebe», sagte ich. «Du könntest vom Blitz getroffen werden.»

«Oh, das halte ich für sehr unwahrscheinlich», sagte sie mit ihrer melodischsten Stimme. Ihre Stimme liegt in der letzten Zeit eine Oktave über dem eingestrichenen C.

«Warum wartest du nicht, bis der Regen vorbei ist?» fragte ich.

«Es wird nicht lange dauern», sagte sie sanft. «Gewitter dauern *nie* lange.»

Im Schutze meines Regenschirms ging ich wieder zum Haus. Ich machte mir einen Drink. Sie hatte recht. Einen Augenblick später war das Unwetter vorüber, und Cora sprengte weiter den Rasen. Bei beiden Vorfällen war sie bis zu einem gewissen Grad im Recht, aber trotzdem habe ich das Gefühl, daß ich mich in Gefahr befinde.

O Welt, wundersame und verwirrende Welt, wann fing es an mit meinen Schwierigkeiten? Ich schreibe dies in meinem Haus in Bullet Park. Es ist zehn Uhr vormittags. Es ist ein Dienstag. Sie werden mit Recht fragen, was ich an einem Wochentag vormittags in Bullet Park tue. Die einzigen anderen Männer in der Umgebung sind drei Geistliche, zwei Invaliden und ein alter Kauz in der Turner Street, der nicht ganz richtig im Oberstübchen ist. Die Gegend strahlt die Gelassenheit und Stille eines Gebietes aus, in dem es keine sexuellen Spannungen gibt – ausgenommen meine eigenen natürlich und die der drei Geistlichen. Was bin ich? Was tue ich? Warum bin ich nicht mit dem Zug gefahren? Ich bin sechsundvierzig Jahre alt, gesund, gut gekleidet, und ich weiß mehr über Fertigung und Verkauf von Dynaflex als irgend jemand sonst in der gesamten Branche. Eines meiner Probleme ist mein jugendliches Aussehen. Ich habe 76 Zentimeter Taillenweite und tiefschwarzes Haar, und wenn ich Leuten erzähle, daß ich Direktor im Verkauf und zweite Hand des Generaldirektors bei Dynaflex war – wenn ich das in einer Bar oder im Zug Fremden erzähle –, glauben sie mir nie, weil ich so jung aussehe.

Mr. Estabrook, der Generaldirektor von Dynaflex und in gewisser Weise mein Gönner, war ein begeisterter Hobbygärtner. Eines Nachmittags wurde er von einer Hummel gestochen, als er wieder einmal seine Blumen bewunderte. Er starb, bevor man ihn ins Krankenhaus schaffen konnte. Ich hätte Generaldirektor werden können, aber ich wollte lieber im Verkauf und in der Fertigung bleiben. Dann stimmten die Direktoren – ich natürlich eingeschlossen – für eine Fusion mit Milltonium Ltd., mit Eric Penumbra, dem Boss von Milltonium, an der Spitze. Ich stimmte mit einigen Bedenken für die Fusion, aber ich behielt meine Bedenken für mich und leistete die wichtigsten Vorarbeiten für diesen Wechsel. Meine Aufgabe war es, die Zustimmung der konservativen und widerstrebenden Aktionäre einzuholen, und es gelang mir, einen nach dem anderen zu überzeugen. Sie hatten Vertrauen zu mir, weil ich seit dem College für Dynaflex gearbeitet hatte – und nur für Dynaflex. Ein paar Tage nachdem die Fusion vollzogen war, ließ Penumbra mich zu sich rufen. «Nun haben Sie es also geschafft», sagte er.

«Ja, das habe ich wohl», sagte ich. Ich dachte, er wollte mich beglückwünschen, weil ich die Zustimmung der Aktionäre eingeholt hatte. Ich war in den ganzen Vereinigten Staaten herumgereist und zweimal nach Europa geflogen. Es gab niemanden sonst, der das hätte machen können.

«Sie haben es geschafft», sagte Penumbra schroff. «Wie lange brauchen Sie, um hier zu verschwinden?»

«Ich verstehe nicht», sagte ich.

«Wie lange werden Sie verdammt noch mal brauchen, um hier zu verschwinden?» brüllte er. «Sie sind völlig rückständig. Leute wie Sie können wir uns in unserem Laden nicht leisten. Ich habe gefragt, wie lange Sie brauchen, um hier zu verschwinden.»

«Etwa eine Stunde», sagte ich.

«Ich gebe Ihnen bis Ende der Woche», sagte er. «Wenn Sie jetzt auf die Idee kommen, Ihre Sekretärin raufzuschicken, dann werde ich sie an die Luft setzen. Sie können wirklich von Glück reden. Mit Ihrer Pension, Ihrer Abfindung und Ihren Aktien kommen Sie verdammt nahe an das heran, was ich mit nach Hause bringe, und das, ohne einen Finger krumm zu machen.» Dann stand er auf und kam zu mir herüber. Er legte mir den Arm um die Schulter. Er drückte mich kurz an sich. «Machen Sie sich keine Gedanken», sagte er. «Jeder von uns wird früher oder später rückständig. Ich hoffe, ich werde es ebenso gelassen hinnehmen wie Sie, wenn meine Zeit kommt.»

«Das hoffe ich auch», sagte ich und verließ das Büro.

Ich ging auf die Herrentoilette. Ich schloß mich in einer der Kabinen ein und weinte. Ich weinte über Penumbras Betrug, über die Zukunft von Dynaflex, über das Schicksal meiner Sekretärin – einer intelligenten alten Jungfer, die in ihrer Freizeit Kurzgeschichten schreibt –, weinte bitterlich über meine eigene Naivität, meine Arglosigkeit, weinte darüber, daß nackte Tatsachen mich so aus der Bahn werfen konnten. Nach einer halben Stunde wischte ich mir die Tränen ab und wusch mir das Gesicht. In meinem Büro packte ich alles zusammen, was mein persönliches Eigentum war, dann nahm ich einen Zug nach Hause und teilte Cora die Neuigkeiten mit. Ich war natürlich wütend, und sie schien es sich sehr zu Herzen zu nehmen. Sie fing an zu weinen. Sie setzte sich an ihre Frisierkommode, die ihr in all den Jahren unserer Ehe als Klagemauer gedient hat.

«Aber deswegen brauchst du doch nicht zu weinen», sagte ich. «Ich meine, wir haben genug Geld. Wir haben haufenweise Geld. Wir können eine Reise nach Japan machen. Wir können eine Reise nach Indien machen. Wir können uns die englischen Kathedralen ansehen.» Sie weinte weiter, und nach dem Abendessen rief ich unsere Tochter Flora an, die in New York lebt. «Das tut mir leid, Daddy», sagte sie, als ich ihr die Neuigkeiten mitgeteilt hatte. «Es tut mir sehr leid, und ich weiß, wie dir zumute sein muß. Ich würde dich gern sehen, aber später. Du weißt ja, was du mir versprochen hast – du hast mir versprochen, mich in Ruhe zu lassen.»

Als nächste Person betritt meine Schwiegermutter die Szene; sie heißt Minnie. Minnie ist eine Blondine von etwa siebzig Jahren. Sie hat eine rauhe Stimme und vier Narben an den Seiten ihres Gesichts – von kosmetischen Operationen. Vielleicht haben Sie Minnie schon bei Neiman-Marcus oder in der Halle irgendeines beliebigen Grandhotels eine Schau abziehen sehen. Minnie versteht sehr kreativ mit dem Ausdruck «in Mode» umzugehen. Über den Selbstmord ihres Mannes im Jahre 1932 sagt Minnie: «Es war damals sehr *in Mode*, aus dem Fenster zu springen.» Als ihr einziger Sohn wegen unschicklichen Benehmens aus der Oberschule geworfen wurde und nach Paris ging, um mit einem älteren Mann zusammenzuleben, sagte Minnie: «Ich weiß, es ist abstoßend, aber es scheint *unheimlich* in Mode zu sein.» Und zu ihrer eigenen scheußlichen Aufmachung sagt sie: «Es ist schrecklich unbequem, aber himmlisch *in Mode*.» Minnie ist eine grausame und eitle Müßiggängerin, und Cora, ihre einzige Tochter, haßt ihre Mutter. Cora hat ihre Persönlichkeit in krassem Gegensatz zu Minnies Wesen entwickelt. Sie ist liebevoll, ernsthaft, besonnen und gütig. Ich glaube, um ihre eigenen Tugenden zu schützen – eigentlich mehr ihre Hoffnungen –, war Cora gezwungen, sich ein Phantasiebild zu machen, in dem ihre Mutter nicht die geringste Ähnlichkeit mit Minnie hat, sondern eine weise und gütige alte Dame ist, die an einem Stickrahmen sitzt. Jedermann weiß, wie überzeugend und hinterhältig Phantasiebilder sein können.

Am Tag nach meinem Rausschmiß durch Penumbra hing ich zu Hause herum. Nachdem die Büroräume von Dynaflex mir jetzt verschlossen waren, mußte ich zu meiner Überraschung feststellen, daß es kaum einen anderen Ort gab, wohin ich gehen konnte. Mein Club gehört zu einem College; es gibt dort ein Selbstbedienungsrestaurant, und das Ganze ist nicht gerade eine Zufluchtsstätte. Ich hatte schon immer vorgehabt, gute Bücher zu lesen, und jetzt hatte ich die Chance dazu. Ich setzte mich mit einem Band Chaucer in den Garten und las eine halbe Seite, aber für einen Geschäftsmann war das eine mühsame Arbeit. Den Rest des Vormittags verbrachte ich damit, die Salatbeete zu hacken, zum Verdruß des Gärtners. Beim Lunch herrschte aus irgendeinem Grund gespannte Stimmung zwischen Cora und mir. Nach dem Lunch hielt Cora Mittagsschlaf. Das Dienstmädchen ebenfalls, wie ich feststellte, als ich in die Küche ging, um mir ein Glas Wasser zu holen. Sie schlief, den Kopf auf dem Küchentisch, tief und fest. Die Stille im Haus um diese Tageszeit rief sehr sonderbare Empfindungen in mir hervor. Aber die Welt mit all ihren Ablenkungen und Vergnügungen stand mir ja offen; ich rief in New York an und bestellte für den Abend Theaterkarten. Cora geht nicht besonders gern ins Theater, aber sie kam mit. Nach der Vorstellung gingen wir zum Essen ins St. Regis. Als wir dort hinkamen, spielte die Kapelle gerade die letzte Nummer vor der Pause; alle Trompeten schmetterten, Flaggen wurden geschwenkt, und der Schlagzeuger ließ seine Zähne blitzen und schlug wie ein Irrer auf alles ein, was ihm unter die Finger kam. Die Tanzfläche wurde von Minnie beherrscht, die mit dem Hintern wackelte, mit den Füßen stampfte und mit den Daumen schnalzte. Bei ihr war ein kurzatmiger Gigolo, der ständig verzweifelte Blicke über die Schulter warf, als erwartete er, daß sein Trainer das Handtuch werfe. Minnies Aufmachung war besonders auffallend, und ihr Gesicht wirkte besonders verwelkt. Viele Leute lachten über sie. Wie ich schon sagte, in Coras Phantasie besteht offenbar das Bild einer würdigen Mutter, und diese Begegnungen mit Minnie sind grausam. Wir wandten uns ab und gingen. Während der langen Nachhausefahrt sagte Cora kein Wort.

Vor vielen Jahren muß Minnie eine schöne Frau gewesen sein. Ihre großen Augen und ihre edle Nase hat Cora von Minnie. Minnie besucht uns zwei- bis dreimal im Jahr. Wenn sie ihre Besuche ankündigen würde, würden wir zweifellos das Haus verschließen und uns aus dem Staub machen. Sie bringt es auf vollendete und stets neue Weise fertig, ihre Tochter unglücklich zu machen, und so richtet sie es geschickt ein, daß ihre Besuche bei uns immer überraschend kommen. Am nächsten Nachmittag saß ich im Garten und versuchte, Henry James zu lesen. Etwa gegen fünf hörte ich ein Auto vor dem Haus halten. Etwas später begann es zu regnen, und ich ging in das Haus und sah Minnie im Wohnzimmer am Fenster stehen. Es war ziemlich dunkel, aber niemand hatte sich die Mühe gemacht, eine Lampe einzuschalten. «Oh, Minnie», rief ich, «wie *nett*, dich zu sehen, was für eine hübsche Überraschung. Darf ich dir einen Drink anbieten …» Ich machte eine Lampe an und sah, daß es Cora war.

Sie wandte mir langsam den Kopf zu. Ihr ruhiger und ausdrucksvoller Blick war voller Zweifel, fast mit einem Lächeln zu verwechseln – wenn ich nicht gewußt hätte, daß ich sie zutiefst verletzt hatte, wenn ich nicht gespürt hätte, daß Empfindungen von ihr ausströmten wie Blut aus einer Wunde. «Oh, es tut mir *schrecklich* leid, Liebling», sagte ich. «Es tut mir schrecklich leid. Ich konnte nichts sehen.» Sie ging aus dem Zimmer. «Es war die Dunkelheit», sagte ich. «Es wurde plötzlich so dunkel, als es zu regnen anfing. Es tut mir schrecklich leid, es war nur die Dunkelheit und der Regen.» Ich hörte sie die dunkle Treppe hinaufgehen und die Tür unseres Zimmers schließen.

Als ich Cora am nächsten Morgen sah – und ich sah sie erst am Morgen wieder –, entnahm ich ihrer gequälten Miene, daß sie dachte, ich hätte in böswilliger Absicht so getan, als ob ich sie für Minnie hielte. Ich vermute, sie war ebenso tief und anhaltend verletzt, wie ich es gewesen war, als Penumbra mich rückständig nannte. Zu diesem Zeitpunkt begann sie, eine Oktave höher zu sprechen, und in einer Stimme mit mir zu reden – wenn sie überhaupt mit mir redete –, die matt und melodisch klang. Ihre Blicke waren anklagend und dunkel. Nun hätte ich dies alles vielleicht gar nicht bemerkt, wenn meine Arbeit mich in Anspruch genommen hätte und ich abends müde gewesen wäre. Einen gesunden Ausgleich zwischen aktiver Tätigkeit und prüfender Beobachtung zu finden war mir aber fast unmöglich, weil mir die Gelegenheit zu aktiver Betätigung so plötzlich genommen worden war. Ich machte weiter mit meinem Programm ernsthafter Lektüre, aber mehr als die Hälfte meiner Zeit verbrachte ich damit, Coras Leiden und meinen schlecht organisierten Haushalt zu beobachten. Ein Mädchen kam viermal die Woche stundenweise, und als ich sah, wie sie den Staub unter die Teppiche fegte und in der Küche Nickerchen hielt, reagierte ich empfindlich. Ich erwähnte die Angelegenheit nicht, aber es kam sehr schnell zu einem gereizten Verhältnis zwischen uns. Mit dem Gärtner war es das gleiche. Wenn ich auf der Terrasse saß und las, mähte er das Gras unter meinem Stuhl, und er brauchte einen ganzen Tag, die Stunde zu vier Dollar, um die Rasenflächen zu mähen, obwohl ich aus Erfahrung wußte, daß man das viel schneller schaffen konnte. Und was Cora betrifft: ich sah, wie leer und ohne Freunde ihr Leben war. Sie ging nie zum Lunch aus. Sie spielte nie Karten. Sie ordnete Blumen in Vasen, ging zum Friseur, unterhielt sich mit dem Mädchen und ruhte sich aus. Die geringfügigsten Dinge fingen an, mich zu reizen und zu verletzen, und am meisten ärgerte mich meine unvernünftige Reizbarkeit. Das Geräusch von Coras leichten und unschuldigen Schritten, wenn sie ziellos durch das Haus wanderte, stimmte mich verdrießlich. Sogar ihre Sprechweise irritierte mich. «Ich muß *versuchen*, die Blumen zu ordnen», sagte sie etwa. «Ich muß *versuchen*, einen Hut zu kaufen. Ich muß *versuchen*, zumFriseur zu gehen. Ich muß *versuchen*, eine gelbe Handtasche zu finden.» Wenn sie vom Lunch aufstand, sagte sie: «Ich werde jetzt *versuchen*, mich in die Sonne zu legen.» Aber warum versuchen? Die Sonne brannte auf die Terrasse herunter, wo eine große Anzahl bequemer Möbel zur Verfügung stand, und fünf Minuten nachdem Cora sich auf einem der Liegestühle ausgestreckt hatte, war sie fest eingeschlafen. Wenn sie ihr Mittagsschläfchen beendet hatte, stand sie auf und sagte: «Ich muß *versuchen*, keinen Sonnenbrand zu kriegen.» Dann ging sie nach drinnen und sagte: «Jetzt werde ich *versuchen*, ein Bad zu nehmen.»

An einem Nachmittag fuhr ich hinunter zum Bahnhof, um den 6 Uhr 32 einfahren zu sehen. Es war der Zug, mit dem ich immer nach Hause gekommen war. Ich parkte in einer langen Reihe von Wagen, in denen meistens Hausfrauen am Steuer saßen. Ich war schrecklich aufgeregt. Ich wartete auf niemanden, und die Frauen um mich herum warteten nur auf ihre Ehemänner, aber es kam mir so vor, als ob wir alle auf viel mehr warteten. Die Bühne, so schien es mir, war aufgebaut. Pete und Harry, die beiden Taxifahrer, standen neben ihren Wagen. Bruxtons Airdaleterrier, der gern herumstreunt, hatte sich zu ihnen gesellt. Mr. Winters, der Stationsvorsteher, unterhielt sich mit Louisa Balcolm, der Postmeisterin, die zwei Stationen weiter wohnt. Dies waren also die Nebenrollen, die

Dienstleute und Schwätzer, die das Fundament für das Schauspiel liefern würden. Ich behielt meine Armbanduhr im Auge. Dann fuhr der Zug ein, und einen Augenblick später ergoß sich, wie ein Jackpot aus dem Spielautomaten, ein Strom von Menschen aus den Türen des Bahnhofs, so zahlreich und so eifrig, so sehr Matrosen auf Heimaturlaub ähnelnd, so sehr in Eile, so voller Liebe, daß ich vor Freude lachte. Da waren sie alle, die Kleinen und die Großen, die Reichen und die Armen, die Weisen und die Törichten, meine Feinde und meine Freunde, und sie alle drängten aus der Tür mit so leichten Schritten, mit so leuchtenden Augen, daß ich wußte, ich mußte wieder zu ihnen zurückkehren. Ich würde einfach wieder arbeiten. Dieser Entschluß stimmte mich fröhlich und großmütig, und als ich nach Hause kam, schien meine gute Laune einen Augenblick lang ansteckend zu wirken. Zum erstenmal seit Tagen klang Coras Stimme wieder voll und warm, aber als ich antwortete, sang sie: «Ich habe mit dem *Goldfisch* gesprochen.» Das hatte sie auch. Das liebevolle Lächeln, das sie mir vorenthielt, galt dem Goldfischglas, und ich fragte mich, ob sie die Welt mit ihren Lichtern, Städten und Konflikten nicht verlassen und gegen diese Glaskugel mit dem albernen kleinen Schloß darin eingetauscht hatte. Ich sah, wie liebevoll sie sich über das Goldfischglas neigte, und gewann den Eindruck, daß sie sehnsüchtig in diese andere Welt schaute.

Am nächsten Morgen fuhr ich nach New York und rief einen Freund an, dessen Äußerungen über meine Arbeit bei Dynaflex immer besonders schmeichelhaft gewesen waren. Er sagte, ich solle um die Mittagszeit in sein Büro kommen – ich nahm an, zum Lunch. «Ich möchte wieder arbeiten», sagte ich zu ihm. «Ich brauche deine Hilfe.»

«Nun, das ist nicht so einfach», sagte er. «Es ist nicht so einfach, wie es vielleicht aussieht. Einmal kannst du nicht allzuviel Verständnis erwarten. Jeder in der Branche weiß, wie großzügig Penumbra dir gegenüber war. Die meisten von uns würden gern mit dir tauschen. Ich meine, es gibt eine ganze Menge verständlichen Neid. Viele Leute haben etwas dagegen, einem Mann zu helfen, dem es besser als ihnen selbst geht. Außerdem will Penumbra nicht, daß du wieder arbeitest. Ich weiß nicht, warum er das nicht will, aber ich weiß, daß es so ist, und jeder, der dich einstellen würde, hätte Ärger mit Milltonium. Und um die Aufzählung unangenehmer Tatsachen fortzuführen: Du bist einfach zu alt. Unser Generaldirektor ist siebenundzwanzig. Der Boss unserer schärfsten Konkurrenz ist Anfang Dreißig. Warum genießt du nicht einfach dein Leben? Warum machst du es dir nicht leicht? Warum siehst du dich nicht in der Welt um?» Ich fragte ihn demütig, ob er mich in verantwortlicher Stellung unterbringen könnte, wenn ich in seiner Firma Kapital investieren würde – zum Beispiel fünfzigtausend Dollar. Er lächelte offen. Es schien alles so leicht zu sein. «Ich würde deine Fünfzigtausend gerne nehmen», sagte er leichthin, «was aber eine Beschäftigung für dich betrifft, fürchte ich ...» Dann kam seine Sekretärin ins Zimmer, um ihm mitzuteilen, daß er zu spät zum Lunch komme.

Ich stand an einer Straßenecke, scheinbar weil ich auf Grün wartete, aber ich wartete einfach nur. Ich war zutiefst getroffen. Am liebsten hätte ich mir ein Schild umgehängt, auf dem ich all das aufgeführt hatte, was mich bekümmerte. Penumbras Betrug, Coras Leid, die Demütigungen, die Mädchen und Gärtner mir zugefügt hatten, und wie grausam man mich zugunsten von Jugend und Unerfahrenheit ausgebootet hatte. Ich würde mir dieses

Schild auf den Rücken hängen und von neun bis fünf vor der städtischen Bücherei auf und ab marschieren und Interessenten zusätzliches Informationsmaterial überreichen. Dazu vielleicht noch ein Schneetreiben, einen Sturm und Donnergrollen. Ich hatte das Bedürfnis, eine große Schau abzuziehen.

Dann ging ich in ein Restaurant in einer Seitenstraße, um etwas zu trinken und Lunch zu essen. Es war eines von diesen Lokalen, in denen einsame Männer Fischgerichte essen und die Mittagszeitungen lesen und in denen trotz der Berieselung mit bunter Beleuchtung und ferner Musik eine ausgesprochen unbehagliche Atmosphäre herrscht. Der Oberkellner war ein temperamentvoller Bursche, der vom Corso di Roma hätte stammen können. Er lief plattfüßig durch die Gegend und knallte dabei mit den Hacken seiner italienischen Schuhe, und er krümmte die Schultern, als ob sein Jackett zu eng wäre. Er fuhr den Barkeeper an, der daraufhin einem Kellner zuflüsterte: «Ich bringe ihn um! Eines Tages bringe ich ihn um!» – «Du und ich», flüsterte der Kellner. «Wir bringen ihn zusammen um.» Das Garderobenmädchen stimmte in das Geflüster ein. Sie wollte den Geschäftsführer umbringen. Die Verschwörer gingen auseinander, als der Oberkellner zurückkehrte, aber es herrschte immer noch eine rebellische Stimmung. Ich trank einen Cocktail und bestellte einen Salat, und dann horte ich die leidenschaftliche Stimme eines Mannes in der Nische nebenan. Da ich nichts Besseres zu tun hatte, hörte ich zu. «Ich fahre also nach Minneapolis», sagte er. «Ich muß nach Minneapolis fahren, und kaum bin ich im Hotel, da klingelt das Telefon. Sie teilt mir mit, daß der Durchlauferhitzer nicht funktioniert. Da bin ich also in Minneapolis, und sie sitzt auf Long Island und führt ein Ferngespräch, um mir mitzuteilen, daß der Durchlauferhitzer nicht funktioniert. Ich frage sie, warum sie nicht den Klempner anruft, und sie fängt an zu weinen. Sie weint ungefähr fünfzehn Minuten per Ferngespräch, nur weil ich vorschlage, sie solle den Klempner anrufen. Na ja, in Minneapolis gibt es diesen guten Juwelier; ich habe ihr also ein paar Ohrringe gekauft. Saphire. Achthundert Dollar. Ich kann mir das eigentlich überhaupt nicht leisten, aber ich kann es mir auch nicht leisten, ihr keine Geschenke zu kaufen. Ich meine, achthundert Dollar habe ich in zehn Minuten verdient, aber, wie der Steuerberater sagt, ich bringe nicht mehr als ein Drittel von dem, was ich verdiene, nach Hause, ein Paar Achthundert-Dollar-Ohrringe kosten mich also um die Zweitausend. Jedenfalls kaufe ich die Ohrringe, und ich gebe sie ihr bei meiner Rückkehr, und dann gehen wir zu einer Party bei den Barnstables. Als wir nach Hause kommen, hat sie den einen Ohrring verloren. Sie weiß nicht, wo sie ihn verloren hat. Es interessiert sie nicht. Sie ist nicht einmal bereit, die Barnstables anzurufen, um festzustellen, ob er vielleicht irgendwo auf dem Boden herumliegt. Sie möchte sie nicht stören. Ich sage, genausogut könnte ich auch Geld aus dem Fenster werfen. Sie fängt an zu weinen und sagt, Saphire seien kalte Steine und daß sie meine innere Kälte ihr gegenüber ausdrückten. Sie sagt, es sei keine Liebe in dem Geschenk gewesen – es sei ein liebloses Geschenk. Ich hätte nur in ein Juweliergeschäft zu gehen und die Ohrringe zu kaufen brauchen, sagt sie. Ich hätte nichts an Überlegung, an Zuneigung investiert. Ich frage sie also, ob sie erwarte, daß ich ihr selber Ohrringe mache, daß ich einen Kurs in der Abendschule belege und lerne, wie man diese lausigen silbernen Armbänder macht, die sie da fabrizieren. Gehämmert. Du weißt schon. Jeder kleine Schlag mit dem Hammer ein Zeichen der Liebe und

Zuneigung. Möchte sie das, verdammt noch mal? Wieder mal eine Nacht, die ich im Gästezimmer verbracht habe …»

Ich aß und hörte weiter zu. Ich wartete darauf, daß sich der Begleiter des Femden einschaltete, irgendein Zeichen des Verständnisses oder der Zustimmung von sich gäbe, aber es kam nichts, und einen Augenblick lang fragte ich mich, ob er mit sich selbst sprach. Ich verrenkte mir fast den Hals, um um den Rand der Nische herumzublicken, aber er saß zu weit hinten, als daß ich ihn hätte sehen können. «Sie hat ihr eigenes Geld», fuhr er fort. «Ich bezahle die Steuern dafür, und sie gibt alles für Kleidung aus. Sie hat Hunderte von Kleidern und Schuhen, Hunderte, und drei Pelze und vier Perücken. *Vier.* Aber wenn ich mir einen Anzug kaufe, sagt sie, ich sei verschwenderisch. Hin und wieder muß ich mir schließlich auch mal einen Anzug kaufen. Ich meine, ich kann im Büro nicht wie ein Landstreicher herumlaufen. Wenn ich mir etwas kaufe, ist es eben Verschwendung. Letztes Jahr habe ich mir einen Regenschirm gekauft, weil ich nicht naß werden wollte. Verschwendung. Im Jahr davor habe ich mir einen leichten Mantel gekauft. Verschwendung. Ich kann mir nicht einmal eine Schallplatte kaufen, weil ich weiß, es wird der Teufel los sein, weil ich wieder so verschwenderisch war. Bei meinem Gehalt – stell dir vor, bei meinem Gehalt – können wir uns nur sonntags gebratenen Speck zum Frühstück leisten. Gebratener Speck ist Verschwendung. Aber du solltest ihre Telefonrechnungen sehen. Sie hat diese Freundin, mit der sie im College zusammengewohnt hat. Sie waren wohl sehr eng befreundet. Sie lebt in Rom. Ich kann sie nicht leiden. Sie war mit einem netten Kerl verheiratet, einem guten Freund von mir, und sie hat ihn einfach fertiggemacht. Sie hat ihn ruiniert. Er ist ein

Wrack. Na ja, jetzt lebt sie in Rom, und Vera ruft sie dauernd an. Im letzten Monat mußte ich für Gespräche nach Rom über achthundert Dollar zahlen. Ich habe also gesagt: ‹Vera›, habe ich gesagt, ‹wenn du dich so gern mit deiner Freundin unterhältst – warum setzt du dich nicht einfach in ein Flugzeug und fliegst nach Rom. Wir würden eine Menge Geld sparen.› – ‹Ich habe keine Lust, nach Rom zu fliegen›, sagte sie. ‹Ich verabscheue Rom. Es ist laut und dreckig.›

Aber weißt du, wenn ich über meine Vergangenheit nachdenke, und über Veras Vergangenheit, dann kommt es mir so vor, als lägen die Wurzeln unserer Situation tief in der Vergangenheit. Meine Großmutter war sehr emanzipiert; sie hat sich sehr für die Frauenbewegung eingesetzt. Als meine Mutter zweiunddreißig war, begann sie, Jura zu studieren und machte ihr Examen. Sie hat ihren Beruf nie ausgeübt. Sie sagte, sie hätte Jura studiert, um mehr Dinge mit Dad gemein zu haben, aber was sie wirklich getan hat, war das: sie hat den letzten Rest von Zärtlichkeit zwischen ihnen zerstört, regelrecht *zerstört*. Sie war fast nie zu Hause, und wenn sie zu Hause war, lernte sie immer für ihre Prüfungen. Immer hieß es: ‹Pst! Eure Mutter muß lernen ...› Mein Vater war ein einsamer Mann, aber es gibt eine ganze Menge einsame Männer. Sie geben es natürlich nicht zu. Wer sagt schon die Wahrheit? Du triffst zum Beispiel einen alten Freund auf der Straße. Er sieht schrecklich aus. Es ist geradezu beängstigend. Sein Gesicht ist grau, das Haar geht ihm aus, seine Hände zittern. Du sagst also: ‹Charlie, Mensch, du siehst *großartig* aus!› Und er sagt – und zittert dabei wie verrückt: ‹Ich habe mich noch nie so gut gefühlt, noch *nie*.› Und dann gehst du deiner Wege, und er geht seiner Wege.

Ich sehe ja, daß es für Vera auch nicht leicht ist, aber was kann ich tun? Ehrlich, manchmal habe ich Angst, daß sie mir etwas antun könnte – daß sie mir im Schlaf mit dem Hammer den Schädel einschlägt. Nicht weil ich es bin, sondern weil ich ein Mann bin. Manchmal denke ich, daß die Frauen von heute die jämmerlichsten Geschöpfe in der Geschichte der Menschheit sind. Ich meine, sie schwimmen doch mitten im Ozean. Ich habe sie zum Beispiel dabei erwischt, wie sie in der Speisekammer mit Pete Barnstable rumknutschte. Das war an dem Abend, als sie den Ohrring verlor – an dem Abend, an dem ich aus Minneapolis zurückkam. Als wir nach Hause kamen, bevor mir auffiel, daß sie den Ohrring verloren hatte, fragte ich also, was das zu bedeuten habe, dies Geknutsche mit Pete Barnstable. Und sie sagte – *sehr* emanzipiert –, man könne von keiner Frau erwarten, daß sie sich mit den Aufmerksamkeiten eines einzigen Mannes zufriedengebe. Ich fragte sie also, was mit mir sei, ob das auch für mich gelte. Ich meine, wenn sie sich mit Pete Barnstable abknutschen konnte – wäre es dann nicht logisch, daß ich Mildred Renny mit auf den Parkplatz nähme? Und dann sagte sie, ich zöge alles, was sie sage, in den Dreck. Sie sagte, ich hätte eine so schmutzige Phantasie, daß sie mit mir nicht reden könne. Danach fiel mir auf, daß sie nur noch einen Ohrring hatte, und danach hatten wir die Szene mit den Saphiren, die so kalt seien, und danach …»

Er senkte plötzlich die Stimme, gleichzeitig begannen ein paar Frauen in der Nische an der anderen Seite, eine gemeinsame Freundin lautstark und scharf zu kritisieren. Ich hätte sehr gern das Gesicht des Mannes neben mir gesehen und rief nach der Rechnung, aber als ich meine Nische verließ, war er nicht mehr da, und ich würde nie erfahren, wie er aussah.

Als ich nach Hause kam, fuhr ich den Wagen in die Garage und betrat das Haus durch die Küchentür. Cora stand am Tisch, über eine Platte mit Koteletts gebeugt. In der einen Hand hatte sie eine Dose mit einem hochgiftigen Schädlingsbekämpfungsmittel. Ich war nicht ganz sicher – ich bin ziemlich kurzsichtig –, aber ich glaube, sie streute Gift auf das Fleisch. Sie erschrak, als ich hereinkam, und als ich meine Brille endlich aufgesetzt hatte, hatte sie das Gift auf den Tisch gestellt. Da ich wegen meiner Kurzsichtigkeit schon einen bösen Fehler gemacht hatte, wollte ich nur ungern einen zweiten riskieren, aber da stand das Gift neben dem Fleisch auf dem Tisch, und da gehörte es nicht hin. Es enthielt einen hohen Anteil an Nervengift. «Was um alles in der Welt tust du da?» fragte ich.

«Wie sieht es denn aus, was ich tue?» fragte sie; ihre Stimme lag noch immer eine Oktave über dem eingestrichenen C.

«Es sieht so aus, als ob du die Koteletts mit Schädlingsbekämpfungsmittel bestreust», sagte ich.

«Ich weiß, daß du mich nicht für besonders intelligent hältst», sagte sie, «aber billige mir doch wenigstens zu, daß ich etwas so Absurdes nicht tun würde.»

«Aber was tust du mit dem Schädlingsbekämpfungsmittel?» fragte ich.

«Ich habe die Rosen damit bestreut», sagte sie.

Ich war in gewisser Weise geschlagen, geschlagen und voller Angst. Vermutlich war der Genuß von Fleisch mit einer reichlichen Dosis Schädlingsbekämpfungsmittel lebensgefährlich. Wenn ich die Koteletts aß, bestand die Möglichkeit, daß ich stürbe. Was mich am seltsamsten berührte, war die Tatsache, daß ich Cora nach zwanzigjähriger Ehe nicht gut genug kannte, um zu wissen, ob sie die Absicht hatte, mich zu ermorden. Einem Boten, der mir zufällig über den Weg lief, oder einer Putzfrau würde ich trauen, Cora aber traute ich nicht. Der über unserer Verbindung hängende kriegerische Pulverrauch hatte sich offenbar nicht mit den herrschenden Winden verflüchtigt. Macht der Gewohnheit. Ich machte mir einen Martini und ging ins Wohnzimmer. Ich befand mich in keiner Gefahr, der ich nicht ohne weiteres entgehen konnte. Ich könnte im Country Club zu Abend essen. Wenn ich zögerte, dies zu tun, so geschah das, glaube ich rückblickend, wegen der blauen Wände des Zimmers, in dem ich stand. Es war ein freundliches Zimmer, aus dessen hohen Fenstern man auf einen Rasen, Bäume und den Himmel blickte. Die Ordnung, die in dem Zimmer herrschte, schien auch meinem Verhalten eine gewisse Ordnung aufzuerlegen – als ob ich irgendwie gegen die Ordnung der Dinge verstoßen würde, wenn ich mich von dem Tisch entfernte. Wenn ich zum Abendessen in den Club ginge, würde ich meinen Verdächtigungen nachgeben und meinen Hoffnungen Schaden zufügen, und ich war fest entschlossen, mir meine Hoffnungen zu erhalten. Die blauen Wände des Zimmers schienen eine Art Glied in der Kette meines Daseins zu sein, die ich beschädigen würde, wenn ich in den Club führe, um in der Bar allein Steak mit einem Stück Brot zu essen.

Ich aß zum Abendbrot eines der Koteletts. Es hatte einen sonderbaren Geschmack, aber inzwischen konnte ich zwischen meinen Befürchtungen und den Tatsachen nicht mehr unterscheiden. Während der Nacht wurde mir furchtbar übel, aber das konnte Folge meiner Einbildungen sein. Ich hatte eine akute Magenverstimmung und verbrachte eine Stunde im Badezimmer. Cora schien zu schlafen, aber als ich aus dem Badezimmer zurückkam, sah ich, daß ihre Augen geöffnet waren. Ich war beunruhigt, und am nächsten Morgen machte ich mir selber Frühstück.

Das Mädchen kochte den Lunch, und ich glaubte nicht, daß sie mich vergiften würde. Ich las im Garten wieder ein paar Seiten Henry James, aber als es allmählich Zeit für das Abendessen wurde, mußte ich feststellen, daß ich Angst hatte. Ich ging in den Anrichteraum, um mir einen Drink zu machen. Cora hatte das Abendessen vorbereitet und war in einen anderen Teil des Hauses gegangen. In der Küche ist eine Besenkammer. Ich ging in die Besenkammer und zog die Tür hinter mir zu. Nach einer Weile hörte ich Coras Schritte, als sie wieder zurückkam. Wir bewahren die Schädlingsbekämpfungsmittel für die Rosen in einem Schrank in der Küche auf. Ich hörte sie den Schrank öffnen. Dann ging sie hinaus in den Garten, und ich hörte, daß sie das Gift auf die Rosen stäubte. Dann kam sie wieder in die Küche, aber sie stellte das Schädlingsbekämpfungsmittel nicht in den Schrank zurück. Ich hatte durch das Schlüsselloch nur ein begrenztes Blickfeld. Sie wandte mir den Rücken zu, als sie das Fleisch würzte, und ich konnte nicht sehen, ob sie Salz und Pfeffer oder Nervengift benutzte. Dann ging sie wieder in den Garten, und ich verließ die Besenkammer. Das Schädlingsbekämpfungsmittel stand nicht auf dem Tisch. Ich ging ins Wohnzimmer und betrat von da aus das Eßzimmer, als das Abendessen fertig war. «Es ist heiß, nicht?» fragte ich, als ich mich hinsetzte.

«Na ja», sagte Cora, «wir können nicht erwarten, daß wir uns wohl fühlen, wenn wir uns in Besenkammern verstecken, nicht wahr?»

Ich rührte mich nicht von meinem Stuhl, stocherte im Essen herum, machte ein paar unverbindliche Bemerkungen und brachte die Mahlzeit irgendwie hinter mich. Hin und wieder lächelte sie mich gelassen und boshaft an. Nach dem Essen ging ich in den Garten. Ich brauchte dringend Hilfe, und in diesem Augenblick dachte ich an meine Tochter. Vielleicht sollte ich erklären, daß Flora ihren Abschluß an der Villa Mimosa in Florenz gemacht hat und dann mitten im ersten Jahr das Smith College verließ, um in einem Mietshaus in der Lower East Side mit einem Sexmonster zusammenzuleben. Ich schicke ihr jeden Monat einen Scheck und habe versprochen, sie in Ruhe zu lassen, aber angesichts der Gefahr, in der ich schwebte, fühlte ich mich berechtigt, mein Versprechen zu brechen. Ich hatte das Gefühl, wenn ich sie sehen könnte, könnte ich sie auch überreden, nach Hause zu kommen. Ich rief sie also an und sagte, daß ich sie sehen müsse. Sie hörte sich ganz freundlich an und lud mich zum Tee ein.

Am nächsten Tag fuhr ich zum Lunch in die Stadt und verbrachte den frühen Nachmittag bei Kartenspielen und Whisky in meinem Club. Flora hatte mir erklärt, wie ich am besten zu ihr komme, und ich fuhr zum erstenmal in ich weiß nicht wie vielen Jahren mit der U-Bahn in die Innenstadt. Es war alles sehr seltsam. Ich hatte mir oft ausgemalt, wie es sein würde, wenn ich meine einzige Tochter und ihren Auserwählten besuchen würde, und jetzt war ich endlich auf dem Weg zu ihr. In meinen Träumen spielte sich diese Begegnung in einem Club ab. Er würde aus einer guten Familie kommen. Flora wäre glücklich; sie hätte das strahlende Gesicht eines jungen Mädchens, das zum erstenmal liebt. Der Junge würde ernsthaft sein, aber nicht zu ernsthaft, intelligent, gutaussehend, und das gewinnende Auftreten eines jungen Mannes besitzen, der buchstäblich an der Schwelle einer großen Karriere steht. Ich wußte, wie sinnlos diese Träume waren, aber waren sie denn so einfältig und müßig, daß ich es verdiente, in jedem Punkt genau das Gegenteil erfahren zu müssen – anstatt eines Clubs die übelsten Slums der Stadt und anstatt eines ernsthaften jungen Mannes einen bärtigen Freak? Ich hatte Freunde, deren Töchter passende junge Männer aus passenden Familien heirateten. In der überfüllten U-Bahn packte mich der Neid – und verwandelte sich dann in Zorn. Warum mußte gerade mir dieses Mißgeschick zustoßen? Ich liebte meine Tochter. Die tiefe Liebe, die ich für sie empfand, erschien mir rein, stark und ganz natürlich. Plötzlich hätte ich am liebsten geweint. Alle Türen hatten ihr offengestanden, sie hatte die schönsten Landschaften gesehen und, glaubte ich, die Gesellschaft jener Leute genossen, die die besten Möglichkeiten hatten, die ihnen gegebenen Fähigkeiten zu entwickeln.

Es regnete, als ich die U-Bahn verließ. Ich ging, ihren Anweisungen folgend, durch ein Slumviertel, bis ich zu dem Mietshaus kam. Nach meiner Schätzung war das Gebäude etwa achtzig Jahre alt. Der Eingang bestand aus einem romanischen Bogen, der von zwei glänzenden Marmorsäulen getragen wurde. Das Haus hatte sogar einen Namen. Es hieß Eden. Ich sah den Engel mit dem flammenden Schwert vor mir, das nackte Paar, gebeugt, die Hände vor den Geschlechtsteilen. Masaccio? Das war, als wir sie in Florenz besuchten. Ich betrat Eden also wie ein Racheengel, aber als ich unter dem romanischen Bogen stand, sah ich einen Korridor vor mir, der so schmal war wie die Kajütentreppe in einem U-Boot, und der Einfluß der Lichtverhältnisse auf meine Stimmung – der generell beträchtlich ist – war in diesem Fall sehr deprimierend, so primitiv und erbärmlich schienen die Lampen im Flur. Treppen tauchen oft in meinen Träumen auf, und die Treppen, die ich jetzt hinaufstieg, hatten ein quälend unwirkliches Aussehen. Ich hörte spanische Gesprächsfetzen, das Rauschen einer Toilette, Musik und das Bellen von Hunden.

Angetrieben von meinem Zorn, oder vielleicht auch von den Drinks im Club, brachte ich die ersten drei oder vier Treppen in raschem Tempo hinter mich, aber dann war ich plötzlich außer Atem; ich war gezwungen, stehenzubleiben und auf demütigende Weise nach Luft zu ringen. Ich brauchte mehrere Minuten, bevor ich weitergehen konnte, und das letzte Stück legte ich langsam zurück. Flora hatte eine ihrer Visitenkarten an die Tür geheftet. Ich klopfte. «Hallo, Daddy», sagte sie fröhlich, und ich küßte sie auf die Stirn. Oh, bis hier war es gut, frisch und stark. Ich wurde plötzlich von Erinnerungen überwältigt, Erinnerungen an all die glücklichen Stunden, die wir miteinander geteilt hatten. Die Tür führte in eine Küche, und hinter der Küche war ein weiterer Raum. «Ich möchte dir Peter vorstellen», sagte Flora.

«Hallo», sagte Peter.

«Guten Tag», sagte ich.

«Sieh mal, was wir gemacht haben», sagte Flora. «Ist es nicht hinreißend? Wir sind gerade eben fertig geworden. Es war Peters Idee.»

Was sie gemacht hatten, was sie getan hatten, war dies: sie hatten sich in einer Firma für Ärztebedarf ein Skelett mit einem Gestell gekauft und die polierten Knochen hier und da mit Schmetterlingen beklebt. Ich kannte einige Exemplare aus meiner Jugend und wußte, daß ich sie mir damals nicht hätte leisten können. Auf dem Schulterknochen klebte ein Catagramme astarte, in der einen Augenhöhle ein Sapphira und auf dem Schambein ein ganzer Schwarm von Appia zarinda. «Phantastisch», sagte ich, «phantastisch», und versuchte, meinen Widerwillen zu verbergen. Wenn ich an all die nützlichen Aufgaben im Leben dachte, erzürnte mich die Vorstellung, daß diese beiden erwachsenen Menschen teure Schmetterlinge auf die polierten Knochen irgendeines armen Teufels klebten. Ich setzte mich auf einen Segeltuchstuhl und lächelte Flora zu. «Wie geht es dir, mein Liebes?»

«Oh, gut, Daddy», sagte sie. «Mir geht es *gut.*»

Ich vermied es, irgendwelche Bemerkungen zu ihrer Kleidung oder ihrem Haar zu machen. Sie war ganz in Schwarz gekleidet, und ihr Haar war glatt. Der Sinn dieser Verkleidung oder Uniform leuchtete mir nicht ein. Es stand ihr nicht. Es sprach die Sinne nicht an. Es hatte wohl etwas mit ihrer Selbstachtung zu tun. Es sah aus wie Trauerkleidung oder ein Bußgewand, ein Ausdruck ihrer Gleichgültigkeit gegenüber Seidenstoffen, die ich an Frauen so gern sehe. Aber aus welchen Gründen verachtete sie Eleganz? Und Peters Aufmachung war noch verwirrender. War sie italienischen Ursprungs? Ich war mir nicht ganz sicher. Die Schuhe sahen weibisch aus, und er trug eine kurze Jacke, aber er wirkte eher wie ein Straßenjunge aus dem London des 19. Jahrhunderts als wie jemand auf dem Corso. Ausgenommen allerdings sein Haar. Er trug Vollbart und lange dunkle Locken, die mich an einen der unbedeutenderen Apostel in einem drittklassigen Passionsspiel erinnerten. Sein Gesicht war nicht weibisch, aber es war ein zartes Gesicht, und es machte auf mich einen ausgesprochen unverbindlichen Eindruck.

«Möchtest du eine Tasse Kaffee, Daddy?» fragte Flora.

«Nein, danke, Liebes», sagte ich. «Habt ihr nichts zu trinken?»

«Nein, das haben wir nicht», sagte sie.

«Würde Peter so nett sein und mir etwas holen?» fragte ich.

«Wenn's sein muß», sagte Peter mürrisch, und ich sagte mir, daß er wahrscheinlich nicht absichtlich unhöflich war.

Ich gab ihm einen Zehn-Dollar-Schein und bat ihn, eine Flasche Bourbon zu holen.

«Ich glaube nicht, daß sie Bourbon haben», sagte er.

«Dann eben Scotch», sagte ich.

«Hier in der Gegend trinkt man hauptsächlich Wein», sagte Peter.

Ich musterte ihn mit einem klaren, freundlichen Blick und überlegte, daß ich ihn umbringen lassen würde. Meines Wissens kann man auf dieser Welt noch immer Mörder dingen, und ich würde dafür bezahlen, daß ihm jemand ein Messer in den Rücken jagte oder ihn von einem Dach stieß. Mein Lächeln war offen und klar und voll echter Mordgelüste. Der Junge zog einen grünen Mantel an – ein weiteres Stück Maskerade – und ging.

«Er gefällt dir nicht?» fragte Flora.

«Ich finde ihn abscheulich», sagte ich.

«Aber du *kennst* ihn doch gar nicht, Daddy», sagte Flora.

«Mein Liebes, wenn ich ihn besser kennen würde, würde ich ihm den Hals umdrehen.»

«Er ist sehr liebevoll und sensibel, und er ist sehr großzügig.»

«Ich sehe, daß er sehr sensibel ist», sagte ich.

«Er ist der liebevollste Mensch, den ich kenne», sagte Flora.

«Das freut mich», sagte ich. «Aber laß uns jetzt von dir sprechen, ja? Ich bin nicht gekommen, um über Peter zu sprechen.»

«Aber wir leben zusammen, Daddy.»

«Das habe ich gehört. Aber ich bin hergekommen, um zu erfahren, was mit dir ist, Flora, was für Pläne du hast und so weiter. Ich werde nichts gegen deine Pläne sagen, wie sie auch immer aussehen mögen. Ich möchte ganz einfach nur wissen, wie sie aussehen. Du kannst nicht den Rest deines Lebens damit verbringen, Schmetterlinge auf Skelette zu kleben. Ich möchte lediglich wissen, was du aus deinem Leben machen willst.»

«Ich weiß es nicht, Daddy.» Sie hob das Gesicht. «Niemand in meinem Alter weiß das.»

«Ich will kein Glaubensbekenntnis deiner Generation. Ich frage dich. Ich frage dich, was du aus deinem Leben machen möchtest. Ich frage dich nach deinen Vorstellungen, deinen Träumen, deinen Hoffnungen für dich selbst.»

«Ich weiß es nicht, Daddy. Niemand in meinem Alter weiß das.»

«Ich wünschte, du würdest den Rest deiner Generation einmal aus dem Spiel lassen. Ich kenne mindestens fünfzig Mädchen deines Alters, die genau wissen, was sie wollen. Sie wollen Historikerin, Redakteurin, Ärztin, Hausfrau, Mutter werden. Sie wollen etwas Nützliches tun.»

Peter kam mit einer Flasche Bourbon zurück, aber er gab mir kein Wechselgeld. War es Habgier, fragte ich mich, oder war er nur mit seinen Gedanken woanders? Ich sagte nichts. Flora brachte mir Wasser und ein Glas, und ich fragte, ob sie nicht ein Glas mit mir trinken wollten.

«Wir trinken nicht viel», sagte Peter.

«Nun, das freut mich», sagte ich. «Während Sie weg waren, habe ich mich mit Flora über ihre Zukunftspläne unterhalten. Das heißt, ich habe festgestellt, daß sie keine Pläne hat, und da das so ist, werde ich sie mit nach Bullet Park nehmen, bis ihre Vorstellungen etwas klarer sind.»

«Ich bleibe bei Peter», sagte Flora.

«Aber angenommen, Peter würde dich verlassen?» fragte ich. «Angenommen, Peter hätte ein interessantes Angebot – zum Beispiel sechs Monate oder ein Jahr im Ausland –, was würdest du dann tun?»

«Oh, Daddy», sagte sie, «das würdest du nicht tun, oder?»

«Aber doch, das würde ich tun, das würde ich ganz gewiß tun», sagte ich. «Ich würde Himmel und Hölle in Bewegung setzen, um dich zur Vernunft zu bringen. Würden Sie gern ins Ausland gehen, Peter?»

«Ich weiß nicht», sagte er. Man konnte nicht gerade sagen, daß sein Gesicht aufgeleuchtet hätte, aber für einen Augenblick schien sein Verstand beteiligt zu sein. «Ich würde gern nach Ost-Berlin gehen», sagte er.

«Warum?»

«Ich würde gern nach Ost-Berlin gehen und meinen amerikanischen Paß irgendeinem großen schöpferischen Menschen geben», sagte er, «irgendeinem Schriftsteller oder Musiker, der dann in die freie Welt entkommen könnte.»

«Warum malst du dir nicht PEACE auf den Arsch und springst irgendwo aus dem zwölften Stock?» fragte ich.

Das war ein Fehler, ein Unglück, eine Katastrophe, und ich goß mir noch einen Bourbon ein. «Es tut mir leid», sagte ich. «Ich bin müde. Mein Angebot steht jedenfalls. Wenn Sie nach Europa möchten, Peter, würde ich gern die Kosten übernehmen.»

«Ach, ich weiß nicht», sagte Peter. «Ich war schon da. Ich meine, ich hab das meiste schon gesehen.»

«Also, überlegen Sie es sich», sagte ich. «Und was dich betrifft, Flora, ich möchte, daß du mit mir nach Hause kommst. Komm wenigstens für ein oder zwei Wochen. Mehr will ich ja gar nicht. In zehn Jahren wirst du mir Vorwürfe machen, daß ich dich nicht aus diesem Schlamassel herausgeholt habe. In zehn Jahren wirst du mich fragen: ‹Daddy, Daddy, o Daddy, warum hast du mich nicht davon abgehalten, die besten Jahre meines Lebens in den Slums zu verbringen?› Ich kann den Gedanken nicht ertragen, daß du in zehn Jahren zu mir kommst, um mir Vorwürfe zu machen, daß ich dich nicht gezwungen habe, meinem Rat zu folgen.»

«Ich gehe nicht nach Hause.»

«Hier kannst du nicht bleiben.»

«Wenn ich will, schon.»

«Ich werde dir kein Geld mehr schicken.»

«Ich kann mir einen Job suchen.»

«Was für einen Job? Du kannst weder Kurzschrift noch Schreibmaschine schreiben, du hast keine Ahnung von den einfachsten Geschäftsvorgängen, du könntest nicht einmal als Telefonistin arbeiten.»

«Ich könnte in der Ablage arbeiten.»

«O großer Gott!» brüllte ich. «Großer Gott! Nach all dem Segel- und Skiunterricht, nach all den Tanzstunden und Gesellschaftsabenden, nach dem Jahr in Florenz und den langen Sommerurlauben am Meer, nach alldem stellt sich heraus, daß du am liebsten in der Ablage irgendeiner Firma versauern möchtest, als alte Jungfer mit niedrigem Rentenanspruch, deren Hauptvergnügen es sein wird, ein- oder zweimal im Jahr mit einem Dutzend anderer alter Jungfern aus der Registratur in einem viertklassigen chinesischen Restaurant essen zu gehen und sich mit zwei Manhattans einen Schwips anzutrinken.»

Ich ließ mich in den Stuhl zurückfallen und goß mir noch einen Whisky ein. Ich spürte einen heftigen Schmerz in der Herzgegend, als ob dieses schwerfällige Organ nur darum jedem Mißbrauch widerstanden hätte, um jetzt von Kummer gelähmt zu werden. Der Schmerz war stechend, und ich glaubte, daß ich sterben würde – nicht in diesem Augenblick, auf dem Segeltuchstuhl, aber ein paar Tage später, vielleicht in Bullet Park oder in einem bequemen Krankenhausbett. Der Gedanke beunruhigte mich nicht – es war ein tröstlicher Gedanke. Ich würde sterben, und wenn die Spannungen, deren Ursachen ich verkörperte, endgültig beseitigt wären, würde meine einzige, einzige Tochter endlich ihr Leben beginnen. Kummer und Zweifel über mein plötzliches Abtreten würden sie ernüchtern. Mein Tod würde sie reifer werden lassen. Sie würde wieder aufs College gehen, dem Gesangverein beitreten, die College-Zeitung herausgeben, sich mit Mädchen ihrer eigenen Gesellschaftsschicht anfreunden, einen intelligenten jungen Mann heiraten (der im Augenblick nur in meiner Einbildung existierte und eine Brille zu tragen schien) und drei oder vier kräftige Kinder großziehen. Es würde ihr leid tun. Das war es, und nächtlicher Kummer würde ihr klarmachen, wie sinnlos es war, in einem Slumviertel mit einem Herumtreiber zusammenzuleben.

«Geh nach Hause, Daddy», sagte sie. Sie weinte. «Geh nach Hause, Daddy, und laß uns in Ruhe. Geh bitte nach Hause, Daddy!»

«Ich habe immer versucht, dich zu verstehen», sagte ich. «Manchmal legtest du vier oder fünf Platten auf unseren Plattenspieler, und wenn die Musik anfing, gingst du aus dem Haus. Ich habe nie verstanden, warum du das machtest, aber eines Abends ging ich nach draußen, um dich zu suchen, und als ich über den Rasen ging und die Musik aus all den offenen Fenstern kam, glaubte ich, dich zu verstehen. Ich meine, ich dachte, du legtest die Platten auf und gingst aus dem Haus, weil du es gern hörtest, wenn die Musik aus den Fenstern drang. Ich meine, ich dachte, du kamst am Ende eines Spaziergangs gern in ein Haus zurück, in dem Musik spielte. Ich hatte doch recht, nicht wahr? Das habe ich doch wenigstens verstanden?»

«Geh nach Hause, Daddy», sagte sie. «Geh bitte nach Hause.»

«Und es geht nicht nur um dich, Flora», sagte ich. «Ich brauche dich, ich brauche dich so sehr.»

«Geh nach Hause, Daddy», sagte sie, und das tat ich dann auch.

Ich aß irgendwo in der Stadt zu Abend und kam gegen zehn nach Hause. Ich hörte, wie Cora oben Badewasser einlaufen ließ, und duschte im Badezimmer neben der Küche. Als ich nach oben kam, saß Cora an ihrer Frisierkommode und bürstete sich das Haar. Ich habe wohl vergessen zu erwähnen, daß Cora sehr schön ist und daß ich sie liebe. Sie hat aschblondes Haar, dunkle Augenbrauen, volle Lippen, und Augen, die so erstaunlich groß, ausdrucksvoll und gewinnend sind, von einem so bemerkenswerten Schnitt, daß ich manchmal denke, sie könnte sie herausnehmen und zwischen die Seiten eines Buches legen, sie auf dem Tisch liegenlassen. Das Weiß hat einen leicht bläulichen Ton, und das Blau ist ungewöhnlich dunkel. Sie ist nicht sehr groß und außerordentlich anmutig. Sie raucht ununterbrochen und hat das schon ihr halbes Leben getan, aber sie hält ihre Zigaretten mit einer so bezaubernden Ungeschicklichkeit, daß man glauben könnte, sie hätte diese tiefverwurzelte Gewohnheit erst vor kurzem angenommen. Ihre Arme, Beine, ihre Vorderfront – alles ist sehr wohlgestaltet. Ich liebe sie, und da ich sie liebe, weiß ich, daß die Liebe nichts mit Vernunft zu tun hat. Ich hatte weder erwartet noch geplant, mich zu verlieben, als ich sie zum erstenmal bei einer Hochzeit auf dem Lande sah. Cora war eine der Brautjungfern. Die Hochzeit fand in einem Garten statt. Ein Fünf-Mann-Orchester in Smokings war halb von den Rhododendronbüschen verdeckt. Aus dem Zelt auf dem Hügel konnte man hören, wie die Leute vom Party-Service Wein in Waschwannen kühl stellten. Sie kam als zweite und trug eines dieser exotischen Gewänder, die offenbar für Hochzeitsgesellschaften entworfen werden, als ob der heilige Stand der Ehe in der Geschichte der Mode einen besonderen und geheimnisvollen Platz für sich selbst beanspruche. Ihr Kleid war blau, erinnere ich mich, mit irgendwelchen herunterhängenden Verzierungen, und auf ihrem hellen Haar trug sie einen breitrandigen Hut, der kein Kopfteil hatte. Sie stelzte in ihren hochhackigen Schuhen über den Rasen und starrte schüchtern und unglücklich auf einen Strauß blauer Blumen hinunter, und als sie ihren Platz erreicht hatte, hob sie das Gesicht und lächelte die Gäste schüchtern an, und ich sah zum erstenmal die Ausdruckskraft und unwahrscheinliche Größe ihrer Augen, hatte zum erstenmal das Gefühl, sie könnte sie herausnehmen und in die Tasche stecken. «Wer ist das?» fragte ich laut. «Wer ist *das*?» – «Pst», sagte jemand. Ich war bezaubert. Mein Herz und meine Stimmung machten einen Sprung. Ich sah überhaupt nichts von der ganzen Hochzeit, und als die Zeremonie beendet war, lief ich über den Rasen und stellte mich ihr vor. Ich war erst zufrieden, als sie sich ein Jahr später bereit erklärte, mich zu heiraten.

Jetzt machten mein Herz und meine Stimmung einen Sprung, als ich sah, wie sie sich das Haar kämmte. Vor wenigen Tagen hatte ich gedacht, sie hätte sich in das Wasser eines Goldfischglases zurückgezogen. Ich hatte sie des versuchten Mordes verdächtigt. Wie konnte ich mit Anstand und mit körperlicher und geistiger Hingabe eine Frau umarmen, die ich des Mordes verdächtigte? Umarmte ich die Verzweiflung, war es eine obszöne Leidenschaft, hatte ich bei jener Hochzeit vor so vielen Jahren gar nicht Schönheit, sondern Grausamkeit in ihren großen

Augen gesehen? Ich hatte sie in meinen Phantasien zu einem Goldfisch, einer Mörderin gemacht, und als ich sie jetzt in die Arme nahm, war sie ein Schwan, eine Treppe, ein Springbrunnen, der unbeaufsichtigte, unbewachte Eingang zum Paradies.

Aber um drei wachte ich auf und war schrecklich traurig und dachte rebellisch, daß ich keine Lust hatte, über Traurigkeit, Wahnsinn, Schwermut und Verzweiflung nachzudenken. Ich wollte über Triumphe nachdenken, über die Wiederentdeckung von Liebe, über alles Anständige, Strahlende, Klare, was ich auf der Welt kannte. Dann quoll das Wort «Liebe», der Drang zu lieben, irgendwo in meiner Brust hervor, Liebe schien von mir in alle Richtungen zu strömen, so reichlich wie Wasser – Liebe zu Cora, Liebe zu Flora, Liebe zu all meinen Freunden und Nachbarn, Liebe zu Penumbra. Es genügte nicht, diesen gewaltigen Strom von Lebenskraft einfach zu buchstabieren, und mir war so, als nähme ich einen Filzschreiber und schriebe «Liebe» an die Wand. Ich schrieb «Liebe» ins Treppenhaus, «Liebe» in die Speisekammer , «Liebe» auf den Herd, die Waschmaschine, die Kaffeekanne, und wenn Cora morgens herunterkam (ich wäre nicht in der Nähe), würde sie, wohin sie auch blickte, überall «Liebe», «Liebe», «Liebe» lesen. Dann sah ich eine grüne Wiese und einen glitzernden Bach. Auf einer Hügelkette standen strohgedeckte Häuser und ein rechtwinkliger Kirchturm, daher wußte ich, daß es England sein mußte. Ich ging die Wiese hinauf zu den Dorfstraßen und suchte nach dem Haus, in dem Cora und Flora auf mich warteten. Es schien da irgendein Mißverständnis zu geben. Niemand kannte ihre Namen. Ich erkundigte mich in der Post, erhielt aber die gleiche Antwort. Dann kam mir der Gedanke, daß sie im Gasthaus sein müßten. Wie dumm von mir! Ich verließ das Dorf und ging über einen schräg ansteigenden Rasen hinauf zu einem georgianischen Haus, wo ein Butler mir die Tür öffnete. Der Gutsherr gab eine Gesellschaft. Etwa fünfundzwanzig oder dreißig Leute standen in der Halle und tranken Sherry. Ich nahm mir ein Glas von einem Tablett und sah mich unter den Anwesenden nach meiner Frau und Flora um, aber sie waren nicht da. Dann bedankte ich mich bei dem Gastgeber und ging den breiten Rasen hinunter, zurück zu der Wiese und dem glitzernden Bach, wo ich mich in das Gras legte und in einen süßen Schlaf fiel.

DER TOPF VOLL GOLD

Es wäre unfair gewesen, Ralph und Laura Whittemore als typische und unverbesserliche Schatzsucher hinzustellen, aber man konnte guten Gewissens behaupten, daß der Glanz, der Geruch, die ganze eigentümliche und verheißungsvolle Kraft des Geldes einen ungünstigen Einfluß auf ihr Leben ausübten. Sie waren immer auf der Schwelle zum Erfolg, sie schienen immer ein Eisen im Feuer zu haben. Ralph war ein gutaussehender junger Mann mit unerschöpflicher kaufmännischer Phantasie und einem unerschütterlichen Glauben an das Magische und Abenteuerliche des geschäftlichen Erfolgs, und wenn er nur einen obskuren Job bei einem Textilfabrikanten innehatte, so sah er darin doch nie etwas anderes als eine Übergangslösung.

Dabei waren die Whittemores weder aufdringliche noch anmaßende Menschen, sondern hingen mit unwandelbarer Treue den guten Manieren des Mittelstandes an. Laura war ein liebenswertes Mädchen von nicht weiter erwähnenswertem Aussehen, das ungefähr um die gleiche Zeit aus Wisconsin nach New York gekommen war wie Ralph aus Illinois, aber es bedurfte noch eines zwei Jahre langen Kommens und Gehens, bevor sie eines Spätnachmittags in der Wandelhalle eines Bürohochhauses zusammentrafen. Ralphs Herz war so aufrichtig und leistete ihm bei dieser Gelegenheit so gute Dienste, daß er beim ersten Blick auf

Lauras helles Haar und ihr hübsches, mißmutiges Gesicht auch schon hingerissen war. Er folgte ihr aus der Wandelhalle nach draußen, indem er sich einen Weg durch die Menschenmenge bahnte, und da sie nichts fallen gelassen hatte und er keinen triftigen Grund fand, sie anzusprechen, rief er «Louise! Louise! Louise!» hinter ihr her, und seine Stimme klang so drängend, daß sie stehenblieb und sich umsah. Er sagte, er habe sich geirrt. Er sagte, es tue ihm leid. Er sagte, sie sehe genauso aus wie ein Mädchen namens Louise Hatcher. Es war ein Januarabend, und die dunkle Luft schmeckte nach Rauch, und da sie ein vernünftiges und einsames Mädchen war, ließ sie sich von ihm zu einem Drink einladen.

Es war in den dreißiger Jahren, und ihr Brautstand war von kurzer Dauer. Sie heirateten drei Monate später. Laura zog mit ihren Besitztümern in die Mietwohnung in der Madison Avenue, in der Ralph wohnte. Sie lag über einer Hosenbügelanstalt und einem Blumengeschäft, in einem Haus ohne Fahrstuhl. Laura arbeitete als Sekretärin, und ihr Gehalt war zusammen mit dem, was er aus der Textilbranche nach Hause brachte, kaum mehr als genug, um sie über Wasser zu halten, aber die Monotonie eines sparsamen und wenig gewinnbringenden Lebens schien ihnen nichts auszumachen. Sie aßen im Drugstore zu Abend. Sie hängte eine Reproduktion von van Goghs «Sonnenblumen» über das Sofa, das sie von einem Teil der von ihren Eltern ererbten kleinen Geldsumme gekauft hatte. Wenn ihre Onkel und Tanten in die Stadt kamen – beider Eltern waren tot –, dinierten sie im Ritz und gingen ins Theater. Sie nähte Gardinen und putzte ihm die Schuhe, und am Sonntag blieben sie bis mittags im Bett. Sie sahen sich aber immer schon an der Schwelle zum Wohlstand stehen, und Laura ließ im Gespräch mit Bekannten öfter durchblikken, sie sei schrecklich aufgeregt wegen eines tollen Jobs, den Ralph gerade aufgetan habe.

In ihrem ersten Ehejahr arbeitete Ralph abends an einem Plan, der ihm die Aussicht auf einen gutbezahlten Job in Texas eröffnete, und es war nicht seine Schuld, daß aus dieser Aussicht nie etwas wurde. Ein Jahr später ergab sich in Syracuse eine günstige Gelegenheit, aber die Wahl fiel auf einen Älteren. Zwischen diesen beiden eröffneten sich noch viele andere vorteilhafte, wiewohl schwer greifbare Aussichten auf Projekte. In ihrem dritten Ehejahr wechselte eine Firma, die der Branche und Größenordnung nach annähernd identisch war mit der, für die Ralph arbeitete, den Inhaber, und man trat an Ralph mit der Frage heran, ob er daran interessiert sei, in die neuorganisierte Firma einzutreten. Sein eigener Job verhieß nach einer Reihe von unerheblichen Karriereschritten nur dürftige Sicherheit, und er war froh über die Gelegenheit zur Flucht. Er wurde den neuen Eigentümern vorgestellt, und ihre Begeisterung für ihn schien echt und groß zu sein. Sie waren geneigt, ihm eine Abteilung anzuvertrauen und ihm doppelt soviel zu bezahlen, wie er bisher verdient hatte. Man vereinbarte, einen bis zwei Monate Stillschweigen zu bewahren, bis die neuen Eigentümer ihre Position gefestigt hätten, aber man schüttelte sich warm die Hand und trank einen auf die Abmachung, und am gleichen Abend führte Ralph Laura zum Abendessen in ein teures Restaurant.

Sie beschlossen über den Tisch hinweg, sich nach einer größeren Wohnung umzusehen, ein Kind zu haben und einen gebrauchten Wagen zu kaufen. Sie ließen sich von ihrem Glück nicht aus der Ruhe bringen, denn es war ja genau das, was sie schon immer erwartet hatten. Die Stadt war für sie ein Ort verschwenderischer Fülle, dessen Bewohner früher oder später durch einen plötzlichen und wohlverdienten Fortschritt wie diesen oder durch den unerwartet günstigen Verlauf von Prozessen, durch ungewöhnliche und abwegige geschäftliche Spekulationen, unverhoffte Erbschaften oder andere Glücksfälle belohnt wurden. Nach dem Essen machten sie einen Mondscheinspaziergang im Central Park, und Ralph rauchte eine Zigarre. Später, als Laura eingeschlafen war, saß er im Pyjama am offenen Schlafzimmerfenster.

Von der eigentümlichen Erregung, die nach Mitternacht in der Luft liegt, wenn das Großstadtleben in die Regie von Betrunkenen und Wachmännern übergeht, hatte er sich schon immer angesprochen gefühlt. Die nächtlichen Straßengeräusche klangen ihm innig vertraut: die Busbremsen, die fernen Sirenen und das Wasserrauschen hoch in der Luft – wie das Rauschen des Wassers, das ein Mühlrad antreibt –, er hielt es für die Summe vieler Echos, obwohl er sich über den Ursprung dieses Geräusches, das er schon so oft gehört hatte, immer noch nicht endgültig klargeworden war. All dies hörte er jetzt noch deutlicher, weil die Nacht ihm so bedeutungsschwer vorkam.

Er war achtundzwanzig Jahre alt, Armut und Jugend waren in seiner Erinnerung untrennbar verbunden, und beides sollte nun gleichzeitig zu Ende sein. Das Leben, das sie hinter sich lassen wollten, war nicht hart gewesen, und er dachte nicht ohne Rührung an das schmutzige Tischtuch in dem italienischen Restaurant, wo sie gewöhnlich hingingen, wenn sie etwas zu feiern hatten, und an die Ausgelassenheit, mit der Laura an regnerischen Abenden von der Untergrundbahn zur Bushaltestelle lief. All dies lag jetzt hinter ihnen. Oberhemdenausverkäufe in den Erdgeschossen von Kaufhäusern, Schlangestehen an der Fleischtheke, schwache Drinks, die Rosen, die er ihr im

Frühling vom U-Bahnhof mitbrachte, wenn Rosen billig waren – all dies waren unverkennbar Arme-Leute-Erinnerungen, und wenn er sie auch ganz gut und schön fand, so war er doch im Grunde froh, daß es bald nur noch Erinnerungen sein sollten.

Laura gab ihre Stellung auf, als sie schwanger wurde. Die Reorganisation und Ralphs neue Stellung hingen noch in der Luft, aber unter Freunden redeten die Whittemores ganz offen darüber. «Wir sind *schrecklich* froh darüber, daß die Dinge sich so entwickeln», pflegte Laura zu sagen. «Wir müssen nur etwas Geduld haben.» Es gab viele Verzögerungen und Terminverschiebungen, und sie warteten mit der Geduld von Leuten, die sich ihrer guten Sache sicher sind. Es kam so weit, daß sie beide etwas zum Anziehen brauchten, und eines Abends schlug Ralph vor, sie sollten doch etwas von dem Geld ausgeben, das sie zurückgelegt hatten. Laura sträubte sich. Wenn er auf das Thema zu sprechen kam, antwortete sie nicht und tat, als hätte sie nichts gehört. Er verlor die Beherrschung und wurde heftig. Er schrie sie an. Sie weinte. Er dachte an all die andern Mädchen, die er hätte heiraten können, an die Dunkelblonde, an die Kubanerin, die ihn angebetet hatte, und an die hübsche Reiche mit dem Silberblick. Alle seine Wünsche schienen die kleine Wohnung hinter sich zu lassen, die Laura für sie eingerichtet hatte. Am Morgen sprachen sie immer noch nicht wieder miteinander, und um seine Position zu festigen, rief er seine potentiellen Arbeitgeber an. Die Sekretärin sagte, sie seien beide nicht da. Das machte ihn stutzig. Er ging noch mehrmals nach unten in die Telefonzelle des Gebäudes, in dem er arbeitete, um sie anzurufen, und erhielt die Auskunft, sie seien beschäftigt, sie seien außer Haus, sie hätten eine Besprechung mit ihren Anwälten, oder sie führten gerade ein Ferngespräch.

Die Mannigfaltigkeit der Entschuldigungsgründe entmutigte ihn. Am Abend sagte er Laura nichts davon und versuchte am nächsten Tag wieder, sie zu erreichen. Am Spätnachmittag, nach vielen Versuchen, kam einer von ihnen an den Apparat. «Wir haben den Job schon anderweitig vergeben, mein Sohn», sagte er. Er sprach mit milder, heiserer Stimme, wie ein schwergeprüfter Vater. «Versuchen Sie nicht noch mal, uns anzurufen. Wir haben noch was anderes zu tun, als zu telefonieren. Der andere Bursche schien für den Posten einfach besser geeignet zu sein, mein Sohn. Mehr kann ich Ihnen nicht sagen, und versuchen Sie nicht noch mal, mich anzurufen.»

An diesem Abend legte Ralph die meilenweite Strecke von seinem Büro bis zu seiner Wohnung zu Fuß zurück in der Hoffnung, etwas von der Last seiner Enttäuschung auf diese Art loszuwerden. Er war so wenig auf diesen Schlag vorbereitet, daß es ihn wie ein Schwindelanfall überkam und er mit sonderbaren, weit ausholenden Schritten einherging, als wäre das Pflaster aus Treibsand. Er blieb unten vor dem Gebäude stehen, in dem er wohnte, und versuchte, mit sich ins reine zu kommen, wie er Laura die Katastrophe schildern sollte, aber als er ins Haus kam, sagte er es ihr kurz und bündig. «Oh, das tut mir leid, Liebster», sagte sie zärtlich und küßte ihn. «Das tut mir schrecklich leid.» Sie ging an ihm vorbei und fing an, die Sofakissen glattzustreichen. Seine Enttäuschung war so bitter, und er hatte sich so in seine Pläne und Erwartungen verrannt, daß es ihn überraschte, mit welcher Gelassenheit sie den Fehlschlag zur Kenntnis nahm. Es sei kein Grund zur Aufregung, sagte sie. Sie hätte doch immer noch ein paar hundert Dollar auf der Bank von dem Geld, das ihre Eltern ihr hinterlassen hätten. Es gebe keinen Grund zur Aufregung.

Als das Kind, ein Mädchen, geboren wurde, nannten sie es Rachel, und eine Woche nach der Entbindung kehrte Laura in die Wohnung in der Madison Avenue zurück. Sie versorgte das Baby und kümmerte sich wie vorher um Haushalt und Küche.

Ralphs Phantasie blieb weiterhin beweglich und fruchtbar, aber er schien nie auf ein Projekt zu stoßen, das sich mit seinem Mangel an Zeit und Kapital vereinbaren ließ. Er und Laura führten ein einfaches Leben wie die Wirte des armen Wanderers im Märchen. Sie gingen immer noch mit Verwandtenbesuch ins Theater, und gelegentlich gingen sie auch zu Partys, aber Lauras einziger ständiger Kontakt mit den hellen Lichtern, von denen sie umgeben waren, blieb mittelbar und wurde durch eine Freundin hergestellt, die sie im Central Park kennengelernt hatte.

In Rachels ersten Lebensjahren verbrachte sie viele Nachmittage auf einer Parkbank. Es war eine Art von Sklaverei, aber auch ein Vergnügen. Sie litt darunter, so angebunden zu sein, aber sie genoß den Aufenthalt unter freiem Himmel und die frische Luft. Eines Winternachmittags erkannte sie eine Frau wieder, die sie auf einer Party kennengelernt hatte, und kurz vor Einbruch der Dunkelheit, während Laura und die andern Mütter ihre Plüschtiere aufsammelten und die Kinder für den kalten Heimweg fertigmachten, kam die Frau über die Spielwiese hinweg auf sie zu und sprach sie an. Ihr Name sei Alice Holinshed, sagte sie. Sie hätten sich bei den Galvins kennengelernt. Sie war attraktiv und freundlich und begleitete Laura bis zum Parkrand. Sie hatte einen Jungen in Rachels Alter. Am nächsten Tag trafen sich die beiden Frauen wieder. Sie wurden Freundinnen.

Mrs. Holinshed war älter als Laura, aber ihre Schönheit wirkte jugendlicher und markanter. Ihre Haare und Augen waren schwarz, sie hatte ein bleiches und vollendet ovales Gesicht mit zartem Teint und eine klare Stimme. Sie steckte sich die Zigaretten mit Stork-Club-Streichhölzern an und sprach davon, wie unbequem es sei, mit einem Kind im Hotel zu wohnen. Wenn Laura an ihrem eigenen Leben etwas auszusetzen fand, so lag es an ihrer Freundschaft mit dieser attraktiven Frau, die sich so ungezwungen durch teure Läden und Restaurants zu bewegen wußte.

Es war eine Freundschaft, die, abgesehen von der Party bei den Galvins, auf die triste und rührende Idylle des Central Park beschränkt blieb. Die Frauen unterhielten sich vorzugsweise über ihre Männer, und bei diesem Spiel konnte Laura auch mit leerer Börse mithalten. In vagen Andeutungen und nicht frei von Prahlerei erörterten die beiden Frauen die diversen Eisen, die ihre Männer im Feuer hatten. Sie saßen mit ihren Kindern in der rußgeschwärzten Dämmerung zusammen, wenn die Stadt im Süden wie ein Schmelzofen glüht, die Luft nach Kohle riecht, die feuchten Felsblöcke glänzen wie vulkanische Schlacke und der Park wie ein Stück Wald am Rande eines Kohlenreviers aussieht. Dann fiel Mrs. Holinshed meistens ein, daß sie spät dran war – sie war immer spät dran, und zwar in Hinblick auf irgendwelche geheimnisvollen und glänzenden Veranstaltungen –, und die beiden Frauen gingen zusammen zum Parkrand. Laura war beglückt von dieser stellvertretenden Fühlungnahme mit Luxus und Komfort, und dies Glücksgefühl pflegte noch anzuhalten, während sie den Kinderwagen zu Madison Avenue hinüberschob und, begleitet vom dumpfen Geräusch des Dampfbügeleisens und dem Geruch der Reinigungsflüssigkeit aus der Hosenbügelanstalt, an die Zubereitung des Abendessens ging.

Eines Nachts, als Rachel ungefähr zwei Jahre alt war, konnte Ralph keinen Schlaf finden angesichts der ständigen Enttäuschungen auf der Suche nach der Goldader, die es ihm gestatten sollte, seiner Familie eine einigermaßen annehmbare Existenz zu schaffen. Er brauchte dringend Schlaf, und als ihm diese Wohltat versagt blieb, stand er auf und setzte sich im Dunkeln hin. Dabei entging ihm der aufreizende Zauber der mitternächtlichen Straßen. Erst die quietschenden Busbremsen auf der Madison Avenue ließen ihn auffahren. Er schloß das Fenster, aber der Straßenlärm drang immer noch hindurch. Auf einmal erschien ihm die durchdringende Stimme der Stadt als tödliche Gefahr für das kostbare Leben ihrer Bewohner, und er sann auf ein Mittel, sie zu dämpfen.

Er dachte an eine Jalousie, deren Außenfläche mit einer schallbrechenden oder – schluckenden Substanz behandelt wäre. Hinter einer solchen Jalousie würden Freunde, die an einem Frühlingsabend zu Besuch kamen, nicht gegen den Lastwagenlärm unten auf der Straße anzuschreien brauchen. Schlafzimmer könnten auf diese Art und Weise schalldicht gemacht werden – vor allem Schlafzimmer, denn ihm war, als ob alle Stadtbewohner sich nach dem Schlaf sehnten, den sie doch nur halbwegs finden konnten. All die gequälten Gesichter, die man in der Dämmerung auf der Straße sah, wenn sogar die hübschen Mädchen mit sich selbst reden, waren auf der Suche nach Schlaf. Die Nachtklubsängerinnen und ihre liebenswerte Kundschaft, die Leute, die an regnerischen Abenden vor dem Waldorf auf Taxen warteten, die Polizisten, Kassierer und Fensterputzer – der Schlaf blieb ihnen allen vorenthalten.

Am nächsten Abend sprach er mit Laura über seine Jalousie, und sie fand die Idee ganz vernünftig. Er kaufte eine Jalousie, die in ihr Schlafzimmerfenster paßte, und experimentierte mit verschiedenen Farbmischungen. Schließlich stieß er auf eine, die beim Trocknen eine poröse filzartige Konsistenz annahm. Die Farbe hatte einen widerwärtigen Geruch, der ihnen während der vier Tage, die er brauchte, um die Außenseite der Lamellen zweimal mit dem Anstrich zu überziehen, die Wohnung verpestete. Als die Farbe getrocknet war, hängte er die Jalousie auf, und sie machten zur Probe das Fenster auf. Die Stille – eine relative Stille – war ihren Ohren eine Wohltat. Er schrieb die Formel auf und brachte sie während der Mittagspause zu einem Patentanwalt. Der Anwalt brauchte mehrere Wochen, um festzustellen, daß eine ähnliche Formel bereits vor einigen Jahren patentiert worden war. Der Patentinhaber – ein Mann namens Fellows – hatte eine New Yorker Adresse, und der Anwalt empfahl Ralph, er solle sich mit ihm in Verbindung setzen und versuchen, sich gütlich mit ihm zu einigen.

Die Suche nach Mr. Fellows begann eines Abends nach Arbeitsschluß und führte Ralph zuerst in eine Mietshausmansarde in der Hudson Street, wo die Wirtin ihm ein Paar Socken zeigte, das Mr. Fellows beim Auszug vergessen hatte. Von dort gelangte Ralph in südlicher Richtung zu einem andern Mietshaus und dann nach Westen in das Revier der Hafenkrämer und Seemannspensionen. Die nächtliche Suche ging wochenlang weiter. Er verfolgte Mr. Fellows' Spuren nach Süden bis zur Bowery und dann bis zur oberen West Side. Beim Treppensteigen kam er an offenen Zimmertüren vorbei, wo Unterricht in spanischen Tänzen erteilt wurde, er kam an leichten Mädchen vorbei und an Damen, die gerade das «Krönungskonzert» übten, und eines Abends fand er Mr. Fellows, der in einer Mansarde auf der Bettkante saß und mit einem benzingetränkten Lappen die Flecken aus seiner Krawatte entfernte.

Mr. Fellows war habgierig. Er verlangte hundert Dollar in bar und fünfzig Prozent Gewinnanteil. Ralph brachte ihn so weit, daß er sich mit zwanzig Prozent zufriedengab, aber er war nicht zu bewegen, die Abschlagszahlung herunterzusetzen. Der Anwalt fertigte einen Schriftsatz an, in dem Ralphs und Mr. Fellows Interessen abgeglichen wurden, und ein paar Abende später fuhr Ralph nach Brooklyn hinüber und kam zu einer Jalousienfabrik, als sie bereits geschlossen hatte, die Lichter im Büro aber noch brannten. Der Geschäftsführer erklärte sich bereit, einige Jalousien nach Ralphs Patentbeschreibung anzufertigen, wollte aber keine Bestellung unter hundert Dollar annehmen. Ralph war dazu bereit und auch dazu, den Anstrich für die Außenseite der Lamellen zu liefern. Diese Auslagen hatten mehr als drei Viertel des Whittemoreschen Kapitals verschlungen, und das Geldproblem verschärfte sich nun durch den Zeitdruck noch. Sie setzten eine kleine Anzeige in die Zeitung, in der ein Haushaltswarenvertreter gesucht wurde, und eine Woche lang interviewte Ralph die Anwärter nach dem Abendessen im Wohnzimmer. Er entschied sich für einen jungen Mann, der am Wochenende in den Mittelwesten fahren wollte. Dieser verlangte einen Fünfzig-Dollar-Vorschuß und wies sie darauf hin, daß Pittsburgh und Chicago genauso laut seien wie New York. Um die gleiche Zeit drohte das Inkassobüro eines Warenhauses sie vor das Amtsgericht zu bringen, und sie waren an einem Punkt angelangt, an dem jede Krankheit, jeder Unglücksfall und jeder Schaden, der ihnen selber oder den wenigen Kleidungsstücken zustieß, die sie noch besaßen, einer Katastrophe gleichkommen mußte. Der Vertreter versprach, ihnen am Wochenende aus Chicago zu schreiben, und sie rechneten mit guten Nachrichten, aber sie hörten überhaupt nichts aus Chicago. Ralph schickte dem Vertreter zwei Telegramme, und sie mußten ihm nachgeschickt worden sein, denn er antwortete aus Pittsburgh: «Keine Geschäfte mit Jalousien zu machen. Schicke Muster als Eilgut zurück.» Sie setzten ein neues Stellenangebot in die Zeitung und nahmen den ersten Vertreter, der bei ihnen auf die Klingel drückte, einen alten Herrn mit einer Kornblume im Knopfloch. Er hatte eine ganze Anzahl von andern Artikeln – Spiegelpapierkörbe, Apfelsinenpressen – und sagte, er sei mit allen Haushaltswarenabnehmern Manhattans gut bekannt. Er war geschwätzig, und als er die Jalousien nicht verkaufen konnte, kam er zu den Whittemores in die Wohnung, um mit ihnen ausführlich und mit einer Mischung aus Kritik und Nachsicht über ihr Produkt zu sprechen, die wir üblicherweise Menschen vorbehalten.

Ralph versuchte, Geld zu borgen, aber weder sein Gehalt noch sein Patent wurden als angemessene Sicherheit für ein Darlehen anerkannt, außer zu halsabschneiderischen Zinsen, und eines Tages wurde ihm im Büro eine Vorladung des Inkassobüros zugestellt. Er fuhr nach Brooklyn hinüber und bot dem Fabrikanten an, die Jalousien zurückzukaufen. Der Mann gab ihm sechzig Dollar für das, was vorher hundert gekostet hatte, und Ralph konnte das Inkassobüro bezahlen. Sie hängten die Muster in ihre Fenster und versuchten, die Spekulation aus dem Gedächtnis zu verbannen.

Sie waren jetzt ärmer denn je und aßen montags Linsen zu Mittag, und manchmal am Dienstag noch einmal. Laura wusch nach dem Essen die Schüsseln ab, während Ralph Rachel vorlas. Wenn das Mädchen eingeschlafen war, ging er an den Schreibtisch im Schlafzimmer, um an einem seiner Projekte zu arbeiten. Es war immer etwas im Werden. Da war ein Job in Dallas und ein Job in Peru. Da war die Plastikfußstütze, die automatische Schließvorrichtung für Kühlschranktüren und die Idee, Baupläne der Marine zu veröffentlichen und damit den Journalisten von ‹Jane's› zuvorzukommen. Einen Monat lang hatte er vor, weiter landeinwärts im Staate New York einige Morgen brachliegendes Land aufzukaufen und darauf Weihnachtsbäume anzupflanzen, und dann schmiedete er mit einem seiner Freunde Pläne für einen Luxusgüter-Versandhandel, für den sie nie einen Geldgeber fanden. Als sich die Whittemores im Ritz mit Onkel George und Tante Helen trafen, schienen sie darüber, wie die Dinge sich entwickelten, sehr erfreut zu sein. Laura erzählte, sie seien noch immer schrecklich aufgeregt über das Angebot, eine Handelsvertretung in Paris zu übernehmen, das Ralph erhalten habe, doch hätten sie wegen des drohenden Krieges lieber davon Abstand genommen.

Während des Krieges waren die Whittemores zwei Jahre getrennt. Laura suchte sich eine Stellung. Sie brachte Rachel morgens zur Schule und holte sie abends wieder ab. Sie arbeitete und sparte und konnte sich und Rachel sogar etwas anzuziehen kaufen. Als Ralph bei Kriegsende wieder nach Hause kam, lebten sie in geordneten Verhältnissen. Seine Erlebnisse schienen ihm neuen Antrieb gegeben zu haben, und wenn er auch als letzten Rückhalt, als Trumpf-As in der Hinterhand seine alte Stellung beibehielt, war doch noch nie soviel von neuen Jobs die Rede gewesen Jobs in Venezuela und Jobs im Iran. Sie nahmen alle ihre alten Lebensgewohnheiten und Sparmaßnahmen wieder auf. Sie blieben arm.

Laura kündigte ihre Stellung und verbrachte wieder die Nachmittage mit Rachel im Central Park. Auch Alice Holinshed war dort. Man führte die gleichen Gespräche. Die Holinsheds wohnten im Hotel. Mr. Holinshed war stellvertretender Vorsitzender einer neuen Firma, die einen

Softdrink herstellte, aber das Kleid, das Mrs. Holinshed Tag für Tag trug, erkannte Laura aus der Zeit vor dem Kriege wieder. Ihr Sohn war dünn und mißmutig. Er trug Serge wie ein englischer Schuljunge, aber sein Serge sah abgetragen und ausgewachsen aus, wie das Kleid seiner Mutter. Eines Nachmittags, als Mrs. Holinshed mit ihrem Sohn in den Park kam, weinte der Junge. «Ich hab was schrecklich Dummes gemacht», sagte Mrs. Holinshed zu Laura. «Wir waren beim Arzt, und ich hab vergessen, Geld mitzunehmen, und ich wollte Sie fragen, ob Sie mir ein paar Dollar leihen könnten, damit ich mit der Taxe ins Hotel zurückfahren kann.» Laura sagte, das täte sie mit Vergnügen. Sie hatte nur eine Fünf-Dollar-Note dabei und gab sie Mrs. Holinshed. Der Junge schrie immer noch, und seine Mutter schleppte ihn auf die Fifth Avenue zu. Sie ließen sich nie wieder im Park blicken.

Ralph ließ sich weiterhin von Hoffnungen und Erwartungen leiten. In den Jahren unmittelbar nach dem Krieg schien die Stadt unermeßlich reich zu sein. Alles schien im Geld zu schwimmen, es war, als fehlte es den Whittemores, die im Winter unter ihren abgetragenen Mänteln schliefen, um sich warm zu halten, nur an etwas Geduld, Glück und Geldmitteln, um des allgemeinen Wohlstands teilhaftig zu werden. Wenn am Sonntag schönes Wetter war, gingen sie unter den begüterten Menschenmassen auf der oberen Fifth Avenue spazieren. Dann hatte Ralph das Gefühl, es sei nur noch eine Frage von einem Monat, höchstens von einem Jahr, bis er den Schlüssel zum längst verdienten Wohlstand in der Hand hielt. Sie gingen auf der Fifth Avenue spazieren, bis es Abend wurde, gingen dann nach Hause, machten zum Essen eine Dose Bohnen auf und aßen als gesunden Ausgleich einen Apfel zum Nachtisch.

Eines Sonntags kamen sie von einem solchen Spaziergang zurück und stiegen gerade die Treppe zu ihrer Wohnung hinauf, als das Telefon zu klingeln anfing. Ralph ging vor und nahm den Hörer ab.

Er hörte die Stimme seines Onkels George, eines Angehörigen jener Generation, die das Gefühl für Entfernungen noch nicht verloren hat, und der darum in die Muschel sprach, als müßte er von der Küste aus einem vorbeifahrenden Schiff etwas zurufen. «Hier ist Onkel George, Ralphie!» brüllte er, und Ralph nahm an, daß er und Tante Helen einen Überraschungsbesuch in der Großstadt machten, bis ihm klar wurde, daß sein Onkel ihn aus Illinois anrief. «Kannst du mich verstehen?» brüllte Onkel George. «Kannst du mich verstehen, Ralphie? Ich ruf dich wegen 'ner Stellung an, Ralphie. Nur für den Fall, daß du gerade eine Stellung suchst. Paul Hadaam kam letzte Woche hier durch – kannst du mich verstehen, Ralphie? – Paul Hadaam kam letzte Woche auf der Reise nach dem Osten hier durch und machte hier Station, um mich zu besuchen. Er hat 'ne Menge Geld, Ralphie – er ist reich –, und er fängt jetzt im Westen so'ne neue Sache an, mit der Fabrikation von Kunstwolle. Kannst du mich verstehen, Ralphie? ... Ich hab ihm von dir erzählt, und er wohnt im Waldorf, also geh hin und sprich mit ihm. Ich hab ihm mal das Leben gerettet. Ich hab ihn aus dem Eriesee gezogen. Geh morgen hin und melde dich im Waldorf, Ralphie. Du weißt doch, wo das ist? Das Waldorf Hotel ... Einen Moment, jetzt kommt Tante Helen. Sie möchte mit dir sprechen.»

Die Frauenstimme, die er jetzt hörte, klang fern und undeutlich. Sie erzählte, alle seine Cousins und Cousinen seien zum Essen dagewesen. Sie hätten Truthahn gegessen. Alle Enkel seien da und benähmen sich sehr ordentlich.

George sei nach dem Essen mit ihnen allen spazierengegangen. Es sei heiß, aber sie säßen auf der Veranda, da sei die Hitze nicht so drückend. In dieser Schilderung der sonntäglichen Ereignisse wurde sie von ihrem Mann unterbrochen, der ihr offenbar den Hörer weggerissen hatte, um seinen Refrain über den Besuch bei Mr. Hadaam im Waldorf fortzusetzen. «Du gehst morgen zu ihm, Ralphie – am neunzehnten – im Waldorf. Er erwartet dich. Kannst du mich verstehen? … Das Waldorf Hotel. Er ist Millionär. Und nun auf Wiederhören.»

Mr. Hadaam hatte einen Salon und ein Schlafzimmer im Waldorf Towers, und als Ralph spät am nächsten Nachmittag auf dem Rückweg vom Arbeitsplatz bei ihm vorsprach, war Mr. Hadaam allein. Er kam Ralph sehr alt vor, aber auch zäh und unbeugsam, und aus der Art, wie er ihm die Hand schüttelte, an seinen Ohrläppchen zupfte, sich reckte und auf seinen O-Beinen durch den Salon trottete, glaubte Ralph auf ein ungebrochenes, unabhängiges und bulliges Wesen schließen zu dürfen. Er schenkte Ralph einen starken Drink und sich selber einen schwachen ein. Er sagte, er wolle an der Westküste die Herstellung synthetischer Wolle in Angriff nehmen und sei nach dem Osten gekommen, um Leute zu finden, die im Wollhandel Bescheid wüßten. George habe ihm Ralphs Namen genannt, und er brauche einen Mann mit Ralphs Erfahrung. Er wolle den Whittemores ein passendes Haus suchen, Vorkehrungen für ihren Umzug treffen und Ralph ein Anfangsgehalt von fünfzehntausend zahlen. An der Höhe des Gehalts merkte Ralph, daß Mr. Hadaams Angebot nichts weiter war als ein versteckter Versuch, sich seinem Onkel gegenüber für die Rettung seines Lebens erkenntlich zu zeigen, und der alte Mann schien seine Gefühle richtig einzuschätzen. «Das hat nichts damit zu tun, daß

Ihr Onkel mir das Leben gerettet hat», sagte er barsch. «Ich bin ihm dankbar – wer wäre es nicht? –, aber dies hier hat nichts mit Ihrem Onkel zu tun, falls Sie das denken. Wenn Sie so alt und so reich geworden sind wie ich, ist es schwer, Leute kennenzulernen. Alle meine alten Freunde sind tot – alle außer George. Ich bin von einem Kordon von Verwandten und Gesellschaftern umgeben, der verdammt dicht und so gut wie undurchdringlich ist, und wenn George mir nicht hin und wieder mal einen Namen nennen würde, würde ich überhaupt nie ein neues Gesicht zu sehen kriegen. Letztes Jahr hatte ich einen Autounfall. Es war meine Schuld. Ich bin ein miserabler Fahrer. Also, ich rammte den Wagen eines jungen Mannes, stieg sofort aus, ging zu ihm rüber und stellte mich vor. Wir mußten ungefähr zwanzig Minuten auf den Abschleppdienst warten und kamen ins Gespräch. Kurz und gut, heute arbeitet er für mich und ist einer meiner besten Freunde, und wenn ich nicht in ihn reingefahren wäre, hätte ich ihn nie kennengelernt. Wenn Sie mal so alt sind wie ich, ist das die einzige Art, wie Sie noch Leute kennenlernen können – Autounfälle, Feuersbrünste und so was.»

Er setzte sich aufrecht gegen die Stuhllehne und kostete seinen Drink. Seine Zimmer lagen hoch über dem Straßenlärm, und es war ganz still darin. Mr. Hadaams Atemzüge gingen laut und stetig und wirkten in den Gesprächspausen wie das schwere Atemholen eines Schlafenden. «Na ja, ich will Sie nicht drängen», sagte er. «Ich fahre übermorgen zur Küste zurück. Überlegen Sie sich's, ich ruf Sie dann an.» Er zog einen Terminkalender heraus und schrieb sich Ralphs Namen und Telefonnummer auf. «Ich rufe Sie dann am Dienstag, dem siebenundzwanzigsten, abends gegen neun Uhr an – neun Uhr nach Ihrer Zeit. George hat mir erzählt, Sie hätten eine hübsche Frau, aber ich hab jetzt leider keine Zeit, sie kennenzulernen. Ich seh sie dann ja an der Küste.» Er fing an, über Baseball zu reden, und kam dann wieder auf Onkel George zu sprechen. «Er hat mir das Leben gerettet. Mein verfluchtes Boot kenterte, richtete sich dann wieder auf und sank einfach unter mir weg. Ich spüre immer noch, wie es mir unter den Füßen wegsackte. Ich konnte nicht schwimmen. Kann heute noch nicht schwimmen. Na ja, leben Sie wohl.» Sie schüttelten sich die Hände, und sobald die Tür sich hinter ihm geschlossen hatte, hörte Ralph, wie Mr. Hadaam anfing zu husten. Es war der gewöhnliche dröhnende Husten eines alten Mannes, der von allen möglichen Beschwerden und Unpäßlichkeiten geplagt wurde, und während Ralph draußen auf den Fahrstuhl wartete, um nach unten zu fahren, hämmerte er immer noch mitleidlos auf ihn ein.

Auf dem Heimweg hatte Ralph das Gefühl, daß es jetzt soweit sei, daß diese absurde Kette von Zufällen, die damit begonnen hatte, daß sein Onkel einen Freund aus dem Eriesee zog, vielleicht ihr Rettungsanker sein könne. Keine seiner bisherigen Erfahrungen sprach dagegen. Er war sich darüber im klaren, daß er das Angebot nur der Grille eines alten Mannes verdankte, nämlich Mr. Hadaams fixer Idee, er sei seinem Onkel zu Dank verpflichtet – eine Idee, die sich ihm mit zunehmendem Alter immer tiefer eingeprägt zu haben schien. Er schilderte Laura das Gespräch in allen Einzelheiten, als er heimkam, machte auch aus seiner eigenen Ansicht über Mr. Hadaams Verhalten keinen Hehl und war angenehm überrascht, als sie sagte, das sehe ja ganz nach einer Goldgrube aus. Gemessen an den Veränderungen, die ihnen bevorstanden, waren sie beide merkwürdig ruhig. Von einer Feier war keine Rede, und er half ihr beim Abwaschen. Er schlug die geographische Lage von Mr. Hadaams Fabrik im Atlas nach, und der spanische Ortsname an der Küste nördlich von San Francisco vermittelte ihnen einen flüchtigen Eindruck von einer einigermaßen behaglichen Existenz.

Zwischen der Unterredung und dem Telefonanruf lagen acht Tage, und Ralph hielt sich vor Augen, daß vor Dienstag nichts endgültig entschieden war und daß immer noch die Möglichkeit bestand, daß der alte Mr. Hadaam auf seiner Reise durch die Staaten unter den schleichenden Einflüssen, denen er unterwegs ausgesetzt war, eine Meinungsänderung durchmachte. Er konnte ein belegtes Brötchen essen und sich dabei eine Fischvergiftung zuziehen, so daß er in Chicago aus dem Zug getragen werden mußte, um daselbst in einem Pflegeheim zu sterben. Vielleicht war unter den Leuten, die ihn in San Francisco abholten, auch sein Anwalt mit der Nachricht, daß er ruiniert oder daß seine Frau ihm davongelaufen sei. Aber schließlich war Ralph nicht mehr imstande, neue Katastrophen zu erfinden oder auch nur an die zu glauben, die er schon erfunden hatte.

In dieser Unfähigkeit, länger an seinem Glück zu zweifeln, kam eine gewisse Charakterschwäche zum Durchbruch. Es hatte kaum einen Tag gegeben, an dem er nicht die Macht des Geldes hatte erfahren müssen, aber er fand, daß diese Macht am unwiderstehlichsten war, wenn sie als Verheißung verkleidet auftrat, und daß ihn die Jahre entschlossener Selbstverleugnung, statt seine innere Widerstandskraft zu stärken, der Versuchung noch zugänglicher gemacht hatten. Da die große Wendung in ihrem Leben immer noch von einem Telefonanruf abhing, versuchte er nicht von dem Leben zu reden – und auch so wenig wie möglich daran zu denken –, das sie in Kalifornien führen würden. Er ließ sich dazu hinreißen, zu sagen, daß er ganz gern ein paar neue weiße Hemden hätte, aber er ging absichtlich nicht über diesen bewußt demütigen Wunsch hinaus, und gerade hier, wo er seiner Ansicht nach Einsicht und Zurückhaltung übte, war er auf dem besten Wege, sich der geballten Ladung von Aberglauben zu beugen, die angeblich dem Glück förderlich ist, und wenn er sich weiße Hemden wünschte, so war das weniger ein wirklich bescheidener Wunsch, als vielmehr der Gedanke – den er selbst gar nicht hätte in Worte fassen können –, daß die Glücksgötter eifersüchtig sind und sich leicht durch falsche Bescheidenheit täuschen lassen. Er war nie ein abergläubischer Mensch gewesen, aber am Dienstag sammelte er die Pennies aus dem Wechselgeld und der Anblick eines Marienkäfers auf dem Badezimmerfensterbrett versetzte ihn in gehobene Stimmung. Er konnte sich nicht entsinnen, jemals etwas über einen Zusammenhang zwischen Geld und dieser Insektenart gehört zu haben, aber ebensowenig hätte er eins der anderen Vorzeichen erklären können, von denen er sich neuerdings in seinen Entscheidungen leiten ließ.

Laura beobachtete die heimliche Veränderung, die die Ungeduld in ihrem Mann hervorgerufen hatte, aber sie wußte nicht, was sie dazu sagen sollte. Er sprach weder von Mr. Hadaam noch von Kalifornien. Er war in sich gekehrt, er beschäftigte sich liebevoll mit Rachel, und er wurde tatsächlich blaß. Am Mittwoch ließ er sich die Haare schneiden. Er zog seinen besten Anzug an. Am Sonnabend ließ er sich wieder die Haare schneiden und die Nägel maniküren. Er nahm zweimal am Tag ein Bad, zog zum Abendessen ein frisches Hemd an und ging dauernd ins Badezimmer, um sich die Hände zu waschen, die Zähne zu putzen und die Tolle anzufeuchten. Die unnatürliche Sorgfalt, die er auf die Pflege seines Körpers und seiner Erscheinung verwendete, erinnerte sie an einen Halbwüchsigen, der von der ersten Liebe gepackt wird.

Am Montagabend waren die Whittemores zu einer Party eingeladen, und Laura bestand darauf hinzugehen. Die Partygäste waren Überlebende eines Bekanntenkreises, der sich zehn Jahre zuvor zusammengefunden hatte, und wenn im selben Zimmer die Anwesenheitsliste der früheren Parties verlesen worden wäre, hätte wie beim Zapfenstreich eines geschlagenen und dezimierten Regiments die Antwort für die Abteilung, die nach Westchester gekommen war, ebenso «Vermißt ... vermißt ... vermißt» lauten müssen wie für die Abteilung, die durch Scheidung, Trunksucht, nervöse Störungen und sonstiges Mißgeschick schwere oder tödliche Wunden davongetragen hatte. Da Laura in nicht sonderlich guter Laune zu dieser Party gegangen war, kam ihr die Zahl der Verschollenen besonders deutlich zu Bewußtsein.

Sie war noch keine Stunde da, als sie einige Leute hereinkommen hörte, und mit einem Blick über die Schulter erkannte sie Alice Holinshed und ihren Mann. Der Raum war überfüllt, und sie verschob das Gespräch mit Alice auf später. Einige Zeit darauf ging sie zur Toilette, und als sie von dort durch das Schlafzimmer kam, sah sie Alice auf dem Bett sitzen. Sie schien auf Laura zu warten. Laura setzte sich an den Frisiertisch, um sich die Haare zu richten. Sie besah sich das Bild ihrer Freundin im Spiegel.

«Wie ich höre, gehen Sie nach Kalifornien», sagte Alice.

«Wir hoffen es. Morgen bekommen wir Bescheid.»

«Ist es wahr, daß Ralphs Onkel ihm das Leben gerettet hat?»

«Das stimmt.»

«Sie haben's gut.»

«Wahrscheinlich.»

«Sie haben's gut, allerdings.» Alice stand vom Bett auf, durchquerte das Zimmer, schloß die Tür, kam quer durch das Zimmer zurück und setzte sich wieder auf das Bett. Laura beobachtete sie im Spiegel, aber sie sah Laura nicht an. Sie saß zusammengesunken da. Sie wirkte nervös. «Sie haben's gut», sagte sie, «Sie haben es so gut. Wissen Sie überhaupt, wie gut Sie es haben? Ich will Ihnen mal die Sache mit dem Stück Seife erzählen. Ich meine, ich hatte ein Stück Seife. Irgend jemand hat es mir geschenkt, als wir heirateten, vor fünfzehn Jahren. Ich weiß nicht, wer. Irgendein Mädchen, eine Musiklehrerin, irgend jemand. Es war gute Seife, gute englische Seife, die Art, die ich gern habe, und ich beschloß, sie für den großen Tag aufzubewahren, an dem Larry einen Coup landete und wir zusammen auf die Bermudas fahren konnten. Zuerst wollte ich sie benutzen, als er den Job in Bound Brook bekam. Dann dachte ich, ich könnte sie benutzen, als wir nach Boston gingen, und dann war es Washington, und als er dann diesen neuen Job bekam, dachte ich, nun wäre es endlich soweit, vielleicht wäre es *jetzt* so weit, daß ich den Jungen aus der miesen Schule rausnehmen, die Rechnungen bezahlen und aus diesen lumpigen Hotels ausziehen könnte, in denen wir die ganze Zeit gewohnt haben. Seit fünfzehn Jahren habe ich vorgehabt, dies Stück Seife zu benutzen. Schön, letzte Woche sah ich meine Kommodenschubladen durch und fand das Stück Seife. Es war ganz rissig. Ich warf es weg. Ich warf es weg, weil ich wußte, daß ich doch nie Gelegenheit haben würde, es zu benutzen. Ist Ihnen klar, was das heißt? Wissen Sie, was das für ein Gefühl ist? Fünfzehn Jahre lang von Aussichten, Erwartungen, Darlehen und Krediten in menschenunwürdigen Hotels zu leben, nicht einen einzigen Tag ohne Schulden zu sein und dabei so zu tun, als ob jedes Jahr, jeder Winter, jeder Job, jede Sitzung der große Wendepunkt wäre. Fünfzehn Jahre so zu leben und dann zu merken, daß es niemals anders werden wird. Wissen Sie was für ein Gefühl das ist?» Sie stand auf, ging zum Frisiertisch hinüber und stand Laura gegenüber. Tränen waren in ihre großen Augen gestiegen, und ihre Stimme war schrill und laut. «Ich werde nie auf die Bermudas fahren», sagte sie. «Ich werde noch nicht mal bis Florida kommen. Ich werde nie aus dem Dreck herauskommen, nie, nie, *nie*. Ich weiß, daß ich nie ein ordentliches Heim haben werde und daß alles, was ich besitze, zerrissen und zerschlissen ist und auch immer so bleiben wird. Ich weiß, daß ich für den Rest meines Lebens, für den Rest meines Lebens zerfetzte Schlüpfer, zerschlissene Nachthemden und zerlumpte Unterwäsche tragen werde und Schuhe, die mich drücken. Ich weiß, ich werde es nie erleben, daß jemand auf mich zukommt und mir sagt, ich hätte ein hübsches Kleid an, denn ich werde mir nie ein solches Kleid leisten können. Ich weiß, daß für den Rest meines Lebens jeder Taxifahrer, Portier und Oberkellner in dieser Stadt auf den ersten Blick wissen wird, daß ich keine fünf Dollar in der schwarzen Börse aus falschem Wildleder habe, die ich gebürstet, gebürstet und noch einmal gebürstet habe und seit zehn Jahren mit mir herumtrage. Wie kommen ausgerechnet Sie dazu? Womit haben Sie das verdient? Was ist denn an Ihnen schon so Besonderes dran, daß Sie so eine Chance geboten bekommen?» Sie strich mit dem Finger über Lauras bloßen Arm. Das Kleid, das sie trug, roch nach Benzin. «Kann man es vielleicht abreiben? Vielleicht bringt es mir Glück? Ich schwöre bei Gott, daß ich jemanden ermorden könnte, wenn ich dächte, daß wir dadurch zu Geld kommen könnten. Ich würde jemandem den Hals umdrehen – Ihnen, jedem beliebigen – ich schwöre bei Gott, ich würde –»

Jemand klopfte an die Tür. Alice ging mit schnellen Schritten hinüber, öffnete sie und ging hinaus. Eine Frau kam herein, eine Fremde, die sich nach der Toilette umsah. Laura zündete sich eine Zigarette an und blieb ungefähr zehn Minuten im Schlafzimmer sitzen, bevor sie sich wieder unter die Gesellschaft mischte. Die Holinsheds waren gegangen. Sie ließ sich einen Drink geben, setzte sich und versuchte, an der Unterhaltung teilzunehmen, aber sie war nicht bei der Sache.

Die Jagd, die Suche nach Geld, die ihr so natürlich, richtig und liebenswert vorgekommen war, als sie sich ihr zuerst gewidmet hatten, kam ihr jetzt wie eine gewagte Piratenfahrt vor. Zu Beginn des Abends hatte sie an die Verschollenen gedacht. Jetzt dachte sie wieder an die Verschollenen. Ihr Fernbleiben erklärte sich bei mehr als der Hälfte von ihnen aus geschäftlichen Fehlschlägen und Mißerfolgen, als wäre unter der reizvollen Außenseite des hübschen Zimmers ein wildes Wettrennen im Gange, bei dem der Verlierer einen ungeheuren Preis zu zahlen hatte. Laura fröstelte. Sie suchte mit den Fingern das Eis aus ihrem Drink und ließ es in eine Blumenvase fallen, aber der Whiskey wärmte sie nicht. Sie bat Ralph, sie nach Hause zu bringen.

Am Dienstag spülte Laura nach dem Essen das Geschirr, und Ralph half ihr abtrocknen. Er las die Zeitung, und sie fing eine Näharbeit an. Um Viertel nach acht klingelte das Telefon im Schlafzimmer, und er ging ganz ruhig hinüber. Es war jemand mit zwei Theaterkarten für eine Vorstellung, die demnächst abgesetzt werden sollte. Das Telefon klingelte nicht noch einmal, und um halb zehn sagte er Laura, er wolle in Kalifornien anrufen. Die Verbindung war schnell hergestellt, und unter Mr. Hadaams Nummer meldete sich die lebhafte Stimme einer jungen

Frau. «Ach, ja, Mr. Whittemore», sagte sie. «Wir haben heute abend schon versucht, Sie zu erreichen, aber Ihr Anschluß war besetzt.»

«Könnte ich wohl Mr. Hadaam sprechen?»

«Nein, Mr. Whittemore. Hier ist Mr. Hadaams Sekretärin. Ich weiß, daß er vorhatte, Sie anzurufen, weil er es in seinen Terminkalender eingetragen hatte. Mr. Hadaam hat mich gebeten, möglichst niemanden zu enttäuschen, und ich habe versucht, alle Telefongespräche und Verabredungen in seinem Terminkalender zu erledigen. Mr. Hadaam hatte am Sonntag einen Schlaganfall. Wir dürfen wohl kaum erwarten, daß er sich erholt. Ich nehme an, daß er Ihnen irgendwelche Hoffnungen gemacht hat, aber ich fürchte, er wird nicht in der Lage sein, sie zu erfüllen.»

«Das tut mir sehr leid», sagte Ralph. Er legte auf.

Laura war ins Schlafzimmer gekommen, während die Sekretärin sprach. «O, Liebling!» sagte sie. Sie stellte ihren Nähkorb auf die Kommode und ging auf den Wandschrank zu. Dann ging sie noch einmal zurück, suchte im Nähkorb nach irgend etwas und ließ ihn auf dem Frisiertisch stehen. Sie zog sich die Schuhe aus, steckte Spanner hinein, streifte sich das Kleid über den Kopf und hängte es sorgfältig auf. Dann ging sie zur Kommode hinüber, suchte ihren Nähkorb, fand ihn auf dem Frisiertisch und nahm ihn mit ins Arbeitszimmer, wo sie ihn aufs Regal stellte. Dann nahm sie Kamm und Bürste mit ins Badezimmer und ließ die Badewanne einlaufen.

Der Peitschenhieb der Enttäuschung saß, und Ralph war von Schmerz wie betäubt. Er saß neben dem Telefon, ohne zu wissen, wie lange. Er hörte Laura aus dem Badezimmer kommen. Als er ihre Stimme hörte, drehte er sich um.

«Es tut mir so leid um den alten Mr. Hadaam», sagte sie,

«ich wollte, wir könnten etwas für ihn tun.» Sie war im Nachthemd und setzte sich vor ihren Frisiertisch, wie eine geschickte und geduldige Arbeiterin sich vor einem Webstuhl niederläßt, um mit der selbstverständlichen Fingerfertigkeit einer geübten Weberin Nadeln, Flaschen, Kämme und Bürsten aufzunehmen und wieder hinzulegen, als wäre die Zeit, die sie damit zubrachte, nur ein Ausschnitt aus einer schon länger andauernden, ununterbrochenen Tätigkeit. «Es sah ja wirklich so aus, als hätten wir den Schatz gefunden ...»

Das Wort traf ihn unvorbereitet; einen Augenblick lang sah er das Hirngespinst vor sich, den Topf voll Gold, das Vlies, den Schatz, der beim matten Licht des Regenbogens vergraben worden war, und die Primitivität seiner Hetzjagd erschreckte ihn. Mit einem scharfen Spaten und einer selbstgebastelten Wünschelrute bewaffnet, war er über Berg und Tal, durch dick und dünn gewandert und hatte überall gegraben, wo seine selbstgezeichneten Landkarten Gold verhießen. Sechs Schritt nach Osten von der abgestorbenen Fichte, fünf Paneele von der Bibliothekstür, unter der knarrenden Stufe, zwischen den Wurzeln des Birnbaums oder unter dem Rebstock lag der Topf voller Dublonen und Goldbarren.

Sie drehte sich auf dem Schemel um und streckte ihre dünnen Arme nach ihm aus, wie sie es schon über tausendmal getan hatte. Sie war nicht mehr jung und blasser und dünner, als sie vielleicht gewesen wäre, wenn er die Dublonen gefunden hätte, mit denen ihr unablässige Arbeit und Sorge erspart geblieben wären. Ihr Lächeln und ihre nackten Schultern hatten angefangen, jene unentzifferbaren Formen und Symbole in Aufruhr zu versetzen, in denen sich das Erwachen der Leidenschaft ankündigt, und die Lampe schien aufzuleuchten, Hitze auszustrahlen und jenes unerklärliche, wohltätige Behagen um sich zu verbreiten, das das Frühlingslicht allen Ermatteten und Verzweifelten zuteil werden läßt. Sein Verlangen nach ihr entzückte und verwirrte ihn. Hier war es, hier war ja alles, und ihre Arme schienen ihm in diesem Augenblick vom Schein des Goldes umflossen zu sein.

DIE SUTTON-PLACE-STORY

Am Sonntagmorgen wartete Deborah Tennyson im Kinderzimmer auf das Signal, mit dem ihr Vater ihr zu verstehen gab, daß sie das Schlafzimmer ihrer Eltern betreten durfte. Das Signal kam spät, denn ihre Eltern waren am Abend vorher mit einem Geschäftsfreund aus Minneapolis ausgegangen und hatten beide allerhand getrunken, aber als Deborah es endlich hörte, lief sie unbeholfen über den dunklen Flur und jauchzte vor Freude. Ihr Vater nahm sie in die Arme und gab ihr einen Guten-Morgen-Kuß, und dann ging sie zu ihrer Mutter hinüber, die noch im Bett lag. «Na, liebe Süße», sagte ihre Mutter. «Hat Ruby dir Frühstück gemacht? Hast du gut gefrühstückt?»

«Das Wetter draußen is herrlich», sagte Deborah. «Wetter is himmlisch.»

«Sei lieb zu deiner armen Mami», sagte Robert. «Mami hat einen schrecklichen Kater.»

«Mami hat einen schrecklichen Kater», wiederholte Deborah und strich ihrer Mutter behutsam über das Gesicht.

Deborah war noch nicht ganz drei. Sie war ein hübsches Mädchen mit wunderbaren schweren, silbern und golden schimmernden Haaren. Sie war ein Stadtkind und wußte über Cocktails und Kater Bescheid. Ihre Eltern waren beide berufstätig, und sie sah sie am häufigsten in den frühen Abendstunden, wenn sie zu ihnen hereingebracht wurde, um gute Nacht zu sagen. Katherine und Robert Tennyson tranken dann mit ihren Freunden Cocktails, und Deborah durfte den geräucherten Lachs herumreichen und war so ganz natürlich zu der Überzeugung gelangt, daß Cocktails den Angelpunkt der Erwachsenenwelt darstellten. Sie machte im Sandkasten Martinis und glaubte, alle Tassen, Becher und Gläser in ihren Bilderbüchern wären mit Old-Fashioneds gefüllt.

Während die Tennysons an diesem Morgen auf das Frühstück warteten, lasen sie die *Times*. Deborah breitete den Unterhaltungsteil auf dem Fußboden aus und fing ein kompliziertes Phantasiespiel an, das ihre Eltern schon so oft gesehen hatten, daß sie es kaum noch beachteten. Sie tat, als ob sie Kleidungsstücke und Juwelen aus den Zeitungsreklamen heraussuchte und sich damit schmückte. Katherine fand ihren Geschmack protzig und vulgär, aber ihr Monolog war so rein und unschuldig, daß er wie ein köstlicher Teil des strahlenden Sommermorgens wirkte. «Schuh anziehn», sagte sie und tat, als zöge sie sich Schuhe an. «Nerzmantel anziehn», sagte sie.

«Es ist zu heiß für einen Nerzmantel, Liebes», meinte Katherine. «Warum trägst du kein Nerzkollier?»

«Nerzkollier anziehn», sagte Deborah. Dann kam die Köchin mit dem Kaffee und dem Orangensaft ins Schlafzimmer und sagte, Mrs. Harley sei da. Robert und Katherine gaben Deborah einen Abschiedskuß und wünschten ihr viel Spaß im Park.

Die Tennysons hatten keinen Platz für ein ständiges Kindermädchen, also kam Mrs. Harley jeden Morgen ins Haus, um Deborah tagsüber zu beaufsichtigen. Mrs. Harley war Witwe. Sie hatte bis zum Tode ihres Mannes ein behagliches und unbeschwertes Leben geführt, aber er hatte ihr nichts hinterlassen, und sie war darauf angewiesen, als Kindermädchen zu arbeiten. Sie sagte, sie liebe Kinder und habe sich immer eigene Kinder gewünscht, aber das entsprach nicht der Wahrheit. Kinder langweilten und störten sie. Sonst war sie eine gutherzige und ungebildete Frau, und das stand deutlicher in ihrem Gesicht geschrieben als ihre stille Verbitterung. Sie fuhr mit Deborah nach unten und hatte für den Fahrstuhlführer und den Portier lauter altväterliche Segenswünsche parat. Sie sagte, es sei ein herrlicher Morgen, nicht wahr, ein Tag für die Götter.

Mrs. Harley und Deborah gingen zu einem kleinen Park am Flußufer. Das Kind war eine strahlende kleine Schönheit, die alte Frau war schwarz gekleidet, und sie gingen Hand in Hand, als wären sie eine liebenswerte Allegorie von Winter und Frühling. Viele Leute wünschten ihnen guten Morgen. «Wo haben Sie das entzückende Kind her?» fragte jemand. Mrs. Harley genoß die Komplimente restlos. Sie war manchmal stolz auf Deborah, aber sie beaufsichtigte sie nun schon seit vier Monaten, und das Verhältnis, das sich zwischen dem kleinen Mädchen und der alten Frau herausgebildet hatte, war nicht so einfach, wie es aussah.

Sie zankten sich ziemlich oft, wenn sie allein waren, und sie zankten sich wie Erwachsene, unter geschickter Ausnützung ihrer gegenseitigen Schwächen. Das Kind hatte sich nie über Mrs. Harley beklagt, es war, als verstünde sie schon etwas von der unguten Notwendigkeit, den Schein zu wahren. Deborah redete nicht darüber, wie sie ihre Tage verbrachte. Sie erzählte niemandem, wo sie gewesen war oder was sie getrieben hatte. Mrs. Harley hatte schon herausgefunden, daß sie sich auf diesen Charakterzug verlassen konnte, und so kam es, daß das Kind und die alte Frau eine Anzahl von Geheimnissen miteinander teilten.

An mehreren Spätwinternachmittagen, an denen es bitter kalt und dunkel gewesen war und Mrs. Harley eigentlich den Auftrag hatte, Deborah bis fünf Uhr auszuführen, hatte sie das Kind mit ins Kino genommen. Deborah hatte neben ihr im dunklen Kino gesessen und sich nie beschwert oder geweint. Ab und zu reckte sie den Hals hoch, um einen Blick auf die Leinwand zu werfen, aber die meiste Zeit saß sie nur ruhig da und lauschte auf die Stimmen und die Musik. Ein zweites Geheimnis – und ein nach Mrs. Harleys Ansicht viel weniger anstößiges – bestand darin, daß sie das kleine Mädchen manchmal am Sonntagmorgen und manchmal auch an Wochennachmittagen bei einer Freundin der Tennysons abgegeben hatte. Es handelte sich um eine Frau namens Renée Hall, und Mrs. Harley fand eigentlich weiter nichts dabei. Sie hatte den Tennysons nie etwas davon gesagt, aber wenn sie es nicht wußten, brauchten sie ja auch keinen Anstoß daran zu nehmen. Wenn Renée Deborah am Sonntag nahm, ging Mrs. Harley zur Elf-Uhr-Messe, und es konnte doch nichts Unrechtes dabei sein, wenn eine alte Frau am Sonntag ins Gotteshaus ging, um für ihre Toten zu beten.

Mrs. Harley setzte sich an diesem Morgen auf eine der Parkbänke. Die Sonne schien heiß und tat ihren alten Beinen gut. Die Luft war so klar, daß sich das Flußpanorama perspektivisch verändert zu haben schien. Es sah so aus, als könnte man einen Stein nach Welfare Island hinüberwerfen, und irgendeine Eigenart des Lichtes erweckte den Eindruck, als wären die stromabwärts gelegenen Stadtbrücken viel näher an das Stadtzentrum herangerückt. Schiffe fuhren den Fluß hinauf und hinunter, und wenn sie das Wasser durchfurchten, blieb ein feuchter, kräftiger Geruch in der Luft zurück, wie der frische Erdgeruch hinter einer Pflugschar. Außer einer anderen Kinderpflegerin und dem Kind dazu waren sie die einzigen Parkbesucher. Mrs. Harley befahl Deborah, im Sand zu spielen. Da sah Deborah auf einmal die tote Taube. «Die Taube schläft», sagte Deborah. Sie bückte sich, um ihre Flügel zu berühren.

«Der schmutzige Vogel ist tot, faß ihn bloß nicht an!» rief Mrs. Harley.

«Die hübsche Taube schläft», sagte Deborah. Ihr Gesicht umwölkte sich plötzlich, und Tränen traten ihr in die Augen. Sie stand mit gefalteten Händen und gesenktem Kopf da und ahmte dabei komischerweise die Pose nach, mit der Mrs. Harley ihrer Verbitterung Luft zu machen pflegte, aber der Kummer in ihrem Gesicht und in ihrer Stimme kam von Herzen.

«Geh weg von dem schmutzigen Vogel da!» rief Mrs. Harley, stand auf und stieß den toten Vogel mit dem Fuß beiseite. «Geh und spiel im Sand», befahl sie Deborah. «Ich weiß nicht, was eigentlich mit dir los ist. Die müssen ja fünfundzwanzig Dollar für den Puppenwagen ausgegeben haben, den du oben in deinem Zimmer stehen hast, aber du willst lieber mit 'nem toten Vogel spielen. Geh und guck dir den Fluß an! Geh und guck dir die Schiffe an! Und kletter auch nicht auf das Geländer da rauf, sonst fällst du rein, und dann wär's aus mit dir bei der schrecklichen Strömung.» Deborah ging gehorsam zum Fluß hinüber. «Da sitz ich nun», sagte Mrs. Harley zu der anderen Kinderpflegerin, «da sitz ich nun, eine Frau an die Sechzig, die vierzig Jahre lang in ihrem eigenen Haus gewohnt hat, und sitze am Sonntagmorgen wie ein Stromer auf der Parkbank, während die Eltern der Kleinen oben im zehnten Stock ihren Rausch von gestern abend ausschlafen.» Die andere Kinderpflegerin war eine wohlgesittete Schottin, die sich für Mrs. Harley nicht weiter interessierte. Mrs. Harley richtete ihre Aufmerksamkeit auf die Stufen, die vom Sutton Place in den Park hinunterführten, um nach Renée Hall Ausschau zu halten. Die Übereinkunft zwischen ihnen bestand schon seit ungefähr einem Monat.

Renée Hall hatte Mrs. Harley und das Kind bei den Tennysons kennengelernt, wo sie in diesem Winter ein häufiger Cocktailgast gewesen war. Einer von Katherines Geschäftsfreunden hatte sie dort eingeführt. Sie war liebenswürdig und unterhaltsam und hatte durch ihre Art, sich zu kleiden, Eindruck auf Katherine gemacht. Sie wohnte nur ein paar Häuser weiter, hatte nichts gegen späte Einladungen, und die meisten Männer mochten sie gern. Die Tennysons wußten nicht viel von ihr, außer daß sie ein attraktiver Gast und Schauspielerin war und beim Radio arbeitete. An dem Abend, an dem Renée zum erstenmal zu den Tennysons ging, war Deborah hereingebracht worden, um gute Nacht zu sagen, und die Schauspielerin und das vernachlässigte Kind hatten zusammen auf dem Sofa gesessen. Zwischen den beiden entwickelte sich eine eigentümliche Zuneigung, und Renée ließ das Kind mit ihrem Schmuck und ihren Pelzen spielen. Renée war gütig zu Deborah, denn sie hatte einen Lebensabschnitt erreicht, wo sie Güte selber zu schätzen wußte.

Sie war ungefähr fünfunddreißig Jahre alt, vergnügungssüchtig und gutherzig. Sie betrachtete das Leben, das sie führte, gern als Auftakt zu etwas Wunderbarem, Endgültigem oder auch nur Alltäglichem, das mit der nächsten oder übernächsten Saison beginnen sollte, aber es fiel ihr immer schwerer, diese Hoffnung am Leben zu halten. Sie hatte schon feststellen müssen, daß sie immer müde war, wenn sie nicht trank. Sie hatte eben einfach nicht die Kraft. Wenn sie nicht trank, war sie deprimiert, und wenn sie deprimiert war, stritt sie sich mit Oberkellnern und Friseuren, beschuldigte die Leute im Restaurant, sie angestarrt zu haben, und zankte sich mit den Männern, die ihre Schulden bezahlten. Sie war sich über diese Labilität ihres Charakters im klaren und wußte sie – wie einiges andere – vor flüchtigen Bekannten wie den Tennysons geschickt zu verbergen.

Renée war eine Woche später wieder vorbeigekommen, und als Deborah ihre Stimme hörte, entwischte sie Mrs. Harley und sauste den Flur entlang. Renée war von ihrer kindlichen Verehrung angenehm berührt. Sie saßen wieder nebeneinander. Renée trug ein Pelzkollier und einen mit Stoffrosen beladenen Hut, und Deborah hielt sie für die schönste Frau der Welt.

Danach kam Renée oft zu den Tennysons. Es wurde zu einer stehenden Redensart, daß sie nur käme, um das Kind zu sehen, und nicht etwa die Tennysons oder ihre Gäste. Renée hatte sich immer eigene Kinder gewünscht, und nun schienen sich alle ihre unbefriedigten Wünsche auf Deborahs strahlendes Gesicht zu konzentrieren. Sie fing an, dem Kind gegenüber Besitzerinstinkte zu entwickeln. Sie schickte ihr kostspielige Kleider und Spielsachen. «Ist sie schon beim Zahnarzt gewesen?» fragte sie Katherine. «Können Sie sich auf Ihren Arzt verlassen? Haben Sie sie beim Kindergarten angemeldet?» Eines Abends machte sie den Fehler, anzudeuten, daß Deborah zuwenig von ihren Eltern zu sehen bekomme und daß ihr das Gefühl der Sicherheit fehle, das sie ihr eigentlich vermitteln müßten. «Sie hat achttausend Dollar auf ihrem eigenen Bankkonto», sagte Katherine. Sie war ärgerlich. Renée fuhr fort, Deborah ausgesuchte Geschenke zu schicken. Deborah nannte alle ihre Puppen und alles, was ihr Freude machte, nach Renée, und fing abends manchmal an, nach Renée zu rufen, wenn sie ins Bett gebracht worden war. Robert und Katherine hielten es für besser, Renée nicht mehr zu empfangen. Sie hörten auf, sie einzuladen. «Eigentlich», sagte Katherine, «hab ich schon immer das Gefühl gehabt, daß das Mädchen etwas Abstoßendes an sich hat.» Renée rief sie zweimal an und lud sie zum Cocktail ein, aber Katherine sagte nein, nein danke, sie wären alle erkältet.

Renée wußte, daß Katherine log, und beschloß, sich die Tennysons aus dem Kopf zu schlagen. Sie vermißte das kleine Mädchen, aber sie hätte sie vielleicht nie wiedergesehen, wenn nicht in der gleichen Woche noch etwas vorgefallen wäre. Eines Abends kam sie allein und früher als sonst von einer langweiligen Party nach Hause. Sie fürchtete immer, irgendwelche Telefonanrufe zu versäumen, und hatte darum einen Auftragsdienst eingeschaltet. An diesem Abend wurde ihr gesagt, eine Mrs. Walton habe angerufen und eine Nummer hinterlassen.

Walton, Walton, Walton, dachte Renée, und dann fiel ihr ein, daß sie einmal einen Liebhaber namens Walton gehabt hatte. Das mußte schon acht oder zehn Jahre her sein. Sie war einmal mit ihm und seiner Mutter ausgegangen, die aus Cleveland zu Besuch gekommen war. Dann konnte sie sich deutlich an den Abend erinnern. Walton trank zuviel, und seine Mutter hatte sie beiseite genommen und ihr gesagt, was für einen guten Einfluß sie ihrer Ansicht nach auf ihn ausübte, und ob sie ihm nicht das Trinken abgewöhnen und ihn dazu bringen könne, öfter in die Kirche zu gehen? Am Ende war es zwischen Walton und ihr wegen seiner Trinkerei zu Meinungsverschiedenheiten gekommen, wie sie sich entsann, und danach hatte sie ihn nicht mehr wiedergesehen. Vielleicht war er krank oder betrunken oder wollte heiraten. Sie hatte keine Ahnung, wie alt er war, denn in ihrer Erinnerung bildeten die dreißiger Jahre ein einziges Wirrwarr, und sie konnte den Anfang des Jahrzehnts nicht von seinem Ende unterscheiden. Sie wählte die Nummer. Es war ein Hotel auf der West Side. Mrs. Waltons Stimme, die sich meldete, war die dünne, brüchige Stimme der alten Frau. «Billy ist tot, Renée», sagte sie. Sie fing an zu schluchzen. «Ich bin so froh, daß Sie angerufen haben. Er soll morgen bestattet werden. Ich wollte, Sie könnten zur Trauerfeier kommen. Ich bin so allein.»

Am nächsten Tag zog Renée ein schwarzes Kleid an und nahm eine Taxe zum Beerdigungsinstitut. Sobald sie die Tür öffnete, fiel sie einem behandschuhten und dienstbeflissenen Pförtner in die Hände, dessen Beileidsbezeugungen auf eine tiefere und beständigere Trauer abgestimmt waren, als ihr jemals zu empfinden gegeben sein würde. Ein Fahrstuhl brachte sie zur Kapelle hinauf. Als sie die elektrische Orgel «Wie schön leucht' uns der Morgenstern!» spielen hörte, dachte sie, sie müsse sich erst hinsetzen, ehe sie Kraft genug fände, Mrs. Walton entgegenzutreten, und dann sah sie Mrs. Walton an der offenen Kapellentür stehen. Die beiden Frauen umarmten sich, und Renée wurde Mrs. Waltons Schwester vorgestellt, einer Mrs. Henlein. Sie waren die einzigen Trauergäste. Am hintersten Ende des Raumes lag ihr toter Liebhaber unter einer mageren Gladiolendekoration. «Er war so allein, liebste Renée», sagte Mrs. Walton. «Er war so entsetzlich allein. Er ist allein gestorben, wissen Sie, in dem möblierten Zimmer.» Mrs. Walton fing an zu weinen. Mrs. Henlein weinte. Ein Geistlicher kam herein, und der Trauergottesdienst fing an. Renée kniete nieder und versuchte, sich an das Vaterunser zu erinnern, aber sie kam nicht weiter als «Wie im Himmel also auch auf Erden». Sie fing an zu weinen, aber nicht aus einer zärtlichen Regung für den Toten, sie hatte seit Jahren nicht an ihn gedacht und konnte sich nur mühsam erinnern, daß er ihr manchmal das Frühstück ans Bett gebracht und sich selbst die Knöpfe ans Hemd genäht hatte. Sie weinte um sich selbst, sie weinte, weil sie Angst hatte, daß sie vielleicht selbst einmal in der Nacht sterben müßte, weil sie allein auf der Welt war, weil ihr leeres, hoffnungsloses Leben kein Auftakt, sondern ein Finale war und sie hinter alledem nur die rohe, brutale Silhouette eines Sarges auftauchen sah.

Die drei Frauen verließen mit Hilfe des dienstbeflissenen Pförtners die Kapelle und fuhren mit dem Fahrstuhl nach unten. Renée sagte, sie könne nicht mit zum Friedhof, sie habe eine Verabredung. Ihre Hände zitterten vor Furcht. Sie gab Mrs. Walton einen Abschiedskuß und nahm eine Taxe zum Sutton Place. Sie ging in den kleinen Park hinunter, in dem Deborah und Mrs. Harley sich aufzuhalten pflegten. Deborah sah Renée als erste. Sie rief ihren Namen, lief ihr entgegen und kam hastig, immer nur eine Stufe auf einmal nehmend, die Treppe hochgestolpert. Renée nahm sie auf den Arm. «Liebe Renée», sagte das kleine Mädchen. «Liebe, liebe Renée.» Renée und das Kind setzten sich neben Mrs. Harley auf die Bank. «Wenn Sie einkaufen gehen möchten», sagte sie, «nehme ich Deborah gern mal für ein paar Stunden.»

«Na, ich weiß nicht, ob ich das tun kann», sagte Mrs. Harley.

«Sie ist bei mir gut aufgehoben», sagte Renée. «Ich nehm sie mit in meine Wohnung, und Sie können sie da um fünf Uhr abholen. Mr. und Mrs. Tennyson brauchen ja nichts davon zu wissen.»

«Na ja, vielleicht mach ich das dann doch», sagte Mrs. Harley. So war es zu der Regelung gekommen, die Mrs. Harley jede Woche ein paar freie Stunden verschaffte.

Als Renée an diesem Sonntag um halb elf noch nicht da war, wußte Mrs. Harley, daß sie nicht mehr kommen würde, und war enttäuscht, weil sie fest damit gerechnet hatte, an diesem Morgen in die Kirche gehen zu können. Sie dachte an die Glocken, an das Latein und an das erhebende Gefühl der Läuterung und Rechtfertigung, mit dem sie sich immer von den Knien erhob. Der Gedanke, daß Renée im Bett lag und daß nur Renées Trägheit sie vom Gebet abhielt, ärgerte sie. Mit der Zeit waren eine Menge Kinder in den Park gekommen und sie suchte im Gedränge nach Deborahs gelbem Mantel.

Die warme Sonne hatte das kleine Mädchen munter gemacht. Sie lief mit ein paar andern Kindern ihres Alters herum. Sie hüpften und sangen und umkreisten die Sandkiste ziellos wie Schwalben. Deborah blieb ein wenig hinter den andern zurück, denn ihre Bewegungen waren noch impulsiv, und manchmal fiel sie von ihrer eigenen Anstrengung zu Boden. Mrs. Harley rief sie, und sie lief gehorsam zu der alten Frau hinüber, lehnte sich an ihre Knie und fing an, über irgendwelche Löwen und kleine Jungen zu reden. Mrs. Harley fragte, ob sie nicht mitkommen und Renée besuchen wolle. «Ich will mitkommen und bei Renée bleiben», sagte die Kleine. Mrs. Harley nahm sie an die Hand, und sie stiegen zusammen die Stufen hinauf, die vom Spielplatz nach oben führten, und gingen zu dem Apartmenthaus hinüber, in dem Renée wohnte. Mrs. Harley rief über das Haustelefon oben an, und Renée meldete sich auch nach einer Weile. Ihre Stimme klang schläfrig. Sie sagte, sie würde gern eine Stunde auf das Kind aufpassen, wenn Mrs. Harley sie heraufbringen wolle. Mrs. Harley brachte Deborah in den fünfzehnten Stock hinauf und sagte ihr dort auf Wiedersehen. Renée trug ein mit Federn besetztes Négligé, und ihre Wohnung war dunkel.

Renée schloß die Tür und nahm die Kleine auf den Arm. Deborahs Haut und Haare waren weich und duftig, und Renée küßte ihr Gesicht und ihren Hals und kitzelte sie, bis das Kind vor Lachen beinahe erstickte. Dann zog Renée die Rollos hoch und ließ etwas Licht ins Zimmer. Die Wohnung war schmutzig und die Luft verbraucht. Überall standen Whiskygläser und überquellende Aschenbecher herum, und in einer angelaufenen Silbervase hingen ein paar verwelkte Rosen.

Renée war zum Mittagessen verabredet und versuchte, Deborah das klarzumachen. «Ich geh zum Mittagessen ins Plaza», sagte sie. «Ich nehme jetzt ein Bad und ziehe mich an, und du mußt ein liebes Kind sein.» Sie gab Deborah ihre Schmuckschatulle und ließ die Badewanne einlaufen. Deborah setzte sich still an den Frisiertisch und belud sich mit Armbändern und Clips. Als Renée sich abtrocknete, klingelte es an der Wohnungstür, und sie warf einen Morgenrock über und ging ins Wohnzimmer. Deborah kam hinter ihr her. Ein Mann stand da.

«Ich fahr nach Albany rüber», erklärte er. «Warum packst du nicht einfach ein paar Sachen in eine Tasche und kommst mit? Ich fahr dich Mittwoch zurück.»

«Ich würde so gerne, Liebling», sagte Renée, «aber ich kann nicht. Ich esse mit Helen Foss zu Mittag. Sie meint, sie könnte mir vielleicht Arbeit vermitteln.»

«Sag das Essen ab», sagte der Mann. «Los, komm.»

«Ich kann nicht, Liebling», sagte Renée. «Wir sehen uns Mittwoch.»

«Wer ist die Kleine?» fragte der Mann.

«Das ist die kleine Tochter der Tennysons. Ich passe auf sie auf, solange die Kinderpflegerin in der Kirche ist.» Der Mann drückte Renée stürmisch an sich, küßte sie und ging, nachdem sie sich für Mittwoch verabredet hatten.

«Das war dein reicher Onkel Eklig», erklärte Renée dem Kind.

«Ich hab eine Freundin. Sie heißt Martha», sagte die Kleine.

«Ja, das glaube ich gern, daß du eine Freundin hast, die Martha heißt», sagte Renée. Sie merkte, daß das Kind das Gesicht verzog und Tränen in den Augen hatte. «Was ist los, Liebling?» fragte sie. «Was ist denn los? Komm, komm, setz dich aufs Sofa und hör Radio. Ich muß mich noch fertigmachen.» Sie ging ins Schlafzimmer, um ihr Gesicht herzurichten und sich die Haare zu bürsten.

Ein paar Minuten später klingelte es wieder. Diesmal war es Mrs. Harley. «Hat Ihnen der Gottesdienst gefallen?» fragte Renée. «Ich will Deborah eben den Mantel anziehen.» Sie sah sich nach Hut und Mantel um. Sie waren nicht da, wo sie sie hingelegt hatte, und das Kind war nicht im Wohnzimmer. Ihr Herz fing an, wie wild zu schlagen. Sie ging ins Schlafzimmer. «Es tut meiner Seele so gut, in die Kirche zu gehen», hörte sie Mrs. Harley sagen. Renée dachte mit Schrecken an die offenen Fenster. Das Schlafzimmerfenster stand offen. Sie sah hinaus und konnte fünfzehn Stockwerke tiefer den Gehsteig, das Vordach und den Portier sehen, der an der Ecke nach einer Taxe pfiff, und eine Blondine, die einen Pudel spazierenführte. Renée rannte ins Wohnzimmer zurück.

«Wo ist Deborah?» fragte Mrs. Harley.

«Ich hab mich angezogen», sagte Renée. «Vor einer Minute war sie noch hier. Sie muß hinausgelaufen sein. Sie könnte die Tür selbst aufgemacht haben.»

«Sie meinen, Sie haben die Kleine *verloren*?» schrie Mrs. Harley.

«Bitte, regen Sie sich nicht auf», sagte Renée. «Sie kann nicht weit weg sein. Man kann nur mit einem der Fahrstühle nach unten kommen.» Sie ging durch die Küchentür hinaus und klingelte nach dem Lieferantenfahrstuhl. Dabei fiel ihr die gefährliche Hintertreppe auf. Sie war aus Eisen und Beton, schmutzig grau getüncht, und führte über fünfzehn Stockwerke nach unten. Sie horchte die Treppe hinunter, hörte aber nur das Zischen der Kochherde und weiter unten eine Stimme, die sang:

Ich bin Soldat in der Armee des Herrn,
Ich bin Soldat
In der Armee ...

Der Lieferantenfahrstuhl war voll von stinkenden Abfällen. «Ich hatte ein kleines Mädchen bei mir in der Wohnung», sagte Renée zu dem Mann, der den Fahrstuhl heraufgefahren hatte. «Es ist verschwunden. Würden Sie sich nach ihr umsehen?» Dann rannte sie auf den Vorderflur und klingelte nach dem Personenfahrstuhl. «Na ja, warum», sagte der Mann. «Ich hab 'n kleines Mädchen runtergefahren, vor ungefähr zehn Minuten. Sie hatte 'n gelben Mantel an.» Renée merkte, daß er eine Whiskyfahne hatte. Sie sagte Mrs. Harley Bescheid. Dann ging sie noch einmal in die Wohnung zurück, um ein paar Zigaretten zu holen. «Ich will hier nicht allein bleiben», sagte Mrs. Harley. Renée schob sie in einen Sessel. Sie schloß die Tür und fuhr im Fahrstuhl nach unten. «Es kam mir schon komisch vor, daß sie so alleine runterfuhr», sagte der Fahrstuhlführer. «Ich dachte, sie würde vielleicht in der Halle abgeholt.» Während er sprach, roch Renée wieder seine Whiskyfahne. «Sie haben getrunken», sagte sie. «Wenn Sie nicht getrunken hätten, wäre das nicht passiert. Sie müßten doch wissen, daß man ein Kind dieses Alters nicht sich selbst überlassen kann. Sie sollten lieber nicht trinken, solange Sie im Dienst sind.»

Als sie im Erdgeschoß ankamen, brachte er den Fahrstuhl ruckartig zum Halten und ließ die Tür krachend auffliegen. Renée lief in die Halle hinaus. Die Spiegel, die elektrischen Kerzen und der fleckige Ascot des Portiers erweckten in ihr Übelkeit. «Ja», sagte der Portier, «es kommt mir so vor, als hätte ich ein kleines Mädchen rausgehen sehen. Ich hab kaum drauf geachtet. Ich war da draußen und versuchte, 'ne Taxe zu kriegen.» Renée rannte auf die Straße hinaus. Das Kind war nicht da. Sie rannte so weit hinunter, daß sie den Fluß sehen konnte. Sie kam sich schwach und hilflos vor, als wäre in der Stadt, in der sie seit fünfzehn Jahren lebte, auf einmal kein Platz mehr für sie. Auf der Straße herrschte dichter Verkehr. Sie stand an der Ecke, hatte die Hände trichterförmig an den Mund gelegt und schrie: «Deborah! Deborah!»

Die Tennysons wollten am Nachmittag ausgehen und hatten angefangen, sich umzuziehen, als das Telefon klingelte. Robert nahm den Hörer ab. Katherine konnte Renées Stimme erkennen « … Ich weiß, es ist schrecklich, Bob, ich weiß, ich hätte es nie tun dürfen.»

«Sie meinen, Mrs. Harley hat sie bei Ihnen abgegeben?»

«Ja, ja. Ich weiß, es ist schrecklich. Ich hab überall nachgesehen. Mrs. Harley ist jetzt hier. Soll sie zu Ihnen rüberkommen?»

«Nein.»

«Soll ich die Polizei anrufen?»

«Nein», sagte Robert. «Ich rufe die Polizei an. Sagen Sie mir, was sie anhatte.» Als Robert das Gespräch mit Renée beendet hatte, rief er die Polizei an. «Ich warte hier, bis Sie kommen», sagte er. «Bitte, kommen Sie, so schnell Sie können.»

Katherine stand in der Badezimmertür. Sie ging zu Robert hinüber, und er nahm sie in die Arme. Er hielt sie fest, und sie fing an zu weinen. Dann machte sie sich los und setzte sich auf das Bett. Er ging zum offenen Fenster hinüber. Unten auf der Straße sah er einen Lastwagen mit der Aufschrift *Möbel- und Teppich-Gesellschaft* auf dem Dach. Im nächsten Block gab es ein paar Tennisplätze, auf denen gespielt wurde. Die Tennisplätze waren von Ligusterhekken umgeben, und eine alte Frau schnitt den Liguster mit dem Messer. Sie trug einen runden Hut und einen schweren Wintermantel, der ihr bis zu den Knöcheln reichte. Auf einmal wurde ihm klar, daß sie den Liguster stahl. Sie arbeitete schnell und verstohlen und sah sich dauernd um, um sicherzugehen, daß niemand sie bemerkte. Als sie ein gutes Büschel von den grünen Zweigen beisammen hatte, stopfte sie sie in eine Tasche und hastete die Straße hinunter.

Es klingelte an der Wohnungstür. Ein Polizeiwachtmeister und ein Beamter in Zivil standen draußen. Sie nahmen die Hüte ab. «So was ist immer unangenehm für die Damen», sagte der Wachtmeister. «Wenn Sie mir jetzt noch mal den Tatbestand schildern würden, Mr. Tennyson. Unsere Leute suchen schon nach ihr. Sie sagen, daß sie selbst mit dem Fahrstuhl runtergefahren ist. Das war ungefähr vor einer Stunde.» Er ging mit Robert alle Umstände im einzelnen durch. «Ich möchte Sie ja beide nicht beunruhigen», sagte er, «aber hätte vielleicht irgend jemand einen Grund gehabt, das Kind zu kidnappen? Wir müssen jede Möglichkeit in Betracht ziehen.»

«Ja», sagte Katherine plötzlich mit fester Stimme. Sie stand auf und fing an, im Zimmer hin und her zu gehen. «Es ist vielleicht ungerechtfertigt, aber es muß wenigstens in Betracht gezogen werden. Es kann sein, daß sie gekidnappt worden ist. Ich hab die Frau diese Woche zweimal in dieser Gegend gesehen, und ich hatte das Gefühl, daß sie mir folgte. Ich hab mir damals nichts dabei gedacht. Und dann hat sie mir doch diesen Brief geschrieben. Ich drücke mich wohl nicht klar genug aus. Sehen Sie, ehe Mrs. Harley als Pflegerin für Deborah zu uns kam, hatten wir eine Frau namens Mrs. Emerson. Wir hatten Meinungsverschiedenheiten wegen Deborah, und sie sagte mir, während wir uns stritten – ich hab dir nie was davon erzählt, Liebling, weil ich dich nicht damit belästigen wollte und es auch nicht für wichtig hielt –, aber als wir uns stritten, sagte sie, das Kind würde mir genommen werden. Ich versuchte, nicht mehr daran zu denken, weil ich sie für überspannt hielt. In der Stadt wimmelt es von solchen sonderbaren Typen. Dann sah ich sie diese Woche zweimal auf der Straße und hatte das Gefühl, daß sie mir folgte. Sie wohnt im Hotel Princess. Es liegt auf der West Side. Wenigstens hat sie früher da gewohnt.»

«Ich fahre rüber», sagte Robert. «Ich nehme den Wagen.»

«Ich fahre Sie rüber, Mr. Tennyson», sagte der Wachtmeister.

«Willst du mitkommen?» fragte Robert Katherine.

«Nein, Liebling», sagte Katherine, «kümmer dich nicht um mich. Ich komme schon zurecht.»

Robert setzte den Hut auf und ging mit dem Wachtmeister hinaus. Der Fahrstuhlführer redete ihn an. «Es tut mir sehr leid, Mr. Tennyson», sagte er. «Wir haben sie alle so gern gehabt, hier im Haus. Ich hab meine Frau angerufen, und sie ist sofort nach St. John's rübergegangen und hat eine Kerze für die Kleine angezündet.»

Vor dem Haus stand ein Polizeiwagen, Robert und der Wachtmeister stiegen ein und fuhren in Richtung Westen. Robert drehte dauernd den Kopf von einer Seite zur andern, um nicht immer den Tod seines Kindes vor Augen haben zu müssen. Er stellte sich den Unfall nach dem Klischee der «Augen-auf-im-Straßenverkehr»-Plakate vor, schlecht gezeichnet und in grellen Farben. Er sah einen Unbekannten vor sich, der vor den Kotflügeln einer Taxe den schlaffen Körper hochhob und wegtrug, er sah den Ausdruck der Verwunderung und des Entsetzens auf dem süßen Gesicht, das noch kein Entsetzen kannte, er hörte Hupen lärmen und Bremsen quietschen, er sah einen Wagen über eine Anhöhe kommen. Es kostete ihn körperliche Anstrengung, seine Augen zu zwingen, durch diese Bilder hindurch auf die helle Straße zu sehen.

Der Tag war heiß geworden. Ein paar niedrige, schnell dahinziehende Wolken warfen ihre Schatten auf die Stadt, und er konnte die flüchtigen dunklen Flecken von einem Block zum andern wandern sehen. Die Straßen waren überfüllt. Er sah die Stadt nur noch als einen Ort ständig drohender Lebensgefahr vor sich. Jeder Kanaldeckel, jede Ausschachtung, jede Treppenflucht stach aus dem strahlenden Tag hervor, wie ein Filmnegativ alles ins Gegenteil verkehrt, und die Menschenmengen und die grünen Bäume im Central Park schienen ihm ordinär. Das Hotel Princess lag in einer schmutzigen Straße in den westlichen Siebzigern. Die Luft in der Halle roch abgestanden. Der Empfangschef wurde unruhig, als er den Polizeibeamten sah. Er warf einen Blick auf das Schlüsselbrett und sagte, Mrs. Emerson sei da. Sie habe kein Telefon auf dem Zimmer. Sie könnten hinaufgehen.

Ein alter Mann fuhr sie in einem Fahrstuhl aus vergoldetem Gußeisen nach oben. Sie klopften an die Tür, und Mrs. Emerson rief sie herein. Robert hatte die Frau nicht näher gekannt. Er hatte sie nur an der Kinderzimmertür stehen sehen, wenn sie Deborah hineinschickte, um gute Nacht zu sagen. Sie war Engländerin, erinnerte er sich. Ihre Stimme hatte immer aufgeregt und gebildet geklungen. «Ach, Mr. Tennyson», sagte sie, als sie ihn erkannte. Der Wachtmeister fragte sie unvermittelt, wo sie an diesem Morgen gewesen sei.

«Ist schon gut, Mrs. Emerson», sagte Robert. Er fürchtete, sie könnte hysterisch werden und ihnen gar nichts sagen. «Deborah ist heute morgen weggelaufen. Wir dachten, Sie wüßten vielleicht etwas davon. Mrs. Tennyson sagte, Sie hätten ihr einen Brief geschrieben.»

«Oh, das tut mir aber schrecklich leid wegen Deborah», sagte sie. Es war die vornehme, leise Stimme einer Frau, die sich ihrer Stellung als Dame bewußt war. «Ja, ja. Natürlich hab ich Mrs. Tennyson diesen Brief geschrieben. Es ist mir im Traum erschienen, Sie würden die Kleine verlieren, wenn Sie nicht besonders gut auf sie aufpaßten. Das ist nämlich mein Beruf, müssen Sie wissen. Ich deute Träume. Ich sagte Mrs. Tennyson, als ich wegging, sie müsse gut auf die Kleine aufpassen. Sie ist ja schließlich unter dem schrecklichen neuen Planeten Pluto geboren. Ich war an der Riviera, als er entdeckt wurde, im Jahre 1938. Wir wußten damals gleich, daß etwas Schreckliches passieren würde.

Ich hab die Kleine sehr liebgehabt und bedaure die Mißhelligkeiten zwischen Mrs. Tennyson und mir», fuhr sie fort. «Die Kleine gehörte zu den Feuermenschen – eingedämmtes Feuer. Ich habe mir ihre Handfläche sehr gründlich angesehen. Wir waren ja oft allein miteinander. Sie hat eine lange Lebenslinie, ein ausgeglichenes Wesen und eine gute Kopflinie. Es gab einige Anzeichen für Unvorsichtigkeit, aber das hing zum großen Teil von Ihnen ab. Ich sah tiefes Wasser und irgendeine große Gefahr, irgendeine große Krise. Darum habe ich Mrs. Tennyson diesen Brief geschrieben. Ich habe Mrs. Tennyson nie etwas für meine Dienstleistungen berechnet.»

«Worüber haben Sie und Mrs. Tennyson sich eigentlich gestritten?» fragte der Wachtmeister.

«Wir verlieren nur Zeit», sagte Robert. «Wir verlieren hier nur Zeit. Wir wollen zurückfahren.» Er stand auf und ging aus dem Zimmer, und der Wachtmeister folgte ihm. Die Rückfahrt nahm lange Zeit in Anspruch. Die sonntäglichen Menschenmengen, die die Straßen überquerten, zwangen sie an jeder Kreuzung zum Halten. Der Beamte in Zivil wartete vor dem Haus. «Gehen Sie lieber hinauf und sehen Sie nach Ihrer Frau», sagte er zu Robert. Weder der Portier noch der Fahrstuhlführer sprachen ihn an. Er trat in seine Wohnung und rief nach Katherine. Sie war im Schlafzimmer und saß am Fenster. Sie hatte ein schwarzes Buch auf dem Schoß. Er sah, daß es die Bibel war. Es war eine Gideon-Bibel, die ein Freund von ihnen einmal aus einem Hotel gestohlen hatte, als er betrunken war. Sie hatten sie ein- oder zweimal zum Nachschlagen benützt. Durch das offene Fenster konnte er den Fluß als ausgedehntes, helles Lichtfeld erkennen. Im Zimmer war es ganz still.

«Was ist mit Mrs. Emerson?» fragte Katherine.

«Es war ein Irrtum. Es war ein Irrtum, daß sie dem Kind etwas Böses tun könnte.»

«Renée hat noch mal angerufen. Sie hat Mrs. Harley nach Haus gebracht. Sie möchte, daß wir sie anrufen, wenn wir Deborah gefunden haben. Ich will mit Renée nichts mehr zu tun haben.»

«Ich weiß.»

«Wenn Deborah etwas passiert», sagte Katherine, «könnte ich mir das nie verzeihen. Ich könnte es mir nie verzeihen, ich hab ein Gefühl, als ob wir sie geopfert hätten. Ich hab die Stelle über Abraham gelesen.» Sie schlug die Bibel auf und fing an zu lesen. «‹Und Er sprach: Nimm

Isaak, deinen einzigen Sohn, den du lieb hast, und gehe hin in das Land Morija; und opfere ihn daselbst zum Brandopfer auf einem Berge, den ich dir sagen werde. Da stand Abraham des Morgens frühe auf, und gürtete seinen Esel, und nahm mit sich zween Knaben, und seinen Sohn Isaak; und spaltete Holz zum Brandopfer, und machte sich auf, und ging an den Ort, davon ihm Gott gesagt hatte.›» Sie schlug das Buch zu. «Das, wovor ich am meisten Angst habe, ist, den Verstand zu verlieren. Ich sag mir immer wieder unsere Adresse und Telefonnummer vor. Das hat doch alles keinen Sinn, oder?»

Robert legte ihr die Hand auf die Stirn und ließ sie über ihre Haare gleiten. Sie trug ihr dunkles Haar seitlich gescheitelt und glatt gebürstet, wie ein Kind.

«Ich hab Angst, den Verstand zu verlieren», sagte Katherine. «Weißt du, was meine erste Regung war, als du mich allein gelassen hattest? Ich wollte ein Messer nehmen, ein scharfes Messer, und in mein Kabinett gehen und meine Kleider kaputtmachen. Ich wollte sie in Stücke schneiden. Und nur, weil sie so teuer gewesen sind. Das ist doch alles andere als vernünftig, wenn man so was tun will, oder? Aber ich bin natürlich nicht verrückt, ich bin ganz bei Verstand.

Ich hatte einen kleinen Bruder, der starb. Er hieß Charles, Charles junior. Er wurde nach meinem Vater genannt und starb mit zweieinhalb Jahren, ungefähr in Deborahs Alter, an irgendeiner Krankheit. Natürlich war es sehr schwer für Mutter und Paps, aber nicht annähernd so schlimm wie dies hier. Weißt du, ich glaube, Kinder bedeuten uns viel mehr als unsern Eltern. Das denke ich mir so. Wahrscheinlich liegt das daran, daß wir nicht so religiös sind und daß die Art, wie wir leben, uns viel verletzlicher macht. Ich komme mir vor wie von Schuld besudelt. Mir ist, als wäre ich eine miserable Mutter und eine miserable Frau und als wäre dies nun die Strafe. Ich hab jedes Gelübde und jedes Versprechen gebrochen, das ich je getan habe. Ich hab meine guten Vorsätze alle nicht befolgt. Als kleines Mädchen hab ich bei Neumond und beim ersten Schnee immer gute Vorsätze gefaßt. Ich hab auf der ganzen Linie versagt. Aber ich rede, als hätten wir sie schon verloren, und dabei haben wir sie doch noch gar nicht verloren, nicht? Sie werden sie finden, die Polizisten haben gesagt, sie würden sie finden.»

«Sie werden sie finden», sagte Robert.

Im Zimmer wurde es dunkel. Die niedrigen Wolken warfen ihre Schatten über die Stadt. Sie konnten den Regen gegen das Haus und die Fenster prasseln hören.

«Sie liegt irgendwo draußen im Regen!» schrie Katherine. Sie warf sich im Sessel herum und begrub das Gesicht in den Armen. «Sie liegt im Regen.»

«Sie finden sie bestimmt», sagte Robert. «Andere Kinder verlaufen sich auch mal. In der *Times* hab ich schon oft solche Geschichten gelesen. So etwas passiert jedem, der Kinder hat. Die Kleine meiner Schwester ist einmal die Treppe heruntergefallen. Sie hatte einen Schädelbruch. Niemand glaubte, daß sie mit dem Leben davonkommen würde.»

«Es passiert auch andern Leuten, nicht?» fragte Katherine. Sie drehte sich um und sah ihren Mann an. Der Regen hatte plötzlich aufgehört. Der Geruch, den er in der Luft hinterließ, war so durchdringend, als hätte jemand Ammoniak auf die Straße geschüttet. Robert sah, wie die Regenwolken den leuchtenden Fluß verfinsterten. «Ich meine, es gibt doch so viele Krankheiten und Unfälle», sagte Katherine, «und wir haben immer solches Glück gehabt. Übrigens hat Deborah gar nichts zu Mittag gegessen. Sie wird schrecklich hungrig sein. Sie hat seit dem Frühstück nichts mehr zu essen gehabt.»

«Ich weiß.»

«Liebling, geh», sagte Katherine. «Es ist sicher leichter für dich, als hierzubleiben.»

«Und was machst du?»

«Ich will das Wohnzimmer saubermachen. Wir haben gestern abend die Fenster aufgelassen, und alles ist mit Ruß bedeckt. Geh nur. Ich komm schon zurecht.» Sie lächelte. Ihr Gesicht war vom Weinen verschwollen. «Geh nur. Es ist sicher leichter für dich, und ich mach inzwischen das Zimmer sauber.»

Robert ging wieder nach unten. Der Polizeiwagen parkte noch immer vor dem Haus. Ein Polizist kam auf Robert zu, und sie unterhielten sich eine Weile. «Ich will noch mal die Nachbarschaft durchsuchen», sagte der Polizist, «wenn Sie mitkommen wollen.» Robert sagte, er käme mit. Er bemerkte, daß der Polizist eine Taschenlampe bei sich hatte.

In der Nähe des Apartmenthauses stand die Ruine einer Brauerei, die seit der Prohibition verlassen dalag. Der Gehsteig war von den Hunden der Gegend mit Beschlag belegt worden und mit Kot bedeckt. Die Fenster einer nahegelegenen Garage waren eingeschlagen, und der Polizist ließ einen Lichtstrahl durch den Fensterrahmen fallen. Robert fuhr zusammen, als er etwas schmutziges Stroh und ein Stück gelbes Papier sah. Es hatte die Farbe von Deborahs Mantel. Er sagte nichts, und sie gingen weiter. In der Ferne hörte man den tosenden Nachmittagslärm der City.

In der Nähe der Brauerei standen ein paar Wohnhäuser. Sie waren heruntergekommen, und über der einen Haustür hing ein rohes Schild mit der Aufschrift «Willkommen daheim, Jerry.» Die Eisenpforte vor der steilen Kellertreppe stand offen. Der Polizist leuchtete die Treppe hinunter. Sie war eingestürzt. Es war nichts zu sehen.

Auf der Veranda des nächsten Hauses saß eine alte Frau und beobachtete sie mißtrauisch, während sie die Kellertreppe hinunterblickten. «Meinen Jimmy findet ihr da doch nicht», kreischte sie, «ihr – ihr –» Irgend jemand stieß ein Fenster auf und befahl ihr, den Mund zu halten. Robert sah, daß sie betrunken war. Der Polizist achtete nicht auf sie. Er suchte die Keller aller Häuser methodisch ab, und dann gingen sie um die Ecke. Sie kamen vor die Fassade eines Apartmenthauses, wo es nur Läden, aber weder Treppen noch Lichtschächte gab.

Robert hörte ein Martinshorn. Er blieb stehen und hielt auch den Polizisten zurück. Ein Polizeiwagen kam um die Ecke und hielt am Saumstein, an der Stelle, wo sie standen. «Steigen Sie ein, Mr. Tennyson», sagte der Fahrer. «Wir haben sie gefunden. Sie ist drüben auf der Wache.» Er stellte das Martinshorn an, und sie schlängelten sich in östlicher Richtung durch den Verkehr. «Wir haben sie unten auf der Third Avenue gefunden», sagte der Polizist. «Sie saß vor einem Antiquitätenladen und aß ein Stück Brot. Irgend jemand muß ihr das Brot gegeben haben. Sie hat keinen Hunger.»

Sie wartete auf der Wache. Er legte ihr die Hände auf die Schultern und fing an zu lachen. Seine Augen brannten. «Wo bist du gewesen, Deborah? Wer hat dir das Brot gegeben? Wo bist du gewesen? Wo bist du gewesen?»

«Die Dame hat Brot gegeben», sagte sie. «Ich mußte Martha suchen.»

«Welche Dame hat dir das Brot gegeben, Deborah? Wo bist du gewesen? Wer ist Martha? Wo bist du gewesen?» Er wußte, daß sie es ihm nie erzählen würde und daß er es nie erfahren würde, solange er lebte, und er spürte das heftige Pochen ihres Herzens an seiner Handfläche, aber er hörte nicht auf zu fragen: «Wo bist du gewesen? Wer hat dir das Brot gegeben? Wer ist Martha?»

DIE KUR

Dies alles geschah im Sommer. Ich weiß noch, daß es sehr heiß war, in New York wie auch in dem Vorort, in dem wir wohnen. Meine Frau und ich hatten eine heftige Auseinandersetzung, und Rachel nahm die Kinder und fuhr in dem Kombiwagen auf und davon. Der Spanner tauchte erst auf – oder ich bemerkte ihn erst –, als sie schon etwa zwei Wochen fort waren, aber Rachels Abfahrt und sein Auftauchen schienen miteinander verknüpft zu sein. Rachel hatte die Absicht, für immer zu gehen. Sie hatte mich davor schon zweimal verlassen – das zweite Mal ließen wir uns scheiden und heirateten wieder –, und jedesmal sah ich sie zwar nicht gerade gerne gehen, aber doch mit jener wiedererlangten Selbstachtung, jenem frischen Mut, die der Lohn zu sein scheinen, wenn man sich eine bittere Wahrheit eingesteht. Wie ich schon sagte, es war Sommer, und in gewisser Weise war ich froh, daß sie sich für unsere Auseinandersetzung diese Jahreszeit ausgesucht hatte. So waren wir nicht gezwungen, unsere Trennung sofort zu legalisieren. Wir hatten – mit Unterbrechungen – dreizehn Jahre zusammengelebt: wir hatten drei Kinder, und unsere Vermögenslage war ziemlich verwickelt. Vermutlich war es ihr ebenso recht wie mir, die Dinge bis zum September oder Oktober einfach laufen zu lassen.

Ich war froh, daß unsere Trennung im Sommer stattfand, weil in dieser Jahreszeit meine Arbeit die höchsten Anforderungen an mich stellt und ich abends gewöhnlich zu müde bin, um an etwas anderes zu denken, und weil ich festgestellt hatte, daß ich von allen Jahreszeiten den Sommer am leichtesten allein durchstehen kann. Ich rechnete auch damit, daß Rachel das Haus erhalten würde, wenn wir unsere Angelegenheiten erst einmal geregelt hätten, und ich mag unser Haus und dachte, dies seien die letzten Tage, die ich dort verbringen würde. Es gab einige kleine Hinweise auf ungeordnete häusliche Verhältnisse. Zuerst lief der Hund weg, dann die Katze. Dann fand ich eines Abends, als ich nach Haus kam, Maureen, unser Mädchen, stockbetrunken. Sie sagte mir, daß ihr Mann sich in eine andere Frau verliebt habe, als er mit der Besatzungsarmee in Deutschland war. Sie weinte. Sie ließ sich auf die Knie fallen. Diese Szene, wir beide an einem Sommerabend allein in einem Haus, das ohne Frauen und Kinder unnatürlich leer erschien, diese Szene war absurd, und Absurditäten dieser Art, das weiß ich, können einem jede Entschlossenheit kaputtmachen. Ich machte Kaffee für Maureen, gab ihr zwei Wochenlöhne und fuhr sie nach Hause, und als wir uns verabschiedeten, schien sie gefaßt und nüchtern zu sein, und ich hatte das Gefühl, man könnte die Absurdität vergessen. Nach diesem Zwischenfall arbeitete ich einen einfachen Zeitplan aus, den ich bis zum Herbst einzuhalten beabsichtigte.

Du bist im Begriff, dich von einer romantischen, sinnlichen, verhängnisvollen Ehe zu kurieren, sagte ich mir, und wie jeder Süchtige inmitten einer Entziehungskur mußt du peinlich genau auf jeden deiner Schritte achten. Ich beschloß, nicht ans Telefon zu gehen, weil ich wußte, daß Rachel ihren Entschluß bereuen könnte, und weil ich inzwischen auch wußte, welcher Art die Anlässe waren, die uns wieder zusammenführen konnten. Wenn es fünf Tage regnete, wenn eines der Kinder plötzlich Fieber hatte, wenn sie einen Brief mit schlechten Nachrichten erhielt – jedes derartige Ereignis könnte Grund genug für sie sein, zum Telefon zu greifen, und ich wollte nicht in Versuchung geraten, eine Beziehung wiederaufzunehmen, die so erbärmlich gewesen war. Die ersten Monate werden wie eine Kur sein, dachte ich, und mit diesem Gedanken teilte ich meine Zeit ein. Ich fuhr morgens mit dem Zug um 8 Uhr 10 in die Stadt und kam mit dem um 18 Uhr 30 zurück. Ich war so klug, das leere Haus in der sommerlichen Abenddämmerung zu meiden: Vom Bahnhofsparkplatz fuhr ich direkt zu einem guten Restaurant, das Orpheo's heißt. Dort traf ich gewöhnlich jemanden, mit dem ich mich unterhalten konnte, und ich trank zwei oder drei Martinis und aß ein Steak. Danach fuhr ich zum Stonybrook-Autokino und sah mir zwei Filme nacheinander an. All dies – die Martinis, das Steak und das Kino – sollte eine Art Betäubung erzeugen, und das funktionierte auch. Außer den Leuten in meinem Büro wollte ich niemanden sehen.

Aber in einem leeren Bett schlafe ich nicht sehr gut, und es dauerte nicht lange, da mußte ich mich mit dem Problem der Schlaflosigkeit herumschlagen. Wenn ich vom Kino nach Hause kam, schlief ich ein, aber nur für zwei oder drei Stunden. Ich versuchte, das Beste aus meiner Schlaflosigkeit zu machen. Bei schlechtem Wetter lauschte ich dem Regen und dem Donner. Wenn es nicht regnete, lauschte ich den fernen Geräuschen der Laster auf der Landstraße, ein Geräusch, das mich an die Jahre der Depression erinnerte; damals hatte ich eine geraume Zeit auf der Straße verbracht. Die Laster kamen die Landstraße heruntergeschossen, beladen mit Hähnchen oder mit Lebensmittelkonserven oder mit Seifenpulver oder mit Möbeln. Das Geräusch bedeutete Dunkelheit für mich, Dunkelheit und Scheinwerferlicht – und vermutlich auch Jugend, da es ein angenehmes Geräusch zu sein schien. Manchmal lenkte das Geräusch des Regens oder das des Verkehrs oder irgend etwas Ähnliches mich ab, und ich konnte wieder einschlafen, aber eines Nachts wirkte alles nicht, und um 3 Uhr morgens beschloß ich, nach unten zu gehen und zu lesen.

Ich schaltete eine Lampe im Wohnzimmer ein und sah mir Rachels Bücher an. Ich suchte mir eines aus, das jemand namens Lin Yutang geschrieben hatte, und setzte mich auf das Sofa, unter eine Lampe. Unser Wohnzimmer ist gemütlich. Das Buch schien interessant zu sein. Ich wohnte in einer Gegend, wo die meisten Haustüren unverschlossen blieben, und in einer Straße, die in Sommernächten sehr ruhig ist. Es gibt in der Gegend nur Haustiere, und die einzigen Nachtvögel, die ich je gehört habe, waren ein paar Käuzchen unten bei den Eisenbahngleisen. Es war also sehr ruhig. Ich hörte Barstows Hund einmal kurz aufbellen, als ob ein böser Traum ihn geweckt habe, dann hörte das Bellen auf, und alles war wieder ruhig. Dann hörte ich, ganz in meiner Nähe, einen Schritt und ein Hüsteln.

Ich fühlte, wie ich erstarrte – Sie kennen das sicher –, aber ich sah nicht auf von meinem Buch, obwohl ich spürte, daß ich beobachtet wurde. Intuition und all das mag es ja geben, aber ich ziehe es vor, diese Dinge nicht so ganz ernst zu nehmen. Dennoch wußte ich, ohne die Augen von meinem Buch zu heben, nicht nur, daß ich beobachtet wurde, sondern auch, daß ich vom großen Aussichtsfenster am Ende des Wohnzimmers her beobachtet wurde, von jemandem, der die Absicht hatte, mich zu beobachten und meine Privatsphäre zu verletzen. Im hellen Schein der Lampe und von Dunkelheit umgeben, fühlte ich mich völlig wehrlos. Ich blätterte eine Seite um und tat so, als ob ich weiterläse. Dann ergriff mich eine Furcht, die weit schlimmer war als die Furcht vor dem Narren draußen vor dem Fenster. Ich befürchtete, daß das Hüsteln und der Schritt und das Gefühl, daß ich beobachtet werde, nur in meiner Einbildung vorhanden waren. Ich sah auf.

Er stand wirklich da, und ich glaube, er wollte, daß ich ihn sehe: er grinste. Ich schaltete das Licht aus, aber draußen war es zu dunkel, und meine Augen hatten sich zu sehr an das helle Leselicht gewöhnt, als daß ich hinter der Fensterscheibe einen Umriß hätte wahrnehmen können. Ich lief hinaus in die Diele und schaltete die Kutschenlampen an der Eingangstür ein (sie sind nicht sehr hell, aber immerhin so hell, daß ich jemanden, der über den Rasen lief, hätte sehen können), aber als ich zum Fenster zurückkam, war der Rasen leer, und ich sah, daß an dem Platz, wo er gestanden hatte, niemand mehr war. Es gab viele Stellen, wo er sich hätte verstecken können. Am Anfang des Weges steht ein dicker Fliederbusch, der einen Menschen verdekken würde, dann sind da der spanische Flieder und der Zierahorn. Ich hatte nicht die Absicht, das alte Samurai-Schwert hervorzuholen und ihn zu verfolgen. Ich nicht. Ich schaltete die Kutschenlampen wieder aus, stand im Dunkeln und fragte mich, wer es gewesen sein könnte.

Ich hatte noch nie etwas zu tun gehabt mit Leuten, die nachts herumschleichen, aber ich wußte, daß es solche Leute gibt, und ich nahm an, daß es sich wahrscheinlich um einen verrückten Alten aus der Barackensiedlung bei der Bahnlinie handelte. Ich brachte es sogar fertig – vielleicht wegen meiner Entschlossenheit, dem Bedürfnis, allem mit guter Miene oder doch wenigstens mit Gelassenheit zu begegnen –, voller Mitleid an den Mann zu denken, den es im Alter dazu trieb, sein Heim zu verlassen und nachts in fremder Umgebung herumzuwandern, Hunden und Polizisten auf Gnade und Ungnade ausgeliefert, nur um am Ende einem Mann zuschauen zu können, wie er Lin Yutang liest, oder einer Frau, die einem kranken Kind Tabletten gibt, oder irgend jemandem, der *chili con carne* aus dem Kühlschrank ißt. Als ich die dunkle Treppe hinaufging, hörte ich Donnergrollen, und einen Augenblick später überschwemmte ein Sommerregen flutartig die ganze Gegend, und ich dachte an den armen Herumtreiber und seinen langen Nachhauseweg durch den Sturm.

Inzwischen war es nach vier Uhr, ich lag im Dunkeln und lauschte dem Regen und den vorbeifahrenden Morgenzügen. Sie kommen am frühen Morgen aus Buffalo und Chicago und dem fernen Westen über Albany und dann den Fluß entlang, und irgendwann war ich mit den meisten von ihnen schon einmal gefahren, und ich lag im Dunkeln und dachte an die Polarluft in den Pullmanwagen und an den Geruch der Bettwäsche und an den Geschmack des Wassers im Speisewagen und daran, wie man sich fühlt, wenn man einen Tag in Cleveland oder Chicago beendet und den nächsten in New York beginnt, besonders, wenn man ein paar Jahre weggewesen ist, und besonders im Sommer. Ich lag im Dunkeln und stellte mir die dunklen Wagen im Regen vor und die für das Frühstück gedeckten Tische und die Gerüche.

Am nächsten Tag war ich sehr müde, aber ich erledigte meine Arbeit und döste auf dem Nachhauseweg im Zug. Jetzt hätte ich schlafen können, aber ich wollte kein Risiko eingehen und ging wie üblich zuerst zu Orpheo's und dann in das Autokino. Ich sah zwei schreckliche Filme. Die Filme wirkten betäubend auf mich, und ich schlief ein, sobald ich im Bett war, aber dann weckte das Telefon mich. Es war zwei Uhr. Ich blieb im Bett liegen, bis das Telefon zu klingeln aufhörte. Ich wußte, daß ich zu wach war, als daß irgendwelche nächtlichen Geräusche – der Wind oder der Verkehr – mich schläfrig hätten machen können, und ich ging nach unten. Ich rechnete nicht damit, daß der Spanner wiederkommen würde, aber meine Leselampe mußte in der dunklen Umgebung auffallen, darum schaltete ich die Kutschenlampen an der Haustür ein und setzte mich dann wieder mit dem Buch von Lin Yutang ins Wohnzimmer. Als ich Barstows Hund bellen hörte, legte ich das Buch hin und behielt das Aussichtsfenster im Auge, um mich zu vergewissern, daß der Spanner nicht kam, oder um ihn, sollte er doch kommen, zu sehen, bevor er mich sah.

Ich sah nichts, überhaupt nichts, aber nach ein paar Minuten hatte ich wieder das schreckliche Gefühl des Erstarrens, die Gewißheit, daß ich beobachtet wurde. Ich nahm das Buch wieder in die Hand, nicht weil ich lesen wollte, sondern um ihm zu zeigen, daß sein Wiederkommen mir gleichgültig sei. Das Zimmer hat mehrere Fenster, und einen Augenblick lang fragte ich mich, an welchem er diese Nacht seinen Standplatz bezogen hatte. Dann wußte ich es, und die Tatsache, daß er hinter mir war, daß ich ihn im Rücken hatte, erschreckte und ärgerte mich, und ich sprang hoch, ohne die Lampe auszuschalten, und sah sein Gesicht in dem schmalen Fenster über dem Klavier. «Hau endlich ab, verdammt noch mal!» schrie ich. «Sie ist weg! Rachel ist weg! Es gibt nichts zu sehen! Laß mich in Ruhe!» Ich lief an das Fenster, aber er war verschwunden. Und weil ich in einem leeren Haus mit voller Lautstärke gebrüllt hatte, dachte ich dann, daß ich vielleicht im Begriff sei, den Verstand zu verlieren. Zum zweitenmal dachte ich, daß ich mir das Gesicht am Fenster eingebildet haben könnte. Ich holte meine Taschenlampe und ging nach draußen.

Unter dem schmalen Fenster liegt ein Blumenbeet. Ich sah es mir im Schein der Taschenlampe an, und es war ganz offensichtlich, daß er dagewesen war. Es waren Fußspuren in der Erde, und er hatte ein paar Blumen niedergetreten. Ich folgte seiner Spur vom Blumenbeet bis an den Rand des Rasens, und dort fand ich einen Herrenpantoffel aus Lackleder. Er war schon ein wenig abgetragen und schäbig, und ich konnte mir vorstellen, daß er einem alten Mann gehörte, aber es war sicher nicht der Pantoffel eines Dienstboten. Ich vermutete, daß einer meiner Nachbarn der Spanner war. Ich warf den Pantoffel über meine Hecke, dorthin, wo die Barstows einen Komposthaufen haben, dann kehrte ich ins Haus zurück, schaltete die Lampen aus und ging nach oben.

Während des nächsten Tages spielte ich ein- oder zweimal mit dem Gedanken, die Polizei anzurufen, aber ich konnte mich nicht dazu entschließen. Abends, als ich bei Orpheo's an der Bar stand und auf mein Steak wartete, dachte ich wieder daran. Oberflächlich betrachtet, war die Situation lächerlich, das war mir klar, aber die Furcht davor, das Gesicht wieder am Fenster zu sehen, war echt und wurde immer größer, und ich sah nicht ein, warum ich es bei diesem unerträglichen Zustand belassen sollte, und das noch zu einer Zeit, in der ich versuchte, mein ganzes Leben neu zu ordnen. Draußen wurde es dunkel. Ich ging zur Telefonzelle und rief die Polizei an. Stanley Madison, der manchmal am Bahnhof den Verkehr regelt, war am Apparat. Er sagte: «Oh», als ich ihm erklärte, daß ich einen Herumtreiber anzeigen wolle. Er fragte mich, ob Rachel zu Hause sei. Dann sagte er, daß eine solche Beschwerde seit der Gründung des Ortes im Jahre 1916 noch nicht vorgebracht worden sei. Er sprach mit jenem verständlichen Stolz auf unsere Gemeinde, der uns alle erfüllt. Ich hatte schon damit gerechnet, daß ich bei diesem Gespräch einen ungünstigen Eindruck machen würde, aber Stanley tat so, als ob ich vorsätzlich versuchte, die Immobilienpreise zu drücken. Des weiteren sagte er, daß eine Polizeitruppe von fünf Mann völlig unzulänglich sei, daß sie unterbezahlt und überarbeitet seien und daß ich bei der nächsten Bürgerversammlung eine Verstärkung der örtlichen Polizeitruppe beantragen solle, wenn ich eine Wache auf meinem Grundstück wünsche. Er versuchte, nicht unfreundlich zu erscheinen, und fragte zum Schluß des Gesprächs nach Rachel und den Kindern, aber als ich die Telefonzelle verließ, spürte ich, daß ich einen Fehler gemacht hatte.

In dieser Nacht ging mitten während der Filmvorstellung ein schweres Gewitter nieder, und es regnete bis zum nächsten Morgen. Wahrscheinlich hielt der Sturm den Spanner zu Hause fest, denn ich sah und hörte ihn nicht. In der folgenden Nacht aber war er wieder da. Ich hörte ihn gegen drei Uhr kommen und etwa eine Stunde später wieder gehen, aber ich sah nicht auf von meinem Buch. Ich sagte mir, daß er sicher ein harmloser Plagegeist sei und daß er mich, wenn ich nur wüßte, wer er war, wenn ich nur seinen Namen wüßte, nicht länger in Unruhe versetzen würde und ich meine Kur ungestört fortsetzen könnte. Als ich nach oben ging, beschäftigte mich noch immer die Frage nach seiner Identität. Ich war ziemlich sicher, daß er aus der Nachbarschaft kam. Ich fragte mich, ob vielleicht Freunde oder Nachbarn von mir den Sommer über einen Verwandten zu Besuch hatten, der nicht ganz richtig im Kopf war. Ich ging in Gedanken die Namen von allen durch, die ich kannte, und versuchte, sie in Verbindung zu bringen mit irgendeinem verschrobenen Onkel oder Großvater. Ich dachte, wenn ich den Fremden nur von der Nacht, von der Dunkelheit lösen könnte, würde alles in Ordnung sein.

Als ich am nächsten Morgen zum Bahnhof kam, ging ich durch die Menge auf dem Bahnsteig und hielt Ausschau nach einem Fremden, der der Übeltäter sein könnte. Ich war ziemlich sicher, daß ich ihn erkennen würde, wenn ich sein Gesicht auch nur verschwommen gesehen hatte. Dann sah ich den Mann. So einfach war das. Er wartete auf dem Bahnsteig zusammen mit uns anderen auf den 8 Uhr 10, aber er war kein Fremder.

Es war Herbert Marston, der in dem großen gelben Haus an der Blenhollow Road wohnt. Hätte ich noch den leisesten Zweifel gehabt, so wäre er beseitigt worden durch die Art, wie sein Gesichtsausdruck sich veränderte, als er sah, daß ich ihn erkannt hatte. Er sah ängstlich und schuldbewußt aus. Ich begann, über den Bahnsteig auf ihn zuzugehen. «Ich habe ja nichts dagegen, wenn Sie mir nachts in die Fenster sehen, Mr. Marston», würde ich sagen, laut genug, um ihn in Verlegenheit zu bringen, «aber ich wäre Ihnen dankbar, wenn Sie die Blumen meiner Frau nicht niedertrampeln würden.» Dann blieb ich stehen, weil ich sah, daß er nicht allein war. Seine Frau und seine Tochter waren bei ihm. Ich ging bis zur Ecke des Warteraums hinter ihnen, blieb dort stehen und sah mir die Familie an.

Es war nichts Auffallendes an Mr. Marstons Gesichtszügen und auch nicht an seinem Benehmen – sobald er erkannte, daß ich ihn in Ruhe lassen würde. Er ist grauhaarig, etwas über mittelgroß, und er hat ein hageres Gesicht, das anziehend gewesen sein muß, als er noch jünger war.

Die Ansicht, daß ein krankes Gemüt sich durch Zittern, nervöse Zuckungen und andere Schwächen verrät, ist nur schwer auszurotten. Ich wurde von ihr an diesem Morgen kuriert, als ich in seinem Gesicht nach irgendeinem Zeichen suchte. Er sah zahlungsfähig, ausgeruht und moralisch aus, in weit höherem Maße als Chucky Ewing, der auf Arbeitssuche war, oder Larry Spencer, dessen Sohn Kinderlähmung hatte, oder irgendeiner aus einem Dutzend anderer Männer auf dem Bahnsteig, die ebenfalls auf den Zug warteten. Dann sah ich seine Tochter an, Lydia. Lydia ist eines der hübschesten Mädchen in der ganzen Umgebung. Ich war ein- oder zweimal mit ihr zusammen im Zug gefahren und wußte, daß sie ehrenamtlich als Sekretärin für das Rote Kreuz arbeitete. Sie hatte an diesem Morgen ein blaues Kleid an, ihre Arme waren bloß, und sie sah so frisch, hübsch und so lieblich aus, daß ich sie nicht um alles in der Welt hätte in Verlegenheit bringen oder verletzen können. Dann sah ich Mrs. Marston an, und wenn es irgendwo ein Zeichen gab, dann in *ihrem* Gesicht, obwohl mir nicht recht klar ist, warum die Schrullen ihres Mannes zu ihren Lasten gehen sollten. Es war sehr heiß, aber Mrs. Marston trug ein braunes Kostüm und einen abgetragenen Pelzkragen. Ihr Gesicht war fahl und unscheinbar, aber es war sogar jetzt, als sie nach dem Morgenzug Ausschau hielt, zu einem undurchdringlichen Lächeln verzogen. Es war ein Gesicht, das, vor langer Zeit, einmal wie dazu geschaffen gewesen sein mußte, heftige, auch bösartige Leidenschaften auszudrücken. Aber Jahre des Betens und der Enthaltsamkeit hatten den Hang zur Leidenschaft ausgemerzt, dachte ich, hatten nur ein paar häßliche Falten um Mund und Augen zurückgelassen und Mrs. Marston mit einem Hauch von unnachgiebiger und penetranter Sanftmütigkeit belohnt. Sie betet sicher für ihn, dachte ich, während er im Bademantel durch die Gärten hinter den Häusern streift. Ich hatte wissen wollen, wer der Spanner war, aber jetzt, da ich es wußte, war mir nicht wohler. Der ergrauende Mann, das schöne Mädchen und die Frau, die dort zusammenstanden, machten es noch schlimmer für mich.

An diesem Abend beschloß ich, in der Stadt zu bleiben und zu einer Cocktailparty zu gehen. Sie fand in einem Apartment in einem der Hochhaushotels statt, hoch hoch oben. Als ich dort ankam, ging ich sofort auf die Terrasse hinaus, um nach jemandem Ausschau zu halten, den ich zum Dinner einladen könnte. Was ich suchte, war ein hübsches Mädchen in neuen Schuhen, aber es sah so aus, als ob alle hübschen Mädchen zu Hause geblieben wären. Eine grauhaarige Frau war auf der Terrasse und eine Frau mit einem Schlapphut und Grace Harris, diese Schauspielerin, der ich schon einige Male begegnet bin. Grace Harris ist eine Schönheit, eine verwelkte Schönheit, und wir haben einander nie viel zu sagen gehabt, aber an diesem Abend lächelte sie mir sehr herzlich zu. Es war ein herzliches Lächeln, aber es war auch sehr traurig, und der erste Gedanke, der mir kam, war, sie müsse gehört haben, daß Rachel mich verlassen hatte. Ich lächelte sofort zurück und ging dann nach drinnen an die Bar, wo ich Harry Purcell traf. Ich trank etwas und unterhielt mich mit ihm. Ich blickte mich ein paarmal im Zimmer um, und jedesmal sah Grace Harris mich mit diesem tieftraurigen Blick an. Ich fragte mich, warum sie das tue, aber dann sagte ich mir, daß sie mich vermutlich mit jemandem verwechsle. Viele dieser nie alternden Schönheiten mit veilchenblauen Augen sind ja halb blind, und ich dachte mir, daß sie vielleicht über das ganze Zimmer hinweg nicht so gut sehen könnte. Es wurde spät, aber ich war niemandem Rechenschaft darüber schuldig, wie ich meine Zeit verbrachte, und ich trank weiter. Dann ging Harry auf die Toilette, und ich stand zwei oder drei Minuten allein an der Bar, aber das war schon zu lange. Grace Harris, die mit ein paar Leuten am anderen Ende des Zimmers zusammenstand, kam zu mir herüber. Sie blieb direkt vor mir stehen und legte ihre schneeweiße Hand auf meinen Arm. «Mein armer Junge», murmelte sie, «mein armer Junge.»

Ich bin kein Junge, und ich bin nicht arm, und ich wünschte, sie würde sich endlich wegscheren. Sie hat ein intelligentes Gesicht, aber an diesem Abend spürte ich in diesem Gesicht tiefe Traurigkeit und große Bosheit. «Ich sehe eine Schlinge um Ihren Hals», sagte sie traurig. Dann nahm sie die Hand von meinem Jackettärmel und verließ das Zimmer, und sie mußte wohl nach Hause gegangen sein, denn ich sah sie nicht mehr. Harry kam wieder zurück, aber ich sagte ihm nicht, was geschehen war; ich versuchte, selber nicht zuviel darüber nachzudenken. Ich blieb zu lange auf der Party und fuhr mit einem späten Zug nach Hause.

Ich erinnere mich daran, daß ich ein Bad nahm, einen Schlafanzug anzog und mich hinlegte. Sobald ich die Augen schloß, sah ich dieses Seil. Es endete in einer Henkersschlinge, aber ich hatte schon die ganze Zeit gewußt, was Grace Harris meinte: Sie hatte eine Vorahnung, daß ich mich aufhängen würde. Das Seil schien langsam in mein Bewußtsein einzusinken. Ich öffnete die Augen und dachte darüber nach, was ich am nächsten Tag im Büro zu erledigen hätte, aber als ich die Augen wieder schloß, entstand eine vorübergehende Leere, in die das Seil fiel – als ob es von einem Balken heruntergelassen worden wäre – und hin und her schwang. Ich öffnete die Augen wieder und dachte weiter über das Büro nach, aber als ich sie schloß, war das Seil wieder da, immer noch schwingend. Jedesmal wenn ich in dieser Nacht die Augen schloß und zu schlafen versuchte, war es, als ob der Schlaf die Qualen der Blindheit angenommen hätte. Und mit dem Verschwinden der sichtbaren Welt konnte das eigenmächtige Seil ungehindert von der Dunkelheit Besitz ergreifen. Ich stand auf, ging nach unten und griff nach dem Lin Yutang. Ich hatte erst ein paar Minuten lang gelesen, als ich Mr. Marston im Blumengarten hörte. Ich glaubte jetzt endlich zu wissen, was er zu sehen erwartete, und diese Vorstellung versetzte mich in Schrecken. Ich schaltete das Licht aus und stand auf. Es war dunkel draußen vor dem Fenster, und ich konnte ihn nicht sehen. Ich fragte mich, ob irgendwelche Seile im Haus seien. Dann fiel mir die Fangleine an der Jolle meines Sohnes unten im Keller ein. Ich ging hinunter in den Keller. Das Boot war aufgebockt, und es hing eine lange Fangleine daran, lang genug, um sich daran aufzuhängen. Ich ging nach oben in die Küche und holte mir ein Messer und säbelte die Fangleine vom Boot ab. Dann holte ich mir ein paar Zeitungen und stopfte sie in den Ofen und öffnete die Luftklappen und verbrannte das Seil. Dann ging ich nach oben und legte mich ins Bett. Ich fühlte mich gerettet.

Ich weiß nicht, wie lange es schon hergewesen war, daß ich eine Nacht gut geschlafen hatte. Aber am Morgen fühlte ich mich sonderbar, und obwohl ich vom Fenster aus sah, daß es ein schöner Tag war, fühlte ich mich ihm nicht gewachsen. Der Himmel, das Licht und alles übrige schienen trübe und weit weg zu sein, als ob ich alles aus großer Entfernung sähe. Der Gedanke daran, die Marston-Familie wiederzusehen, erfüllte mich mit Abscheu; ich ließ den 8 Uhr 10 fahren und nahm einen späteren Zug. Das Bild des Seiles ließ mich noch immer nicht los, und ein oder zwei Male stand es mir während der Fahrt wieder vor Augen. Ich brachte den Vormittag irgendwie hinter mich, aber als ich mittags das Büro verließ, sagte ich meiner Sekretärin, daß ich an dem Tag nicht mehr kommen würde. Ich hatte mich zum Lunch mit Nathan Shea im *University Club* verabredet, und ich ging schon früher hin und trank an der Bar einen Martini. Ich stand neben einem alten Herrn, der einem Freund beschrieb, wie regelmäßig seine Gewohnheiten seien, und ich hätte ihm liebend gern eine Schale mit Popcorn über den Kopf gestülpt, aber ich trank meinen Martini und starrte auf die Armbanduhr des Barkeepers, die an dem langen Hals einer Flasche weißen Pfefferminzlikörs hing. Als Shea kam, trank ich mit ihm zwei weitere Martinis. Betäubt vom Gin, brachte ich den Lunch hinter mich.

Wir trennten uns auf der Park Avenue. Dort ließen meine Martinis mich im Stich, und ich sah das Seil wieder. Es war etwa 14 Uhr und ein sonniger Nachmittag, aber mir kam er dunkel vor. Ich ging zur Corn Exchange Bank und löste einen Scheck über fünfhundert Dollar ein. Dann ging ich zu Brooks Brothers, kaufte mir ein paar Schlipse und eine Kiste Zigarren und ging auch nach oben, um mir Anzüge anzusehen. Es waren nur wenige Kunden im Geschäft, und unter ihnen fiel mir ein junges Mädchen auf, oder vielleicht war es auch eine junge Frau, die allein zu sein schien. Vermutlich wollte sie sich in dem Geschäft einmal umsehen, ob etwas für ihren Mann dabei sei. Sie hatte helles Haar und jene Art von weißer Haut, die wie dünnes Papier aussieht. Es war ein sehr heißer Tag, aber sie sah ganz frisch aus, als ob es ihr gelungen sei, sich die Frische des morgendlichen Bades über die Bahnfahrt von Rye oder Greenwich hinweg zu bewahren. Ihre Arme und ihre Beine waren schön, der Ausdruck in ihrem Gesicht aber sprach von Vernunft und Humor, war sogar hausfraulich, und dieses vernünftige Aussehen schien die Schönheit ihrer Arme und Beine noch zu betonen. Sie ging zum Fahrstuhl hinüber und drückte auf den Knopf. Ich ging ebenfalls hinüber und stellte mich neben sie. Wir fuhren zusammen nach unten, und ich folgte ihr aus dem Geschäft auf die Madison Avenue. Auf dem Gehweg drängten sich die Menschen, und ich ging neben ihr. Sie sah mich einmal kurz an; sie wußte, daß ich ihr nachging, aber ich war mir sicher, daß sie nicht zu jenen Frauen gehörte, die sofort um Hilfe schreien. An der Ecke wartete sie auf Grün. Ich wartete neben ihr. Nur mit Mühe konnte ich mich zurückhalten, leise, sehr leise zu sagen: «Madam, würden Sie mir bitte gestatten, meine Hand um Ihren Knöchel zu legen? Das ist alles, was ich möchte, Madam. Es würde mir das Leben retten.» Sie sah sich nicht mehr um, aber ich merkte, daß sie Angst hatte. Sie überquerte die Straße, und ich blieb an ihrer Seite, und die ganze Zeit über bat in meinem Kopf eine Stimme: «Lassen Sie mich bitte die Hand um Ihren Knöchel legen. Es würde mir das Leben retten. Ich möchte nur meine Hand um Ihren Knöchel legen. Ich würde Sie auch gern dafür bezahlen.» Ich zog meine Brieftasche und entnahm ihr ein paar Geldscheine. Dann hörte ich jemanden hinter mir meinen Namen rufen. Ich erkannte die dröhnende Stimme eines Werbefachmanns, der bei uns im Büro ein und aus geht. Ich steckte die Brieftasche wieder ein, überquerte die Straße und versuchte, in der Menge unterzutauchen.

Ich lief bis zur Park Avenue, dann weiter zur Lexington Avenue, wo ich in ein Kino ging. Ein abgestandener, kühler Wind blies aus der Lüftungsanlage auf mich herunter, wie die Luft in den Pullmanzügen aus Chicago und dem fernen Westen, die ich gehört hatte, wenn sie morgens den

Fluß entlangkamen. Das Foyer war leer, und ich hatte das Gefühl, ich hätte einen Palast oder eine Basilika betreten. Ich stieg eine schmale Treppe hinauf, die oben abrupt einen Bogen machte und die ganze Pracht hinter sich ließ. Die Flure waren schmutzig, die Wände kahl. Die Treppe führte mich zum Balkon, und dort saß ich im Dunkeln und dachte, daß mich jetzt nichts auf der Welt mehr retten könnte, daß kein hübsches Mädchen in neuen Schuhen noch rechtzeitig meinen Weg kreuzen würde.

Ich fuhr im Zug nach Hause, aber ich war zu müde, um noch zu Orpheo's zu gehen und mir dann einen Film anzusehen. Ich fuhr vom Bahnhof direkt zum Haus und stellte den Wagen in die Garage. Von dort aus hörte ich das Telefon läuten, und ich wartete im Garten, bis das Läuten aufgehört hatte. Als ich ins Wohnzimmer trat, entdeckte ich an der Wand ein paar schmutzige Handabdrücke, die die Kinder gemacht hatten, bevor sie wegfuhren. Sie waren in der Nähe der Scheuerleiste, und ich mußte mich auf die Knie niederlassen, um sie zu küssen.

Dann saß ich lange im Wohnzimmer. Ich schlief ein, und als ich wieder aufwachte, war es spät; alle anderen Häuser waren dunkel. Ich knipste eine Lampe an. Der Spanner war sicher gerade dabei, Pantoffeln und Bademantel anzuziehen, dachte ich, um seine Runde durch Höfe und Gärten zu beginnen. Und Mrs. Marston war wahrscheinlich niedergekniet und betete. Ich wandte mich Lin Yutang zu und fing an zu lesen. Ich hörte Barstows Hund bellen. Das Telefon begann zu läuten.

«Oh, mein Liebling!» rief ich, als ich Rachels Stimme hörte. «Oh, mein Liebling! Oh, mein Liebling!» Sie weinte. Sie war in Seal Harbor. Es hatte eine Woche lang geregnet, und Tobey hatte 40 Grad Fieber. «Ich fahre gleich los», sagte ich. «Ich fahre die Nacht durch. Morgen bin ich da. Ich werde morgens da sein. Oh, mein Liebling!»

Das war alles. Es war alles vorbei. Ich packte eine Tasche, stellte den Kühlschrank ab und fuhr die ganze Nacht durch. Seitdem leben wir glücklich zusammen. Soviel ich weiß, hat Mr. Marston nicht mehr in der Dunkelheit vor unserem Haus gestanden, obwohl ich ihn oft genug auf dem Bahnsteig und im Country Club gesehen habe. Seine Tochter Lydia heiratet nächsten Monat, und seine bläßliche Frau wurde vor kurzem wegen ihrer guten Taten von einer der staatlichen Wohlfahrtsorganisationen lobend erwähnt. Allen hier geht es gut.

DAS GOLDENE ZEITALTER

Unsere Vorstellungen von Burgen, in der Kindheit entstanden, sind für alle Zeiten festgelegt, und warum sollte man auch versuchen, sie zu korrigieren? Warum darauf hinweisen, daß in einer echten Burg Disteln im Hof wachsen und die Schwelle zum verfallenen Krönungssaal von einem Nest grüner Nattern bewacht wird? Hier sind die Zinnen und Türme, der Bergfried und die Zugbrücke, die wir mit unseren Bleisoldaten einnahmen, als wir mit Windpocken auf der Nase lagen. Die erste Burg war englisch, und diese hier wurde vom König von Spanien während einer Besetzung der Toskana gebaut, aber der Eindruck phantastischer Überlegenheit – das hohe Geheimnis des Adels – ist der gleiche. Nichts ist hier belanglos. Es ist aufregend, auf den Zinnen Martinis zu trinken, es ist aufregend, im Springbrunnen zu baden, es ist sogar aufregend, nach dem Abendbrot die Treppen zum Dorf hinunterzusteigen und eine Schachtel Streichhölzer zu kaufen. Die Zugbrücke ist unten, das Doppeltor steht offen, und früh eines Morgens sehen wir eine Familie, die das Drum und Dran für ein Picknick mit sich führt, den Burggraben überqueren.

Es sind Amerikaner. Nichts, was sie tun könnten, würde die rührende Lächerlichkeit, die Unbeholfenheit des Reisenden ganz verbergen. Der Vater ist ein hochgewachsener junger Mann, ein wenig gebeugt, mit lockigem Haar und prächtigen weißen Zähnen. Seine Frau ist hübsch, und sie haben zwei Söhne. Beide Jungen sind mit Maschinenpistolen aus Plastik bewaffnet, die ihre Großeltern ihnen vor kurzem geschickt haben. Es ist Sonntag, Glocken läuten, und wer hat die Glocken nur nach Italien gebracht? Nicht die *vaca* in Florenz, sondern die schrillen Glocken auf dem Land, die in einem so fremden Mißklang über den Olivenhainen und den Zypressenalleen bimmeln und bammeln, daß sie in den Wagen des Hunnenkönigs Attila gekommen sein könnten. Dieses aufdringliche Gebimmel ertönt über dem letzten der alten Fischerdörfer – wirklich einem der letzten seiner Art. Die Treppen der Burg schlängeln sich hinunter in einen lieblichen und abgelegenen Ort. Es gibt keine Bus- oder Bahnverbindungen zu diesem Ort, keine *pensioni* oder Hotels, keine Kunstschulen, keine Touristen oder Souvenirs. Es gibt nicht einmal eine Postkarte zu kaufen. Die Einheimischen tragen malerische Trachten, singen bei der Arbeit und ziehen mit ihren Fischernetzen griechische Vasen aus dem Meer. Es ist einer der letzten Orte auf der Welt, wo man die Hirtenflöte noch hören kann, wo schöne Mädchen in weiten Kleidern, die Körbe mit Fisch auf dem Kopf tragen, unfotografiert vorübergehen und wo nach Einbruch der Dunkelheit Serenaden gesungen werden. Die Treppen herunter kommen die Amerikaner ins Dorf.

Die Frauen in Schwarz, auf dem Weg zur Kirche, nicken und wünschen ihnen einen guten Morgen. *«Il poeta»*, sagen sie zueinander. Einen guten Morgen dem Dichter, der Frau des Dichters und den Söhnen des Dichters. Ihre Höflichkeit scheint dem Fremden peinlich zu sein. «Warum nennen sie dich einen Dichter?» fragt sein älterer Sohn, aber Vater antwortet nicht. Auf der Piazza wird es ziemlich offenkundig, daß das Dorf nicht ganz vollkommen ist. Was die holprigen Straßen ferngehalten haben, ist über den Äther hereingekommen. Die Dorfjungen, die am Springbrunnen herumhocken, haben sich die Strohhüte schräg in die Stirn gezogen, sie haben Streichhölzer zwischen den Zähnen, und wenn sie gehen, tun sie es mit wiegenden Schritten, als seien sie im Sattel geboren, obwohl es weit und breit kein Reitpferd gibt. Der blaugrüne Lichtkegel des Fernsehgeräts im Café hat begonnen, sie von Seeleuten in Cowboys zu verwandeln, von Fischern in Gangster, von Schäfern in jugendliche Kriminelle und Showmaster, ihre Blasen stehen unter Coca-Cola, und das erscheint den Amerikanern sehr traurig. *E colpa mia*, denkt Seton, der sogenannte Dichter, während er seiner Familie voran über die Piazza zu den Kais geht, wo ihr Ruderboot festgemacht ist.

Der Hafen ist rund wie ein Suppenteller, die Einfahrt liegt zwischen zwei Felsen, und auf dem äußeren, dem der See zugewandten Felsen steht die Burg mit ihren runden Türmen, die die Setons für den Sommer gemietet haben. Seton betrachtet das fast vollkommene Bild, breitet die Arme aus und ruft: «Mein Gott, was für ein Fleckchen!» Er spannt im Heck des Ruderboots einen Schirm für seine Frau auf und streitet mit den Jungen darüber, wo sie sitzen sollen. «Du sitzt, wo ich es sage, Tommy!» brüllt er. «Und ich will kein Wort mehr von dir hören!» Die Jungen murren, und es gibt einen Feuerstoß aus Maschinengewehren. In einem lauten, doch nicht gereizten Durcheinander legen sie ab. Die Glocken sind jetzt still, und sie können das Schnaufen der alten Kirchenorgel hören, deren Lunge der Küstennebel zerfressen hat. Das Wasser im Hafen ist lauwarm und außerordentlich schmutzig, doch draußen, jenseits der Mole, ist das Wasser so klar, so wunderschön getönt, daß es wie ein leichteres Element erscheint, und als Seton einen Blick auf den Schatten erhascht, den der Rumpf ihres Bootes in zehn Faden Tiefe auf Sand und Felsen zeichnet, sieht es so aus, als schwebten sie auf blauer Luft.

Als Ruderdollen dienen Lederriemen, und Seton rudert stehend, indem er sich aus den Hüften in die Ruder stemmt. Er glaubt, daß er das sehr geschickt macht – sogar malerisch –, aber man würde ihn nie, auch nicht aus großer Entfernung, für einen Italiener halten. In der Tat, ein Hauch von Verbrechertum, von Schande umgibt den armen Mann. Die Illusion des Schwebens, die bezaubernde Stille des Tages – zinnenbewehrte Türme vor jener Himmelsbläue, die ein Stück unseres Bewußtseins zu sein scheint – reichen nicht, sein Schuldgefühl zu tilgen, sondern nur, es in der Schwebe zu halten. Er ist ein Betrüger, ein Hochstapler, ein ästhetischer Übeltäter. Seine Frau spürt seine Gefühle und sagt freundlich: «Mach dir keine Gedanken, Liebling, niemand wird sich auskennen, und wenn sie sich auskennen, wird es ihnen gleichgültig sein.» Er macht sich Gedanken, weil er kein Dichter ist und weil dieser vollkommene Tag in gewisser Weise der Tag der Abrechnung für ihn ist. Er ist keineswegs ein Dichter und hatte nur gehofft, in Italien besser verstanden zu werden, wenn er sich als Dichter vorstellte. Es ist eine harmlose Hochstapelei – in Wirklichkeit eher ein Wunschtraum. Er ist nur in Italien, weil er ein ruhmreicheres Leben führen, zumindest aber seine Fähigkeit vertiefen möchte, Dinge gedanklich zu durchdringen. Er hat sogar schon daran gedacht, ein Gedicht zu schreiben – etwas über Gut und Böse.

Viele andere Boote sind auf dem Wasser und umfahren den Felsen. All die Müßiggänger und Badeaufseher sind unterwegs, rempeln beim Überholen die Boote der anderen an, kneifen ihre Mädchen und singen mit lauter Stimme Bruchstücke aus *canzoni*. Sie alle grüßen *il poeta*. Um den Felsen herum ist das Ufer steil, für den Weinbau terrassiert und übersät mit wildem Rosmarin, und hier hat das Meer eine Kette von sandigen Buchten in die Küste gefressen. Seton steuert die größte von ihnen an, und seine Söhne machen vom Boot aus einen Kopfsprung, als er sich dem Strand nähert. Er landet und nimmt den Schirm und die anderen Sachen aus dem Boot.

Jeder spricht mit ihnen, jeder winkt, und jeder aus dem Dorf mit Ausnahme der wenigen Kirchgänger ist am Strand. Die Setons sind die einzigen Fremden. Der Sand ist von dunkelgoldener Farbe, und das Meer leuchtet wie die Krümmung eines Regenbogens: smaragd- und malachitgrün, saphir- und indigoblau. Das auffallende Fehlen von Gewöhnlichkeit und Nörgelei in dem Bild rührt Seton, so daß sich seine Brust mit einer Art flüssiger Anerkennung zu füllen scheint. Dies ist Schlichtheit, denkt er, dies ist Schönheit, dies ist die unverfälschte Anmut der menschlichen Natur! Er schwimmt in dem frischen und tragenden Wasser, und als er mit dem Schwimmen fertig ist, streckt er sich in der Sonne aus. Aber jetzt scheint er ruhelos, als ob er von neuem beunruhigt wäre über die Tatsache, daß er kein Dichter ist. Und wenn er kein Dichter ist, was ist er dann?

Er ist Fernsehautor. Auf dem Sand der Bucht, unterhalb der Burg, liegt die Gestalt eines Fernsehautors. Sein Verbrechen ist, daß er eine hassenswerte Sitcom mit dem Titel «Die beste Familie» verfaßt hat. Als für ihn offenbar wurde, daß es bei dieser bescheidenen Tätigkeit nicht um das wahre Leben ging, sondern um ganze Fürstentümer und Königreiche voller Missetaten, warf er seine Arbeit hin und floh nach Italien. Aber jetzt hat das italienische Fernsehen «Die beste Familie» angekauft – hier heißt sie «La Famiglia Tosta» –, und die Eseleien, die er geschrieben hat, werden zu den Türmen Sienas aufsteigen, werden in den alten Straßen von Florenz zu hören sein und aus der Halle des Palazzo Gritti auf den Canal Grande wehen. Diesen Sonntag hat er sein Debüt, und seine Söhne, die stolz auf ihn sind, haben die Nachricht im Dorf verbreitet. *Poeta!*

Seine Söhne haben begonnen, sich mit den Maschinenpistolen ein Scharmützel zu liefern. Es erinnert ihn auf schmerzliche Weise an das Vergangene. Das Fernsehen hat seine Spuren auf ihren unschuldigen Schultern hinterlassen. Während die Kinder aus dem Dorf singen, tanzen und Wildblumen pflücken, dringen seine eigenen Söhne von Fels zu Fels vor und tun so, als töteten sie. Es ist ein Mißgriff, ein belangloser Mißgriff, aber es macht ihn nervös, obwohl er sich nicht dazu durchringen kann, sie zu sich zu rufen, um zu versuchen, ihnen zu erklären, daß ihr Geschick im Nachahmen der Schreie und der Stellungen von Sterbenden ein internationales Mißverständnis vertiefen könnte. Sie werden mißverstanden, und er kann sehen, wie die Frauen die Köpfe schütteln bei dem Gedanken an ein Land, das so barbarisch ist, daß man sogar kleinen Kindern Pistolen zum Spielen gibt. *Mamma mia!* Man hat es alles im Kino gesehen. Man würde sich in New York nicht auf die Straße wagen der Bandenkriege wegen, und sobald man New York verläßt, ist man in einer Wildnis, in der es von nackten Eingeborenen wimmelt.

Der Kampf ist beendet, sie gehen wieder schwimmen, und Seton, der seine Ausrüstung zum Speerfischen mitgebracht hat, erkundet für eine Stunde eine Felsbank, die sich vom äußersten Zipfel der Bucht ins Meer senkt. Er taucht und schwimmt durch einen Schwarm durchsichtiger Fische, und weiter unten, wo das Wasser dunkel und kalt ist, sieht er einen großen Kraken ihn bösartig beäugen, die Arme einziehen und in eine mit weißen Blumen gepflasterte Höhle gleiten. Dort am Rand der Höhle sieht er eine griechische Vase, eine Amphore. Er greift danach, spürt den rauhen Ton an den Fingern und muß nach oben, um Luft zu holen. Er taucht wieder und wieder und bringt die Vase schließlich triumphierend ans Tageslicht. Sie ist von rundlicher Form, mit einem engen Hals und zwei kleinen Henkeln. Um den Hals schlingt sich ein Band aus dunklerem Ton. Sie ist beinahe in zwei Teile zerbrochen. Solche Vasen, und viel schönere Vasen, werden oft an dieser Küste gefunden, und wenn sie keinen besonderen Wert haben, stehen sie auf den Borden des Cafés, der Bäckerei und des Friseurladens, aber der Wert dieser einen Vase ist für Seton unschätzbar – als ob die Tatsache, daß ein Fernsehautor ins Mittelmeer greifen und eine griechische Vase zum Vorschein bringen kann, ein hoffnungsvolles kulturelles Omen sei, Beweis seiner eigenen Bedeutung. Er feiert seinen Fund, indem er einen Schluck Wein trinkt, und dann ist es Zeit zu essen. Er macht die Flasche Wein beim Lunch leer, und dann legt er sich in den Schatten und schläft – wie alle anderen am Strand.

Gleich nachdem Seton aufgewacht war und sich durch ein paar Schwimmzüge erfrischt hatte, sah er die Fremden in einem Boot um die Landspitze kommen. Eine römische Familie, nahm Seton an, die für das Wochenende nach Tarlonia heraufgekommen war. Es gab einen Vater, eine Mutter und einen Sohn. Vater fummelte ungeschickt mit den Rudern herum. Die Blässe aller drei und ihre Haltung unterschieden sie deutlich von den Leuten aus dem Dorf. Es war, als ob sie von einem anderen Kontinent aus die Bucht ansteuerten. Als sie näher kamen, konnte man hören, wie die Frau ihren Mann aufforderte, das Boot auf den Strand zu setzen.

Die Antworten des Vaters waren gereizt und sehr laut. Seine Geduld sei erschöpft. Es sei nicht leicht, ein Boot zu rudern, sagte er. Es sei nicht so leicht, wie es aussehe. Es sei nicht leicht, in unbekannten Buchten zu landen, wo das Boot, wenn ein Wind aufkäme, in Stücke geschlagen werden könnte, und dann müßte er dem Besitzer ein neues Boot kaufen. Boote seien teuer. Diese Tirade schien die Mutter peinlich zu berühren und den Sohn zu langweilen. Sie waren beide in Badekleidung, und der Vater war es nicht, und in seinem weißen Hemd schien er noch weniger in das heitere Bild zu passen. Das purpurfarbene Meer und die anmutigen Schwimmer verstärkten seine Gereiztheit nur, und rot im Gesicht vor Sorge und Unbehagen, rief er den Schwimmern aufgeregte und überflüssige Warnungen zu, bombardierte die Leute am Ufer mit Fragen (Wie tief das Wasser sei. Wie sicher die Bucht.) und brachte schließlich sein Boot sicher an Land. Während dieser geräuschvollen Darbietung lächelte der Junge seiner Mutter verstohlen zu, und sie lächelte verstohlen zurück. Sie hatten dies schon so viele Jahre ertragen! Würde es nie aufhören? Ungeduldig und brummend warf der Vater in zwei Fuß tiefem Wasser den Anker aus, und Mutter und Sohn glitten über die Seitenplanken und schwammen davon.

Seton beobachtete den Vater, der eine Ausgabe von *Il Tempo* aus der Tasche zog und zu lesen begann, aber das Licht war zu grell. Dann griff er besorgt in seine Taschen, um festzustellen, ob vielleicht die Hausschlüssel und die Autoschlüssel auf und davon geflogen seien. Danach kratzte er mit einer Dose ein wenig Bilgewasser aus dem Boot. Dann untersuchte er die abgenutzten ledernen Dollen, schaute auf die Uhr, überprüfte den Anker, schaute wieder auf die Uhr und untersuchte den Himmel, an dem eine einzelne Wolke stand, auf Anzeichen für einen Sturm. Schließlich setzte er sich hin, zündete sich eine Zigarette an, und man konnte sehen, wie sich die Sorgen, die aus allen Himmelsrichtungen angeflogen kamen, auf seiner Stirn niederließen. Sie hatten in Rom den Heißwasserspender angelassen! Seine Wohnung und all seine Wertsachen wurden vielleicht in ebendiesem Augenblick durch die Explosion zerstört. Der linke Vorderreifen seines Autos war abgefahren, und wahrscheinlich hatte er jetzt einen Platten, wenn nicht das Auto selbst von den Banditen gestohlen worden war, die es in diesen entlegenen Fischerdörfern gibt. Die Wolke im Westen war klein, gewiß, aber es war die Art von Wolke, die schlechtes Wetter ankündigt, und auf ihrem Rückweg um die Landspitze herum würden sie von den hohen Wellen gnadenlos hin und her geworfen werden und in der *pensione* (wo sie das Dinner bereits bezahlt hatten) ankommen, wenn man ihnen die besten Koteletts alle weggegessen hatte, der Wein getrunken war. Es würde ihn gar nicht wundern, wenn während seiner Abwesenheit der Präsident ermordet worden wäre, die Lira abgewertet. Die Regierung könnte gestürzt worden sein. Er stand plötzlich auf und begann, seine Frau und seinen Sohn anzubrüllen. Es sei Zeit zu gehen, es sei Zeit zu gehen. Die Nacht breche herein. Ein Sturm komme auf. Sie würden zu spät zum Abendessen kommen. Sie würden im dichten Verkehr bei Fregene steckenbleiben. Sie würden alle guten Fernsehsendungen verpassen …

Seine Frau und sein Sohn wendeten und schwammen zum Boot zurück, aber sie ließen sich Zeit dabei. Es war nicht spät, das wußten sie. Die Nacht brach noch nicht herein, und nichts deutete auf einen Sturm hin. Sie würden das Dinner in der *pensione* nicht verpassen. Sie wußten aus Erfahrung, daß sie lange bevor die Tische gedeckt waren, in der *pensione* ankommen würden, aber sie hatten keine andere Wahl. Sie kletterten ins Boot, während der Vater den Anker einholte, den Schwimmern Warnungen zurief und sich vom Ufer Ratschläge geben ließ. Schließlich brachte er das Boot in die Bucht und begann, die Landspitze zu umfahren.

Sie waren eben verschwunden, als einer der Badeaufseher auf den höchsten Felsen kletterte, ein rotes Hemd schwenkte und *«Pesce cane! Pesce cane!»* rief. Alle Schwimmer wendeten, aufgeregt schreiend und mächtig spritzend, und schwammen zum Ufer. Jenseits der Sandbank, wo sie gewesen waren, sah man die Rückenflosse eines Hais. Die Warnung war rechtzeitig gekommen, und der Hai schien verdrießlich, wie er durch das malachitfarbene Wasser seine Kreise zog. Die Badenden säumten das Ufer und machten einander auf die drohende Gefahr aufmerksam, und ein kleines Kind stand im seichten Wasser und schrie: *«Brutto! Brutto! Brutto!»* Dann ertönten von allen Seiten Beifallsrufe, als Mario, der beste Schwimmer im Dorf, mit einer langen Harpune den Pfad herunterkam. Mario arbeitete als Steinmetz, und aus irgendeinem Grund – vielleicht war es sein Fleiß – hatte er nie hierhergepaßt. Seine Beine waren zu lang oder standen zu weit auseinander, seine Schultern waren zu rund oder zu eckig, sein Haar war zu dünn, und jene den anderen Schönlingen in so reichem Maß zuteil gewordene Üppigkeit des Fleisches war dem armen Mario versagt geblieben. Seine Nacktheit erschien mitleiderregend und rührend, wie ein Fremder, der bei irgendeiner intimen Handlung überrascht wird. Er wurde mit Beifall und Komplimenten bedacht, als er durch die Menge kam, aber er brachte nicht einmal ein nervöses Lächeln zustande. Er preßte die schmalen Lippen zusammen, ging mit ausholenden Schritten ins Wasser und schwamm zur Sandbank. Aber der Hai war verschwunden und der größte Teil des Sonnenlichts auch. Die Ernüchterung eines dunklen Strandes veranlaßte die Badenden, ihre Sachen zusammenzusuchen und sich auf den Heimweg zu machen. Niemand wartete auf Mario – niemand schien sich für ihn zu interessieren. Er stand mit seiner Harpune im dunklen Wasser, bereit, die Sicherheit und das Wohl der Gemeinschaft auf seine Schultern zu nehmen, doch sie kehrten ihm den Rücken und sangen, während sie die Felswand hinaufkletterten.

Zum Teufel mit «La Famiglia Tosta», dachte Seton. Zum Teufel mit ihr. Dies war die lieblichste Stunde des ganzen Tages. Alle möglichen Genüsse – Essen, Trinken und Liebe – lagen vor ihm, und während die Schatten sich vertieften, schien er allmählich entlastet von seiner Verantwortung für das Fernsehen, von der Verpflichtung, seinem Leben einen Sinn zu geben. Jetzt lag alles im dunklen und weiten Schoß der Nacht, und die Erörterung war aufgeschoben.

Die Treppen, die sie hinaufgingen, führten vorbei an der von ihnen gemieteten Brustwehr, die mit Blumengirlanden geschmückt war, und auf diesem Stück, von hier bis zur Zugbrücke und dem Tor hinauf, war der Triumph des Königs, des Architekten und der Steinmetze am eindrucksvollsten, denn im gleichen Augenblick fesselten einen militärische Unüberwindlichkeit, majestätische Würde und Schönheit. Es gab keinen Punkt, keine Ecke, keinen Turm und keine Zinne, wo diese Kräfte nicht vereint schienen. Die Brustwehr war überall mit kunstvollen

Simsen verziert, und an allen Stellen, wo ein Vorstoß des Feindes möglich gewesen wäre, kündete das große, acht Tonnen schwere Wappen des Allerchristlichsten Königs von Spanien von der Abstammung, dem Glauben und dem guten Geschmack des Verteidigers. Über dem Haupttor hatte sich das Wappen aus der schönen Fassung gelöst, die aus Meeresgöttern mit ihrem Dreizack bestand, und war in den Burggraben gestürzt, aber es war mit der Wappenseite nach oben gelandet, und im Wasser konnte man die vier Quadrate, das Kreuz und die marmornen Drapierungen erkennen.

Dann sah Seton an der Mauer zwischen den anderen Inschriften die Worte *«Americani, go home, go home.»* Die Schriftzeichen waren blaß; vielleicht standen sie schon seit dem Krieg dort, doch ließ sich ihre Blässe auch durch den Umstand erklären, daß sie in Eile geschrieben worden waren. Weder seine Frau noch seine Kinder sahen sie, und er trat beiseite, während sie die Zugbrücke in den Hof überquerten, und dann ging er zurück, um die Worte mit den Fingern wegzuwischen. Oh, wer konnte es nur geschrieben haben? Er fühlte sich hinters Licht geführt und verlassen. Man hatte ihn eingeladen, dieses fremde Land zu besuchen. Die Einladungen waren ungestüm gewesen. Reisebüros, Reedereien, Fluggesellschaften und sogar die italienische Regierung selbst hatten ihn angefleht, sein bequemes Leben aufzugeben und ins Ausland zu reisen. Er hatte die Einladungen angenommen, er hatte sich ihrer Gastfreundschaft anvertraut, und jetzt wurde ihm mitgeteilt, von dieser alten Mauer, daß er unerwünscht sei.

Er hatte noch nie zuvor das Gefühl gehabt, unerwünscht zu sein. Das war noch nie gesagt worden. Man hatte ihn als Baby gewollt, als jungen Mann gewollt, als Liebhaber gewollt, als Ehemann und Vater gewollt, als

Textverfasser, als Geschichtenerzähler und als Gefährten gewollt. Man hatte ihn sozusagen im Übermaß gewollt, und seine einzige Sorge war es gewesen, sich zu schonen, seinen so gefragten Charme mit Umsicht und Besonnenheit einzusetzen, um das Beste daraus zu machen. Man hatte ihn für Golf gewollt, für Bridge, für Scharaden, für Cocktailpartys, für Aufsichtsräte – und nun redete diese primitive und alte Mauer ihn an, als wäre er ein Paria, ein namenloser Bettler, ein Ausgestoßener. Er war zutiefst verletzt.

Im Burgverließ wurde Eis gelagert, und Seton nahm seinen Cocktailshaker dorthin mit, füllte ihn, machte ein paar Martinis und brachte sie hinauf zu den Zinnen des höchsten Turms, wo seine Frau sich zu ihm gesellte, um zuzusehen, wie das Licht die ganze Vielfalt seiner Möglichkeiten durchspielte. Dunkelheit senkte sich auf die wabenartig durchlöcherten Klippen von Tarlonia, und obwohl die Hügel entlang dem Ufer nur eine sehr entfernte Ähnlichkeit mit Frauenbrüsten aufwiesen, beruhigten sie Setons Gefühle und erweckten in ihm die gleiche tiefe Zärtlichkeit.

«Vielleicht gehe ich nach dem Dinner hinunter ins Café», sagte seine Frau. «Nur um zu sehen, wie sie mit dem Synchronisieren klargekommen sind.»

Sie hatte kein Verständnis dafür, wie er über seine Schreiberei fürs Fernsehen dachte, hatte es nie gehabt. Er sagte nichts. Er nahm an, daß man ihn auf seiner Zinne aus einer gewissen Entfernung für das halten könnte, was er nicht war – für einen Dichter, einen erfahrenen Reisenden, einen Freund Elsa Maxwells, einen Prinzen oder einen Herzog –, aber diese Welt, die ihn jetzt von allen Seiten umgab, hatte nicht wirklich die Kraft, ihn zu erheben und zu verändern. Er hatte nur sich selbst, den Verfasser der «Besten Familie», unter solchen Unbequemlichkeiten und Kosten über Grenzen und über das Meer gebracht. Die blumenreiche und wuchtige Umgebung hatte nichts an der Tatsache geändert, daß er sonnenverbrannt, liebesbedürftig, hungrig und leicht gebeugt war und daß der Felsen, auf dem er saß und der vom großen König von Spanien an seinen Platz gesetzt worden war, ihm in das Hinterteil schnitt.

Beim Dinner bat Clementina, die Köchin, um Erlaubnis, ins Dorf zu gehen und sich «La Famiglia Tosta» anzusehen. Die Jungen gingen natürlich mit ihrer Mutter. Nach dem Dinner begab Seton sich wieder zu seinem Turm. Die Flotte von Fischerbooten hatte begonnen, an der Mole vorbei auszulaufen; ihre Fackeln waren angezündet. Der Mond ging auf und glänzte so hell auf dem Meer, daß in dem Licht das Wasser sich zu drehen, zu kreiseln schien. Aus dem Dorf konnte er den *bel canto* von Müttern hören, die ihre Töchter riefen, und gelegentlich einen Kreischer aus dem Fernsehapparat. In zwanzig Minuten würde alles vorbei sein, aber ein Gefühl des Fehltretens *in absentia* stieg in ihm auf. Oh, wie könnte man nur den Vormarsch von Roheit, Gewöhnlichkeit und Zanksucht aufhalten? Als er die Lichter sah, die seine Familie beim Treppensteigen trug, ging er ihnen bis hinunter zum Burggraben entgegen. Sie waren nicht allein. Wer war bei ihnen? Wer waren diese Gestalten, die die Treppen heraufkamen? Der Doktor? Der Bürgermeister? Und ein kleines Mädchen, das Gladiolen trug. Es war eine Delegation, eine wohlmeinende Delegation; er konnte es an der Weichheit der Stimmen hören. Sie waren gekommen, um ihn zu preisen.

«Es war so schön, so komisch, so lebensnah!» sagte der Doktor.

Das kleine Mädchen gab ihm die Blumen, und der Bürgermeister umarmte ihn leicht. «Oh, und wir dachten, Signore», sagte er, «daß Sie nur ein Dichter wären.»

DER VORORT-EHEMANN

Um am Anfang anzufangen: die Maschine aus Minneapolis, mit der Francis Weed nach Osten flog, geriet in ein Unwetter. Der Himmel war von einem dunstigen Blau gewesen, und die Wolken unter dem Flugzeug hatten so dicht beieinandergelegen, daß man von der Erde nichts sehen konnte. Dann bildete sich vor den Fenstern Nebel, und sie flogen in eine weiße Wolke, die so dicht war, daß die Abgasflammen sich in ihr widerspiegelten. Die Farbe der Wolke verwandelte sich in Grau, und die Maschine begann zu rütteln. Francis war schon öfter in Unwettern gewesen, aber er war noch nie so hin und her geschüttelt worden. Der Mann auf dem Nebensitz zog eine Flasche aus seiner Tasche und nahm einen Schluck. Francis lächelte ihn an, aber sein Nachbar blickte weg: Er hatte nicht die Absicht, seinen Sorgenbrecher mit jemandem zu teilen. Die Maschine verlor an Höhe und begann, wild hin und her zu taumeln. Ein Kind weinte. Die Luft in der Kabine war überheizt und abgestanden, und Francis' linker Fuß schlief ein. Er las ein wenig in einem Taschenbuch, das er im Flughafen gekauft hatte, aber die Heftigkeit des Sturmes lenkte seine Aufmerksamkeit ab. Draußen, vor den Fenstern, war es schwarz. Die Abgasflammen leuchteten hell und versprühten in der Dunkelheit Funken. Drinnen verliehen die gedämpften Lampen, die stickige Luft und die Gardinen an den Fenstern der Kabine eine Atmosphäre intensiver und unangebrachter Häuslichkeit. Dann flackerten die Lampen und gingen aus. «Wissen Sie, was ich immer tun wollte?» sagte der Mann neben Francis plötzlich. «Ich wollte mir immer eine Farm in New Hampshire kaufen und Rinder züchten.» Die Stewardeß kündigte an, daß sie eine Notlandung vornehmen müßten. Mit Ausnahme der Kinder sahen alle im Geiste die ausgebreiteten Flügel des Todesengels vor sich. Man konnte den Flugkapitän leise singen hören: «Ich habe Sixpence, hübsche, hübsche Sixpence. Ich habe Sixpence, die müssen reichen, solange ich leb ...» Es war kein anderes Geräusch zu hören.

Das laute Ächzen der hydraulischen Ventile verschlang das Lied des Flugkapitäns, irgendwo hoch oben kreischte es wie Autobremsen, und die Maschine landete flach auf dem Bauch in einem Kornfeld und schüttelte die Passagiere so durcheinander, daß ein alter Mann weiter vorn jammerte: «Meine Nieren! Meine Nieren!» Die Stewardeß riß die Tür auf, jemand anders öffnete hinten einen Notausgang, und die süßen Laute ihrer noch vorhandenen Sterblichkeit drangen zu den Passagieren – das ruhige Plätschern und der Geruch heftigen Regens. Für ihr Leben fürchtend und betend, daß der seidene Faden nicht reißen möge, drängten sie hintereinander aus den Türen und strömten in alle Richtungen über das Kornfeld. Der Faden hielt. Es geschah gar nichts. Als es offensichtlich war, daß die Maschine weder in Brand geraten noch explodieren würde, versammelte die Besatzung die Passagiere um sich und führte sie in den Schutz einer Scheune. Sie waren nicht weit von Philadelphia, und nach einer Weile brachte eine Reihe von Taxis sie in die Stadt. «Genau wie an der Marne», sagte jemand, aber das Mißtrauen, mit dem viele Amerikaner ihre Mitreisenden betrachten, lockerte sich erstaunlich wenig.

In Philadelphia nahm Francis Weed einen Zug nach New York. Im Anschluß an diese Fahrt durchquerte er die Stadt und erreichte gerade vor Abfahrt noch den Vorortzug, mit dem er fünf Abende die Woche nach Shady Hill fuhr, wo er wohnte.

Er saß neben Trace Bearden. «Ich war in dem Flugzeug, das heute vor Philadelphia notlanden mußte», sagte er. «Wir sind auf einem Feld niedergegangen …» Er war schneller gereist als die Zeitungen und der Regen: In New York war es sonnig und mild. Es war ein Tag gegen Ende September, duftend und rund wie ein Apfel. Trace hörte sich die Geschichte an, aber warum sollte er sich aufregen? Francis hatte nicht die Fähigkeit, seine Berührung mit dem Tode plastisch darzustellen, schon gar nicht in der Atmosphäre eines Vorortzuges, der durch eine sonnige Gegend fuhr, in der es in den Slum-Gärten schon nach Ernte aussah. Trace nahm seine Zeitung in die Hand, und Francis war mit seinen Gedanken allein. Auf dem Bahnsteig in Shady Hill verabschiedete er sich von Trace und fuhr in seinem gebraucht gekauften Volkswagen in den Ortsteil Blenhollow, wo er wohnte.

Das im holländischen Kolonialstil erbaute Haus der Weeds war größer, als es von der Einfahrt aus zu sein schien. Das Wohnzimmer war geräumig und, wie Gallien, in drei Teile unterteilt. In einem Anbau zur Linken, wenn man vom Hausflur aus eintrat, stand der lange, für sechs Personen gedeckte Tisch mit Kerzen und mit einer Obstschale in der Mitte. Die Geräusche und Gerüche, die aus der offenen Küchentür drangen, klangen appetitanregend; Julia Weed war eine gute Köchin. Ein Kamin bildete den Mittelpunkt des größten Teils des Wohnzimmers. Auf der rechten Seite standen ein paar Bücherregale und ein Klavier. Das Zimmer war glänzend sauber und still, und durch die Fenster, die nach Westen gingen, drang ein letzter Rest Spätsommer-Sonnenschein herein, strahlend und klar wie Wasser. Nichts war hier vernachlässigt, nichts war nicht poliert. Es war nicht die Art von Haushalt, in dem man in einer klemmenden Zigarettendose, nachdem man sie mühsam geöffnet hat, einen alten Hemdenknopf und ein angelaufenes Fünfcentstück findet. Die Feuerstelle war gefegt, die Rosen auf dem Klavier spiegelten sich in dem breiten, polierten Deckel, und auf dem Notenständer lagen Noten von Schubert-Walzern. Louisa Weed, ein hübsches neunjähriges Mädchen, schaute aus einem der Westfenster. Ihr jüngerer Bruder Henry stand neben ihr. Ihr noch jüngerer Bruder Toby betrachtete die Figuren einiger biertrinkender Mönche mit Tonsur auf dem polierten Messing der Holzkiste. Francis nahm den Hut ab und legte seine Zeitung hin. Er empfand den Anblick nicht bewußt als angenehm; er gehörte nicht zu den Menschen, die über die eigenen Empfindungen nachdenken. Es war seine Umgebung, seine Welt, und er kehrte in sie mit jenem Gefühl der Heiterkeit und der Stärke zurück, mit dem jedes Lebewesen nach Hause zurückkehrt. «Hallo, ihr», sagte er. «Das Flugzeug aus Minneapolis ...»

In neun von zehn Fällen begrüßen die Kinder Francis liebevoll, aber an diesem Abend sind sie von ihren eigenen Streitereien völlig in Anspruch genommen. Francis hat seinen Satz über die Notlandung noch nicht beendet, da versetzt Henry Louisa einen Tritt in den Hintern. Louisa fährt herum und sagt: «*Verdammt* noch mal!» Francis begeht den Fehler, Louisa wegen ihrer Ausdrucksweise zu schelten, bevor er Henry bestraft. Jetzt wendet Louisa sich gegen ihren Vater und beschuldigt ihn der Parteilichkeit.

Immer habe Henry recht, sie werde schikaniert und allein gelassen, ihr Los sei ein trauriges. Francis wendet sich seinem Sohn zu, aber der Junge kann seinen Tritt rechtfertigen: Sie habe ihn zuerst geschlagen, sie habe ihn auf das Ohr geschlagen, was gefährlich sei. Louisa gibt ihm leidenschaftlich recht. Sie habe ihn auf das Ohr geschlagen, und sie habe ihn *mit Absicht* auf das Ohr geschlagen, weil er ihre Porzellansammlung durcheinandergebracht habe. Henry sagt, das sei eine Lüge. Der kleine Toby wendet sich von der Holzkiste ab, um eine Aussage zugunsten Louisas zu machen. Henry hält dem kleinen Toby den Mund zu. Francis bringt die beiden Jungen auseinander, stößt dabei aber versehentlich Toby in die Holzkiste. Toby beginnt zu weinen. Louisa weint ohnehin schon. In diesem Augenblick betritt Julia Weed den Teil des Zimmers, in dem der Tisch gedeckt ist. Sie ist eine hübsche, intelligente Frau; ein paar Strähnen ihres Haars sind vorzeitig ergraut. Sie scheint den Aufruhr nicht zu bemerken. «Hallo, Liebling», sagt sie gelassen zu Francis. «Alle die Hände waschen. Das Abendessen ist fertig.» Sie nimmt ein Streichholz und zündet in diesem Jammertal die sechs Kerzen an.

Ihre einfache Ankündigung entfacht nur, wie die Schlachtrufe der schottischen Clanführer, die Wildheit der Streitenden aufs neue. Louisa versetzt Henry einen Schlag auf die Schulter. Henry, der sonst selten weint, hat beim Baseball neun Läufe gemacht und ist müde. Er bricht in Tränen aus. Der kleine Toby entdeckt in seiner Hand einen Splitter und beginnt zu heulen. Francis sagt mit lauter Stimme, daß sein Flugzeug notlanden mußte und daß er müde sei. Julia kommt wieder aus der Küche herein, beachtet das Chaos noch immer nicht und bittet Francis, nach oben zu gehen und Helen zu sagen, daß alles fertig sei. Francis geht gern; es ist wie eine Rückkehr ins Hauptquartier. Er hat vor, seiner ältesten Tochter von der Notlandung zu erzählen, aber Helen liegt auf dem Bett und liest *Wahre Geschichten*, und als erstes nimmt Francis ihr das Heft aus der Hand und erinnert sie daran, daß er ihr verboten hat, es zu kaufen. Sie habe es nicht gekauft, erwidert Helen. Ihre beste Freundin, Bessie Black, habe es ihr gegeben. Alle läsen die *Wahren Geschichten*. Bessie Blacks Vater lese die *Wahren Geschichten*. Es gebe kein Mädchen in Helens Klasse, das die *Wahren Geschichten* nicht lese. Francis verleiht seinem Abscheu vor dem Heft Ausdruck und sagt Helen dann, daß das Abendessen fertig sei – obwohl die Geräusche von unten sich nicht danach anhören. Helen folgt ihm nach unten. Julia hat im Kerzenlicht Platz genommen und eine Serviette auf ihrem Schoß ausgebreitet. Weder Louisa noch Henry sind an den Tisch gekommen. Der kleine Toby heult noch immer und liegt, das Gesicht nach unten, auf dem Boden. Francis spricht ihn freundlich an: «Daddy mußte heute nachmittag mit dem Flugzeug notlanden, Toby. Möchtest du nicht hören, wie das passiert ist?» Toby weint weiter. «Wenn du jetzt nicht zu Tisch kommst, Toby», sagt Francis, «muß ich dich ohne Abendbrot ins Bett schicken.» Sein kleiner Sohn steht auf, wirft Francis einen vernichtenden Blick zu, schießt die Treppe hinauf in sein Zimmer und knallt die Tür hinter sich zu. «Oje», sagt Julia und steht auf, um ihm nachzugehen. Francis sagt, daß sie ihn verwöhne. Julia sagt, daß Toby zehn Pfund Untergewicht habe und zum Essen ermuntert werden müsse. Der Winter stehe vor der Tür, und Toby werde die kalten Monate im Bett verbringen, wenn er sein Abendbrot nicht bekomme. Julia geht nach oben. Francis und Helen setzen sich an den Tisch. Helen leidet an dem trostlosen Gefühl, an einem schönen

Tag zuviel gelesen zu haben, und sieht mit mattem Blick auf ihren Vater und das Zimmer. Sie versteht das mit der Notlandung nicht, weil es in Shady Hill nicht einen Tropfen Regen gegeben hat.

Julia kommt mit Toby zurück, alle setzen sich und das Essen wird herumgereicht. «Muß ich mir diese dicke fette Schlampe ansehen?» sagt Henry und meint Louisa. Alle außer Toby greifen ein, und fünf Minuten lang tobt die Schlacht um den ganzen Tisch herum. Schließlich legt Henry sich die Serviette über den Kopf und bekleckert sich bei dem Versuch, so zu essen, das ganze Hemd mit Spinat. Francis fragt Julia, ob die Kinder nicht früher essen könnten. Darauf hat Julia nur gewartet. Sie könne nicht zwei Mahlzeiten kochen und zweimal den Tisch decken. In Windeseile skizziert sie das Bild der Plackerei, in der ihre Jugend, ihre Schönheit und ihr Verstand untergegangen seien. Francis sagt, man müsse ihn verstehen; er sei bei einer Notlandung beinahe ums Leben gekommen, und er finde nicht gern Abend für Abend, wenn er nach Hause komme, ein Schlachtfeld vor. Jetzt ist Julia zutiefst betroffen. Ihre Stimme zittert. Er finde nicht jeden Abend ein Schlachtfeld vor. Die Beschuldigung sei dumm und gemein. Alles sei ruhig gewesen, bis er kam. Sie hört auf zu sprechen, legt Messer und Gabel hin und blickt auf ihren Teller, als blickte sie in einen Abgrund. Sie beginnt zu weinen. «Arme Mummy!» sagt Toby, und als Julia vom Tisch aufsteht und sich die Tränen mit einer Serviette trocknet, geht Toby zu ihr. «Arme Mummy», sagt er. «Arme Mummy.» Sie gehen zusammen nach oben. Die anderen Kinder verlassen nach und nach das Schlachtfeld, und Francis geht in den Garten hinter dem Haus, um eine Zigarette zu rauchen und etwas Luft zu schöpfen.

Es war ein hübscher Garten, mit Wegen und Blumenbeeten und Sitzecken. Die Sonne war fast untergegangen, aber es war noch immer sehr hell. Durch Notlandung und Schlachtgetümmel in eine nachdenkliche Stimmung versetzt, lauschte Francis den abendlichen Geräuschen von Shady Hill. «Taugenichtse! Spitzbuben!» schrie der alte Mr. Nixon die Eichhörnchen auf seinem Fütterungsplatz für Vögel an. «Hinweg! Mir aus den Augen!» Eine Tür schlug zu. Jemand mähte den Rasen. Dann begann Donald Goslin, der an der Ecke wohnte, die Mondscheinsonate zu spielen. Das tat er fast jeden Abend. Er kümmerte sich nicht um die Tempi, sondern spielte vom Anfang bis zum Ende *rubato*, es klang wie ein Erguß aus weinerlicher Gereiztheit, Einsamkeit und Selbstmitleid, alles Dinge, die nicht zu kennen Beethovens Größe ausmachte. Die Musik zog unter den Bäumen die Straße hinauf und hinunter, wie ein Flehen um Liebe und Zärtlichkeit, gerichtet an irgendein niedliches Dienstmädchen, irgendein rotbäckiges, heimwehkrankes Mädchen aus Galway, das sich in seinem Zimmer im dritten Stock alte Fotos ansah. «Hierher, Jupiter, hierher, Jupiter», rief Francis Mercers Apportierhund zu. Jupiter bahnte sich mit den Resten eines Filzhutes im Maul einen Weg durch die Tomatenpflanzen.

Jupiter war eine Anomalie. Seine Apportierinstinkte und sein ausgelassenes Temperament paßten nicht nach Shady Hill. Er war kohlschwarz, mit einem langen, wachsamen, intelligenten Spitzbubengesicht. Seine Augen glänzten vor Übermut, und er hielt immer den Kopf hoch. Es war der kühne, mit einem schweren Halsband versehene Hundekopf, den man von Wappen und Wandteppichen kennt und der früher an Griffen von Regenschirmen und Spazierstöcken zu finden war. Jupiter tat, was er wollte. Er plünderte Papierkörbe, Wäscheleinen, Abfalleimer und Schuhbeutel. Er brachte Gartenfeste und Tennisspiele zu einem vorzeitigen Ende, und er mischte sich am Sonntag in die Prozession bei der Christ Church und bellte die rotgekleideten Männer an. Er bahnte sich zwei- bis dreimal täglich einen Weg durch den Rosengarten des alten Mr. Nixon und hinterließ jedesmal eine breite Spur zwischen den Condesa de Sastagos, und sobald Donald Goslin Dienstag abends mit dem Grillen begonnen hatte, nahm Jupiter die Witterung auf. Nichts, was die Goslins unternahmen, konnte ihn verjagen. Stöcke, Steine und unsanfte Aufforderungen vertrieben ihn nur bis an den Rand der Terrasse, wo er blieb, die tapfere heraldische Schnauze hochgereckt, und wartete, bis Donald Goslin ihm den Rücken kehrte und nach dem Salz griff. Dann sprang er auf die Terrasse, schnappte das Steak geschickt vom Feuer und lief mit dem Dinner der Goslins davon. Jupiters Tage waren gezählt. Wrightsons deutscher Gärtner oder Farquarsons Köchin würde ihn demnächst vergiften. Sogar der alte Mr. Nixon war durchaus fähig, Arsen in den Abfall zu streuen, den Jupiter so liebte. «Hierher, Jupiter, Jupiter!» rief Francis, aber der Hund schüttelte den Hut zwischen seinen weißen Zähnen und stolzierte davon. Francis blickte zu den Fenstern seines Hauses und sah, daß Julia heruntergekommen war und die Kerzen ausblies.

Julia und Francis Weed gingen viel aus. Julia war gesellig und beliebt, und ihre Begeisterung für Parties entsprang einer sehr natürlichen Furcht vor verworrenen Verhältnissen und Einsamkeit. Sie sah morgens ihre Post mit echter Besorgnis durch, stets auf Einladungen hoffend, und gewöhnlich waren auch welche dabei, aber sie war unersättlich, und wenn sie an sieben Abenden der Woche ausging, änderte das nichts an ihrem nachdenklichen Blick, dem

Blick eines Menschen, der in der Ferne Musik hört, denn sie argwöhnte immer, daß an einem anderen Ort eine glanzvollere Party stattfand. Francis beschränkte die Zahl der Parties, die sie besuchten, auf zwei unter der Woche, war freitags zu Zugeständnissen bereit und brachte die Wochenenden wie eine Schaluppe im Sturm hinter sich. Am Tag nach der Notlandung waren die Weeds zum Dinner bei den Farquarsons eingeladen.

Francis kam spät aus der Stadt nach Hause, und Julia holte den Babysitter ab, während er sich umzog. Dann drängte sie auf Aufbruch. Es war eine kleine, vergnügte Party, und Francis richtete sich auf einen unterhaltsamen Abend ein. Ein neues Mädchen reichte die Getränke herum. Sie hatte dunkles Haar, und ihr Gesicht war rund und blaß und kam Francis bekannt vor. Sein Erinnerungsvermögen war im allgemeinen nicht von Gefühlswerten bestimmt. Der Rauch eines Holzfeuers, Flieder und ähnliche Düfte reizten ihn nicht. Sein Erinnerungsvermögen war so etwas wie sein Blinddarm: ein verkümmertes Organ. Unfähigkeit, vor der Vergangenheit zu flüchten, war nicht sein Problem; eher vielleicht, daß ihm dies nur zu gut gelang. Er mochte das Mädchen auf anderen Parties gesehen haben oder Sonntag nachmittags auf einem Spaziergang, aber weder in dem einen noch in dem anderen Fall würde er jetzt sein Gedächtnis durchforschen. Ihr Gesicht war auf wundervolle Weise rund wie der Mond, ein normannisches oder irisches Gesicht, aber es war nicht schön genug, um sein Gefühl zu erklären, er habe sie schon einmal gesehen, unter Umständen, an die er sich eigentlich erinnern sollte. Er fragte Nellie Farquarson nach ihr. Nellie sagte, daß eine Agentur ihr das Mädchen vermittelt habe und daß es aus Trenon in der Normandie komme, einem kleinen Ort mit einer Kirche und einem Restaurant, in dem Nellie einmal gewesen war. Während Nellie weiter von ihren Auslandsreisen erzählte, wurde Francis plötzlich klar, wo er die Frau gesehen hatte. Es war Ende des Krieges gewesen. Er war zusammen mit einigen anderen Männern aus einem Nachschublager gekommen und hatte drei Tage Urlaub in Trenon gemacht. An ihrem zweiten Tag waren sie zu einer Kreuzung außerhalb des Ortes gegangen, um sich die öffentliche Bestrafung einer jungen Frau anzusehen, die während der Besatzung mit dem deutschen Ortskommandanten zusammengelebt hatte.

Es war ein kühler Morgen im Herbst. Der Himmel war bedeckt und warf auf die sich kreuzenden Feldwege ein deprimierendes Licht. Sie befanden sich auf höher gelegenem Gelände und sahen, wie die Umrisse der Wolken denen der Hügel glichen, die sich bis zum Meer hin erstreckten. Die Gefangene wurde gebracht; sie saß auf einem dreibeinigen Hocker auf einem Fuhrwerk. Während der Bürgermeister die Anklage und das Urteil verlas, stand sie neben dem Fuhrwerk. Sie hielt den Kopf gesenkt, und in ihren Zügen lag eine Andeutung jenes leeren Lächelns, hinter dem sich eine gepeinigte Seele verbirgt. Als der Bürgermeister fertig war, löste sie sich das Haar und ließ es sich über den Rücken fallen. Ein kleiner Mann mit einem grauen Schnurrbart schnitt es mit einer Schere ab und warf es auf den Boden. Dann nahm er eine Schüssel mit Seifenwasser und ein Rasiermesser und rasierte ihr den Schädel kahl. Eine Frau trat hinzu und begann, die Verschlüsse ihrer Kleider zu lösen, aber die Gefangene schob sie von sich und entkleidete sich selber. Als sie sich das Unterhemd über den Kopf gezogen und auf den Boden geworfen hatte, stand sie nackt da. Die Frauen machten hämische Bemerkungen, die Männer waren still. Das gekünstelte oder traurige Lächeln der Gefangenen änderte sich nicht.

Der kalte Wind ließ ihre weiße Haut rauh, ihre Brustwarzen hart werden. Die hämischen Bemerkungen versiegten allmählich, gingen unter in der Erkenntnis, daß da ein Mensch vor ihnen stand. Eine Frau spuckte sie an, aber irgendeine unverletzliche Würde in ihrer Nacktheit überdauerte die Tortur. Als die Menge verstummt war, wandte die junge Frau sich um – sie weinte jetzt –, und ging, mit nichts als einem Paar abgetragener schwarzer Schuhe und Strümpfen bekleidet, allein den Feldweg hinunter, der vom Dorf wegführte. Das runde weiße Gesicht war etwas älter geworden, aber es stand außer Zweifel, daß das Mädchen, das die Cocktails herumgereicht und später bei Tisch bedient hatte, die junge Frau war, die man an der Wegkreuzung bestraft hatte.

Der Krieg schien jetzt so fern und jene Welt, in der der Preis der Kollaboration Tod oder Tortur gewesen war, so weit zurückzuliegen. Francis hatte die Männer, die mit ihm zusammen in Vesey gewesen waren, aus den Augen verloren. Auf Julias Verschwiegenheit konnte er nicht rechnen. Er konnte es niemandem erzählen. Wenn er die Geschichte erzählen würde, jetzt, beim Dinner, wäre das nicht nur gesellschaftlich, sondern auch menschlich ein Mißgriff. Die Menschen in Farquarsons Wohnzimmer schienen sich wortlos einig darin zu sein, daß es keine Vergangenheit, keinen Krieg gegeben habe – daß es auf der Welt weder Not noch Gefahren gebe. In der überlieferten Geschichte menschlicher Befindlichkeiten wäre diese ungewöhnliche Begegnung ein Thema gewesen, die Atmosphäre von Shady Hill aber machte die Erinnerung unpassend und geschmacklos. Die Gefangene reichte noch den Kaffee herum, dann zog sie sich zurück. Die Begegnung hinterließ bei Francis ein Gefühl der Mattigkeit; sie hatte bei ihm Erinnerungen und Empfindungen erweckt und verschärft. – Julia ging ins Haus, während Francis im Wagen blieb, um den Babysitter nach Hause zu bringen.

Er erwartete, Mrs. Henlein zu sehen, die alte Dame, die sonst immer bei den Kindern blieb, und er war überrascht, als ein junges Mädchen die Tür öffnete und auf den beleuchteten Vorplatz trat. Sie blieb im Licht stehen, um ihre Lehrbücher zu zählen. Sie krauste die Stirn. Sie war schön. Nun ist die Welt zwar voller schöner junger Mädchen, aber hier erblickte Francis den Unterschied zwischen Schönheit und Vollkommenheit. All jene liebenswerten Hautunreinheiten, Leberflecken, Muttermale und verheilten Narben – es gab sie nicht. Es war für ihn eine Empfindung wie jener Augenblick, in dem Musik Glas zerspringen läßt, ein plötzliches Wiedererkennen, so ungewöhnlich und tief und wunderbar wie nur irgend etwas in seinem Leben. Es ging von ihrer gekrausten Stirn aus, von einer kaum spürbaren Dunkelheit in ihrem Gesicht – ein Ausdruck, der ihn traf wie ein direktes Flehen um Liebe. Als sie ihre Bücher gezählt hatte, kam sie die Stufen herunter und öffnete die Wagentür. Im Licht sah er, daß ihre Wangen naß waren. Sie stieg ein und zog die Tür zu.

«Sie sind neu», sagte Francis.

«Ja, Mrs. Henlein ist krank. Ich heiße Anne Murchison.»

«Haben die Kinder Ihnen Schwierigkeiten gemacht?»

«O nein, nein.» Sie wandte ihm das Gesicht zu und lächelte unglücklich im matten Licht des Armaturenbrettes. Ihr helles Haar hatte sich im Kragen ihrer Jacke verfangen, und sie schüttelte den Kopf, um es zu befreien.

«Sie haben geweint.»

«Ja.«»

«Hoffentlich nicht über etwas, was bei uns passiert ist.»

«Nein, es war nichts, was bei Ihnen passiert ist.» Ihre

Stimme klang trübe. «Es ist kein Geheimnis. Alle im Ort wissen es. Daddy ist Alkoholiker, und er hat mich eben aus irgendeiner Kneipe angerufen und mir die Meinung gesagt. Er sagt, ich sei kein anständiges Mädchen. Er rief gerade eben an, kurz bevor Mrs. Weed zurückkam.»

«Das tut mir leid.»

«O *Gott*!» Sie holte tief Luft und begann zu weinen. Sie wandte sich Francis zu, und er nahm sie in die Arme und ließ sie an seiner Schulter weinen. Sie zitterte in seinen Armen, und diese Bewegung ließ ihn noch deutlicher die Zartheit ihrer Glieder spüren. Der Stoff ihrer beider Kleidung fühlte sich dünn an, und als ihr Zittern nachließ, glich die Situation so sehr einem Liebesrausch, daß er den Kopf verlor und sie unbeherrscht an sich riß. Sie entzog sich ihm. «Ich wohne in der Belleview Avenue», sagte sie. «Sie fahren die Lansing Street hinunter bis zur Eisenbahnbrücke.»

«Gut.» Er ließ den Motor an und fuhr los.

«Bei der Ampel nach links ... Jetzt nach rechts, dann geradeaus in Richtung Eisenbahn.»

Der Weg, den sie fuhren, führte in eine Gegend, die Francis nicht vertraut war, über die Schienen hinweg auf den Fluß zu, in eine Straße, in der die Beinahe-Armen wohnten, in Häusern, deren spitze Giebel und Holzschnitzereien den Eindruck von unschuldigem Stolz und von Romantik vermittelten, obwohl die Häuser selbst sicher nicht allzuviel Ruhe oder Bequemlichkeit boten; sie waren alle so klein. Als er in die dunkle Straße einbog, kam es ihm, den Anmut und Schönheit des bekümmerten Mädchens noch immer bewegten, so vor, als habe er den innersten Kern einer vergessenen Erinnerung erreicht. In der Ferne sah er auf einer Veranda eine Lampe brennen. Es war das einzige Licht weit und breit, und sie sagte, daß sie in dem Haus mit dem Licht wohne. Als er anhielt, konnte er an der Verandalampe vorbei in einen schwach beleuchteten Flur mit einem altmodischen Kleiderständer blicken. «Nun, da wären wir», sagte er und wußte, daß ein junger Mann etwas anderes gesagt hätte.

Ohne ihre Hände, die sie über den Büchern gefaltet hielt, zu bewegen, wandte sie sich zur Seite und sah ihn an. In seinen Augen standen Tränen der Begierde. Entschlossen – nicht traurig – öffnete er die Tür an seiner Seite und ging um den Wagen herum, um ihr die Tür zu öffnen. Er ergriff ihre freie Hand, verflocht seine Finger mit den ihren, ging neben ihr über die beiden Betonstufen und den schmalen Weg entlang durch einen Vorgarten, in dem Dahlien, Ringelblumen und Rosen – Pflanzen, die den leichten Nachtfrösten standgehalten hatten – noch immer blühten und die Nachtluft mit einem bittersüßen Geruch erfüllten. An der Verandatreppe entzog sie ihm ihre Hand, wandte sich ihm zu und küßte ihn flüchtig. Dann ging sie über die Veranda und schloß die Tür hinter sich. Das Verandalicht erlosch, dann auch das Licht im Flur. Einen Augenblick später ging oben an der Seite des Hauses in einem Zimmer Licht an und warf seinen Schein auf einen Baum, der noch Blätter trug. Sie brauchte nur wenige Minuten, um sich auszuziehen und zu Bett zu gehen, dann lag das Haus im Dunkeln.

Julia schlief schon, als Francis nach Hause kam. Er öffnete ein zweites Fenster und legte sich ins Bett, um die Augen vor diesem Abend zu verschließen, aber sobald er die Augen geschlossen hatte – sobald er eingeschlafen war –, tauchte in seinen Gedanken das Mädchen wieder auf, bewegte sich völlig frei durch all die Türen, die er geschlossen hatte, und füllte ein Zimmer nach dem anderen mit ihrem Licht, ihrem Duft und der Musik ihrer Stimme.

Er überquerte mit ihr den Atlantik auf der alten *Mauretania*, und später lebte er mit ihr in Paris. Als er aus seinen Träumen erwachte, stand er auf und rauchte am geöffneten Fenster eine Zigarette. Als er wieder im Bett lag, suchte er in Gedanken nach irgend etwas, was er gern tun würde und womit er niemanden verletzen würde, und er dachte an Skilaufen. Aus den Tiefen seines Geistes tauchte das Bild eines tiefverschneiten Berges auf. Es war spät am Tag. Wo er auch hinschaute – überall sah er helle, ermutigende Dinge. Hinter ihm lag ein schneebedecktes Tal, das langsam anstieg zu bewaldeten Hügeln, wo die Bäume wie ein spärliches Haarkleid das Weiß verdunkelten. In der Kälte erstarben alle Geräusche; nur das laute, eiserne Rasseln des Skilifts war zu hören. Das Licht schimmerte blau auf den eingefahrenen Spuren, und es wurde von Minute zu Minute schwieriger – da der Schnee jetzt überall tiefblau war –, die Kurven auszumachen, den Harsch, die vereisten Stellen, die kahlen Flecken und die dicken Lagen Pulverschnee zu beurteilen. Er fuhr in Schwüngen den Berg hinunter, und während er in Gedanken nach einfacheren Formen des Fühlens und Trachtens suchte, paßte er seine Geschwindigkeit den Konturen eines Hanges an, der in der ersten Eiszeit entstanden war. Dann wurde es Nacht, und er trank mit einem alten Freund in einer schmutzigen Dorfschänke einen Martini.

Am nächsten Morgen war Francis' schneebedeckter Berg verschwunden; geblieben waren seine lebhaften Erinnerungen an Paris und an die *Mauretania*. Es hatte ihn schwer erwischt. Er wusch sich, rasierte sich, trank seinen Kaffee und verpaßte den 7 Uhr 31. Der Zug fuhr gerade ab, als er mit seinem Wagen am Bahnhof ankam, und die Sehnsucht, mit der er den sich unerbittlich immer weiter entfernenden Eisenbahnwagen nachblickte, erinnerte ihn an die Empfindungen junger Liebe. Er wartete auf dem jetzt leeren Bahnsteig auf den 8 Uhr 02. Es war ein klarer Morgen, ein Morgen, der sich wie eine schimmernde Brücke aus Licht über seine verworrenen Angelegenheiten zu spannen schien. Er war in gehobener, fast fiebriger Stimmung. Das Bild des Mädchens schien sein Verhältnis zur Welt mit einem geheimnisvollen Zauber zu umhüllen. Der Parkplatz füllte sich mit Autos, und er sah, daß die Wagen, die aus den Hügeln über Shady Hill kamen, weiß vor Rauhreif waren. Dieses erste deutliche Anzeichen des Herbstes entzückte ihn. Ein Schnellzug – ein Nachtzug aus Buffalo oder Albany – fuhr an den Bahnsteigen vorbei, und er sah, daß die Dächer der vorderen Wagen mit einer dünnen Eisschicht bedeckt waren. Überwältigt von der wunderbaren Körperlichkeit aller Dinge, lächelte er den Reisenden im Speisewagen zu, die man dort sitzen sehen konnte, wie sie Ei aßen und sich den Mund mit einer Serviette abwischten. Die Schlafwagenabteile mit ihrer gebrauchten Bettwäsche zogen durch den frischen Morgen wie die Fenster einer Fremdenpension. Dann sah er etwas Besonderes: In einem der Schlafwagenabteile saß eine ungewöhnlich schöne Frau unbekleidet am Fenster und kämmte sich das goldene Haar. Sie schwebte durch Shady Hill wie eine Erscheinung und kämmte und kämmte sich das Haar, und Francis folgte ihr mit den Augen, bis er sie nicht mehr sehen konnte. Dann kam die alte Mrs. Wrightson auf den Bahnsteig und trat zu ihm und begann, auf ihn einzureden.

«Sie wundern sich sicher, daß Sie mich hier schon drei Tage nacheinander morgens sehen», sagte sie. «Ich werde wegen meiner Vorhänge regelrecht zum Pendler. Die Vorhänge, die ich am Montag gekauft habe, mußte ich Dienstag zurückbringen, und die Vorhänge, die ich Dienstag gekauft habe, bringe ich heute zurück. Am Montag habe ich genau das bekommen, was ich haben wollte – einen Dekorationsstoff aus Wolle mit einem Muster aus Rosen und Vögeln –, aber als ich nach Hause kam, stellte ich fest, daß die Vorhänge nicht die richtige Länge hatten. Na ja, ich habe sie gestern umgetauscht, und als ich nach Hause kam, hatten sie noch immer nicht die richtige Länge. Nun bete ich zum Himmel, daß das Einrichtungsgeschäft sie in der richtigen Länge hat. Sie kennen ja mein Haus, Sie *kennen* die Fenster in meinem Wohnzimmer und können sich sicher vorstellen, wie schwierig das ist. Ich weiß nicht, was ich mit ihnen machen soll.»

«Ich wüßte, was Sie mit ihnen machen können», sagte Francis.

«Was?»

«Streichen Sie sie von innen schwarz an und halten Sie die Klappe.»

Mrs. Wrightson schnappte nach Luft, und Francis blickte zu ihr hinunter, um ganz sicher zu sein, daß sie wußte, daß er mit Absicht unverschämt gewesen war. Sie drehte sich um und entfernte sich in so angeschlagener Verfassung, daß sie ein Bein nachzog. Ein wunderbares Gefühl umhüllte ihn, als ob um ihn herum Licht ausgeschüttet würde, und er dachte wieder an Venus, wie sie sich das Haar kämmte und kämmte, während sie durch die Bronx schwebte. Die Erkenntnis, wie viele Jahre schon vergangen waren, seitdem es ihm zum letztenmal Spaß gemacht hatte, vorsätzlich unhöflich zu sein, ernüchterte ihn. Unter seinen Freunden und Nachbarn gab es gescheite und hochbegabte Leute, das wußte er, aber es gab auch viele Langweiler und Dummköpfe unter ihnen, und er hatte den Fehler gemacht, allen mit gleicher Aufmerksamkeit zuzuhören. Er hatte mangelndes Unterscheidungsvermögen mit christlicher Nächstenliebe verwechselt, und die Folge war ein allgemeines und gefährliches Durcheinander. Er war dem Mädchen dankbar für das erfrischende Gefühl der Unabhängigkeit. Vögel sangen – Kardinäle und die letzten Rotkehlchen. Der Himmel schimmerte wie Emaille. Sogar der Geruch nach Druckerschwärze von seiner Morgenzeitung steigerte seine Lebensfreude, und die Welt, die sich um ihn herum ausbreitete, war ganz offensichtlich ein Paradies.

Wenn Francis an irgendeine Rangordnung in der Liebe geglaubt hätte – an mit Pfeil und Bogen bewaffnete Geister, an die Launenhaftigkeit von Venus und Eros – oder sogar an Zauber- und Liebestränke und -gebräue, an Scapulae und an Mondphasen, wäre das vielleicht eine Erklärung gewesen für seine Empfänglichkeit und seine fiebriggehobene Stimmung. Über späte Liebe bei Männern im Herbst des Lebens ist viel geschrieben worden, und vermutlich stand er jetzt einer solchen gegenüber, aber in seinen Empfindungen war nicht eine Spur von Herbst. Am liebsten würde er in grünen Wäldern herumtollen, sich kratzen, wenn es juckte und aus dem gleichen Becher trinken.

Seine Sekretärin, Miss Rainey, kam an diesem Morgen später; sie ging dreimal die Woche zu einem Psychiater. Als sie kam, fragte Francis sich, welchen Rat ein Psychiater ihm geben wurde. Aber das Mädchen versprach, so etwas wie den Klang von Musik in sein Leben zurückzubringen. Die Erkenntnis, daß diese Musik direkt zu einem Verfahren wegen Unzucht mit Minderjährigen vor dem Kreisgericht führen könnte, ließ seine Glücksgefühle in sich zusammenfallen. Das Foto seiner vier Kinder, die am Strand von Gay Head in die Kamera lachten, sah ihn vorwurfsvoll an. Auf dem Briefkopf seiner Firma war eine Zeichnung des Laokoon, und die Gestalten des Priesters und seiner Söhne in der Umklammerung der Schlangen schien ihm von tiefster Bedeutsamkeit.

Zum Lunch traf er sich mit Pinky Trabert. Wenn er sich mit seinen Freunden unterhielt, waren ihre moralischen Ansichten derb und lax, aber er wußte, daß das moralische Kartenhaus über ihnen allen – auch über Julia und den Kindern – zusammenbrechen würde, wenn man ihn mit einem Babysitter erwischte. Er überlegte, ob es in Shady Hills jüngerer Vergangenheit einen ähnlichen Fall gegeben habe, aber das hatte es nicht. Derartige Verworfenheit gab es nicht in Shady Hill; es hatte keine Ehescheidung gegeben, seit er dort wohnte, nicht einmal den Hauch eines Skandals. Offenbar ging es dort schicklicher zu als selbst im Himmelreich. Nachdem er sich von Pinky verabschiedet hatte, ging Francis zu einem Juwelier und kaufte ein Armband für das Mädchen. Wie glücklich machte dieser heimliche Einkauf ihn, wie spießig und komisch erschienen ihm die Angestellten des Juweliers, und wie süß duftete die Frau, die hinter ihm vorbeiging! Als er auf der Fifth Avenue an Atlas vorbeikam, dessen Schultern sich unter dem Gewicht der Welt beugten, dachte Francis, wie anstrengend es sein würde, seine Körperlichkeit in den Grenzen zu halten, die er sich gesetzt hatte.

Er wußte nicht, wann er das Mädchen wiedersehen würde. Er hatte das Armband in seiner Innentasche, als er nach Hause kam. Als er die Haustür öffnete, stand sie in der Diele. Sie hatte ihm den Rücken zugewandt und drehte sich um, als sie das Zuschlagen der Tür hörte. Ihr Lächeln war offen und liebevoll. Ihre Vollkommenheit traf ihn wie ein schöner Tag – ein Tag nach einem Unwetter. Er zog sie an sich und preßte seine Lippen auf ihren Mund. Sie wehrte sich, aber sie brauchte sich nicht lange zu wehren, denn in diesem Augenblick tauchte von irgendwo die kleine Gertrude Flannery auf und sagte: «Oh, Mr. Weed...»

Gertrude streunte herum. Entdeckungslust war ihr angeboren; es war ihr nicht gegeben, ihre liebevollen Eltern in den Mittelpunkt ihres Lebens zu stellen. Leute, die die Flannerys nicht kannten, schlossen aus Gertrudes Verhalten, daß sie aus einer zerrütteten Familie kommen müsse, in der Streitereien im Alkoholrausch die Regel seien. Das traf nicht zu. Die zerlumpte und dünne Kleidung der Kleinen zeugte von Gertrudes Sieg über die ständigen Bemühungen ihrer Mutter, das Kind warm und ordentlich anzuziehen. Geschwätzig, mager und ungewaschen, zog sie in Blenhollow von Haus zu Haus, schloß und brach je nach Sympathie Bündnisse mit Babys, Tieren, Kindern ihres eigenen Alters, Jugendlichen und manchmal auch mit Erwachsenen. Wenn man morgens seine Haustür öffnete, kam es vor, daß Gertrude auf der Veranda saß. Wenn man ins Badezimmer ging, um sich zu rasieren, benutzte Gertrude vielleicht gerade die Toilette. Warf man einen Blick in das Kinderbett, war es leer, und es stellte sich heraus, daß Gertrude das Baby in seinem Kinderwagen ins nächste Dorf geschoben hatte. Sie war hilfsbereit, allgegenwärtig, ehrlich, hungrig und loyal. Sie ging nie freiwillig nach Hause. Wenn es für sie Zeit wurde zu gehen, ignorierte sie alle Hinweise. «Geh nach Hause, Gertrude», konnte man Abend für Abend in diesem oder jenem Haus Leute sagen hören. «Geh nach Hause, Gertrude. Du mußt jetzt nach Hause gehen, Gertrude.» – «Geh lieber nach Hause, es ist Abendbrotzeit, Gertrude.» – «Ich habe dir schon vor zwanzig Minuten gesagt, du sollst nach Hause gehen, Gertrude.» – «Deine Mutter wird sich Sorgen machen, Gertrude.» – «Geh nach Hause, Gertrude, geh nach Hause.»

Es gibt Gelegenheiten, zu denen die Falten um das menschliche Auge wie verwittertes Gestein aussehen und das Auge selbst einen so wilden Ausdruck animalischer Gefühle zeigt, daß man diesem Starren ratlos gegenübersteht. Der Blick, den Francis der kleinen Gertrude zuwarf, war böse und sonderbar, und er machte ihr angst. Er griff in seine Taschen – seine Hände zitterten – und zog ein 25-Cent-Stück hervor. «Geh nach Hause, Gertrude, geh nach Hause, und erzähl es niemandem, Gertrude. Erzähl es nicht...» Seine Stimme erstickte, und er lief ins Wohnzimmer, als Julia ihm von oben zurief, er solle sich beeilen mit dem Umziehen.

Die Vorstellung, daß er später am Abend Anne Murchison nach Hause fahren würde, lief wie ein goldener Faden durch den ganzen Ablauf der Party, zu der er mit Julia eingeladen war. Er lachte schallend über fade Witze, wischte sich eine Träne ab, als Mabel Mercer ihm vom Tod ihres Kätzchens erzählte, und streckte sich, gähnte, seufzte und brummte wie jeder andere Mann, der mit seinen Gedanken bei einem Rendezvous ist. Das Armband war in seiner Tasche. Während er saß und sich unterhielt, drang ihm der Geruch von Gras in die Nase, und er überlegte, wo er den Wagen parken sollte. Niemand wohnte mehr in der alten Parker-Villa, und die Auffahrt wurde von Liebespaaren als Parkplatz benutzt. Die Townsend Street war eine Sackgasse; dort, hinter dem letzten Haus, konnte er auch parken. Der Weg, der früher die Elm Street mit dem Flußufer verbunden hatte, war überwachsen, aber er war mit seinen Kindern dort spazierengegangen und kannte die Gegend; man konnte den Wagen tief genug in das Gebüsch fahren, um außer Sicht zu sein.

Die Weeds verließen die Party als letzte, und ihre Gastgeber sprachen von ihrem eigenen Eheglück, während sie zu viert in der Diele standen und sich verabschiedeten. «Das ist mein Mädchen», sagte ihr Gastgeber und drückte seine Frau an sich. «Sie ist mein Sommerhimmel. Nach sechzehn Jahren beiße ich sie noch immer in die Schultern. Mit ihr fühle ich mich wie Hannibal beim Überqueren der Alpen.»

Die Weeds fuhren schweigen nach Hause. Francis fuhr auf die Auffahrt und ließ den Motor laufen. «Du kannst den Wagen in die Garage bringen», sagte Julia, während sie ausstieg. «Ich habe der kleinen Murchison gesagt, sie könne um elf gehen. Irgend jemand hat sie nach Hause gebracht.» Sie schloß die Tür, und Francis saß im Dunkeln. Es blieb ihm also nichts erspart, es schien so, als ob einem Dummkopf nichts erspart bliebe: lüsternes Verlangen, Eifersucht, verletzte Gefühle, die ihm die Tränen in die Augen treten ließen, sogar Verachtung, denn er sah deutlich, welches Bild er jetzt bot, mit den über dem Lenkrad ausgebreiteten Armen und dem sehnsüchtig in ihnen vergrabenen Kopf.

Francis war als Junge ein begeisterter Pfadfinder gewesen, und in Erinnerung an die Richtlinien seiner Jugend verließ er das Büro am nächsten Tag früh am Nachmittag und spielte eine Weile Squash, aber hinterher, durch die Anstrengung und das Duschen körperlich erfrischt, wurde ihm klar, daß er besser daran getan hätte, an seinem Schreibtisch zu bleiben. Es war ein frostiger Abend, als er nach Hause fuhr, und es roch intensiv nach einem Witterungsumschlag. Als er das Haus betrat, spürte er, daß etwas Ungewöhnliches in der Luft lag. Die Kinder hatten ihre besten Sachen an, und als Julia herunterkam, trug sie ein lavendelfarbenes Kleid und ihre Brillantrosette. Sie erklärte den Grund der Aufregung: Mr. Hubber würde um sieben kommen, um das Foto für ihre Weihnachtskarten zu machen. Sie hatte Francis' blauen Anzug und eine Krawatte mit etwas Farbe im Muster herausgelegt, weil sie in diesem Jahr ein Farbfoto machen lassen wollten. Der Gedanke an das Fotografieren für die Weihnachtskarten hatte Julia in fröhliche Stimmung versetzt. Zeremonien dieser Art machten ihr Spaß.

Francis ging nach oben, um sich umzuziehen. Er war müde von der Arbeit und müde vor Verlangen, und das Sitzen auf der Bettkante hatte zur Folge, daß er sich noch abgespannter fühlte. Er dachte an Anne Murchison, und das physische Bedürfnis, sich mitzuteilen, schwand nicht etwa unter den rosafarbenen Lampen auf Julias Frisiertisch, sondern überwältigte ihn. Er ging an Julias Schreibtisch, nahm einen Bogen Schreibpapier und begann zu schreiben: «Liebe Anne, ich liebe Dich, ich liebe Dich, ich liebe Dich...» Niemand würde den Brief sehen, und er erlegte sich keine Zurückhaltung auf. Er benutzte Ausdrücke wie «himmlische Wonnen» und «Liebesnest». Speichel sammelte sich in seinem Mund; er seufzte und zitterte. Als Julia rief, er solle herunterkommen, öffnete sich der Abgrund zwischen seinen Phantasien und der Wirklichkeit so weit, daß er das Gefühl hatte, seine Herzmuskeln würden in Mitleidenschaft gezogen.

Julia und die Kinder standen auf der Veranda, und der Fotograf und sein Assistent hatten zwei Reihen von Scheinwerfern aufgestellt, um die Familie und die architektonische Schönheit des Hauseingangs voll zur Geltung zu bringen. Leute, die mit einem späteren Zug zurückgekommen waren, fuhren langsamer, um zu sehen, wie die Weeds für ihre Weihnachtskarten fotografiert wurden. Ein paar Leute winkten und riefen der Familie etwas zu. Sie mußten eine halbe Stunde lang lächeln und ihre Lippen befeuchten, bevor Mr. Hubber zufrieden war. Die Wärme der Lampen ließ die frostige Luft abgestanden erscheinen, und als sie ausgeschaltet wurden, glühten sie noch eine Weile auf der Netzhaut von Francis' Augen nach.

Als Francis und Julia später an diesem Abend im Wohnzimmer ihren Kaffee tranken, klingelte es. Julia ging an die Tür. Es war Clayton Thomas. Er wollte die Theaterkarten bezahlen, die Julia seiner Mutter vor einiger Zeit gegeben hatte. Helen Thomas hatte darauf bestanden, für die Karten zu zahlen, obwohl Julia sie gebeten hatte, das nicht zu tun. Julia bat Clayton herein und forderte ihn auf, eine Tasse Kaffee mit ihnen zu trinken. «Ich möchte keinen Kaffee», sagte Clayton, «aber ich komme gern einen Augenblick herein.» Er ging mit ihr ins Wohnzimmer, sagte guten Abend zu Francis und setzte sich linkisch in einen Sessel.

Claytons Vater war im Krieg gefallen, und die Vaterlosigkeit umgab den jungen Mann wie ein Element. Vielleicht fiel das in Shady Hill besonders auf, weil den Thomas' als einziger Familie ein Teil fehlte; alle anderen Ehen waren intakt und mit Nachwuchs gesegnet. Clayton war im zweiten oder dritten College-Jahr. Er und seine Mutter wohnten allein in einem großen Haus, das Helen Clayton gern verkaufen würde. Vor ein paar Jahren hatte es etwas Ärger mit Clayton gegeben; er hatte Geld gestohlen und war von zu Hause fortgelaufen. Er war bis nach Kalifornien gekommen, bevor man ihn aufgriff. Er war groß und häßlich, trug eine Hornbrille und sprach mit tiefer Stimme.

«Wann gehst du wieder aufs College, Clayton?» fragte Francis.

«Ich gehe nicht mehr aufs College», sagte Clayton. «Mutter kann es einfach nicht bezahlen, und es ist doch sinnlos, so zu tun, als ob... Ich suche mir Arbeit, und wenn wir das Haus verkaufen können, nehmen wir uns eine Wohnung in New York.»

«Wird es dir nicht schwerfallen, von Shady Hill wegzugehen?» fragte Julia.

«Nein», sagte Clayton. «Ich mag Shady Hill nicht.»

«Warum nicht?» fragte Francis.

«Es gibt vieles hier, was mir nicht gefällt», sagte Clayton gravitätisch. «Zum Beispiel diese Parties im Club. Letzten Sonnabend ging ich kurz vor Schluß hin und sah, wie Mr. Granner versuchte, Mrs. Minot in den Schrank mit den Siegespokalen zu schieben. Sie waren beide betrunken. Ich halte überhaupt nichts von der ganzen Trinkerei.»

«Es war Samstagabend», sagte Francis.

«Das ganze aufgeregte Getue ist doch nicht echt», sagte Clayton. «Und die Art, wie die Leute ihr Leben mit Unsinn vollstopfen. Ich habe viel darüber nachgedacht, und ich glaube, ich weiß, was nicht in Ordnung ist mit Shady Hill. Es hat keine Zukunft. Es wird so viel Energie daran verschwendet, den Ort so zu erhalten, wie er ist – bloß kein unerwünschtes Volk reinlassen und so weiter –, daß kein Mensch eine andere Vorstellung von der Zukunft hat als immer mehr Pendelzüge und immer mehr Parties. Ich halte das für ungesund. Ich finde, die Menschen sollten fähig sein, große Träume von der Zukunft zu träumen. Ich finde, die Menschen sollten fähig sein, große Träume zu träumen.»

«Es ist ein Jammer, daß du nicht weiter aufs College gehen kannst», sagte Julia.

«Ich hätte gern Theologie studiert», sagte Clayton.

«In welcher Kirche bist du?» fragte Francis.

«Unitarier, Theosoph, Transzendentalist, Humanist», sagte Clayton.

«War Emerson nicht Transzendentalist?» fragte Julia.

«Ich meine die englischen Transzendentalisten», sagte Clayton. «Alle amerikanischen Transzendentalisten waren Tölpel.»

«Was für eine Art von Arbeit schwebt dir vor?» fragte Francis.

«Ich würde gern in einem Verlag arbeiten», sagte Clayton. «Aber alle sagen, da sei nichts zu machen. Aber das ist es, was mich interessieren würde. Ich schreibe gerade ein langes Stück in Versen über Gut und Böse. Onkel Charlie kann mich vielleicht in einer Bank unterbringen, und das wäre gut für mich. Ich brauche die Disziplin. Ich brauche noch viel Zeit, um eine Persönlichkeit aus mir zu machen. Ich habe ein paar schreckliche Angewohnheiten. Ich rede zuviel. Ich glaube, ich sollte ein Schweigegelübde ablegen. Ich sollte versuchen, eine ganze Woche nicht zu sprechen und mich in Disziplin zu üben. Ich habe schon daran gedacht, mich für eine Weile in ein Kloster der Episkopalkirche zurückzuziehen, aber ich bin mit der Dreieinigkeitslehre nicht einverstanden.»

«Hast du eine Freundin?» fragte Francis.

«Ich bin verlobt», sagte Clayton. «Ich bin natürlich noch zu jung und habe auch nicht genug Geld, um meine Verlobung bekanntzugeben oder zu erwarten, daß es jemanden interessiert oder so, aber ich habe Anne Murchison von dem Geld, das ich diesen Sommer mit Rasenmähen verdient habe, einen Ring mit einem künstlichen Smaragd gekauft. Wir wollen heiraten, sobald sie mit der Schule fertig ist.»

Francis zuckte zusammen, als Clayton den Namen des Mädchens erwähnte. Dann hatte er das Gefühl, daß seine Stimmung ein trübes Licht verbreitete, in dem sich alles – Julia, der Junge, die Sessel – in seiner wahren Farblosigkeit zeigte. Es war wie ein schmerzlicher Wetterumschlag.

«Wir wollen eine große Familie haben», sagte Clayton. «Ihr Vater ist ein schrecklicher Säufer, und ich habe auch schon schlimme Zeiten hinter mir, darum wollen wir einen Haufen Kinder haben. Oh, Mr. und Mrs. Weed, sie ist wunderbar, und wir haben so viele Gemeinsamkeiten. Wir mögen die gleichen Dinge. Wir haben im letzten Jahr die gleichen Weihnachtskarten verschickt, ohne uns vorher abzusprechen, wir haben beide eine Allergie gegen Tomaten, und bei uns beiden wachsen die Augenbrauen in der Mitte zusammen. Also dann, gute Nacht.»

Julia ging mit ihm an die Tür. Als sie zurückkam, sagte Francis, daß Clayton faul, verantwortungslos und affektiert sei und daß er einen unangenehmen Geruch verbreite. Julia sagte, Francis beginne offenbar, intolerant zu werden; Clayton sei jung, und man müsse ihm eine Chance geben. Francis' Reizbarkeit sei ihr schon bei anderen Gelegenheiten aufgefallen. «Mrs. Wrightson hat ganz Shady Hill außer uns zu ihrer Jubiläumsfeier eingeladen», sagte sie.

«Das tut mir leid, Julia.»

«Weißt du, warum sie uns nicht eingeladen hat?»

«Warum?»

«Weil du Mrs. Wrightson beleidigt hast.»

«Du weißt es also?»

«June Masterson hat es mir erzählt. Sie stand hinter dir.»

Julia ging vor dem Sofa auf und ab, mit kleinen Schritten, die, wie Francis wußte, bei ihr ein Zeichen von Zorn waren.

«Ja, ich habe Mrs. Wrightson beleidigt, Julia, und ich habe es mit Absicht getan. Ich habe ihre Parties noch nie gemocht, und ich bin froh, wenn sie uns nicht mehr einlädt.»

«Und an Helen denkst du nicht?»

«Was hat Helen damit zu tun?»

«Mrs. Wrightson ist diejenige, die entscheidet, wer zu den Bällen eingeladen wird.»

«Du meinst, sie kann Helen von den Tanzereien ausschließen?»

«Ja.»

«Daran habe ich nicht gedacht.»

«Oh. Ich weiß, daß du nicht daran gedacht hast!» rief Julia und stieß das Schwert bis zum Griff in diesen Spalt in seiner Rüstung. «Und diese idiotische Gedankenlosigkeit, mit der du das Glück aller anderen zerstörst, macht mich rasend.»

«Ich glaube nicht, daß ich das Glück irgendeines Menschen zerstört habe.»

«Mrs. Wrightson hat in Shady Hill die Zügel in der Hand, und das seit vierzig Jahren. Ich weiß nicht, wie du auf die Idee kommst, du könntest in einer solchen Gemeinschaft jedem Impuls nachgeben, dich unverschämt, gewöhnlich und beleidigend aufzuführen.»

«Ich habe sehr gute Manieren», sagte Francis, bemüht, dem Abend eine Wendung zum Heiteren zu geben.

«Zum Teufel mit dir, Francis Weed!» fauchte Julia, und ihre Worte trafen ihn wie ein Schlag ins Gesicht. «Ich habe für unsere gesellschaftliche Stellung in Shady Hill hart gearbeitet, und ich werde nicht dabeistehen und zusehen, wie du alles kaputtmachst. Als du beschlossen hast, hier zu wohnen, muß dir doch klargewesen sein, daß du nicht wie ein Bär in einer Höhle leben kannst.»

«Ich muß doch zum Ausdruck bringen können, was ich mag und was ich nicht mag.»

«Du brauchst nicht allen Leuten mitzuteilen, was du nicht magst. Du brauchst nicht immer mit dem Kopf durch die Wand zu rennen wie ein Kind, es sei denn, du legst Wert darauf, wie ein Aussätziger behandelt zu werden. Es ist kein Zufall, daß wir so oft eingeladen werden! Es ist kein Zufall, daß Helen so viele Freunde hat. Würdest du Samstag abends gern im Kino herumsitzen? Würdest du die Sonntage gern damit verbringen, Laub zusammenzukehren? Würdest du gern zusehen, wie deine Tochter in den Ballnächten an ihrem Fenster sitzt und der Musik vom Club zuhört? Würdest du gern …» In diesem Augenblick tat er etwas, was eigentlich gar nicht so schwer zu verstehen war, da ihre Worte zwischen ihnen eine Mauer geschaffen hatten, die so unüberwindlich war, daß er sich wie geknebelt fühlte. Er schlug sie mit der Hand mitten ins Gesicht. Sie taumelte, schien sich aber kurz darauf wieder zu fassen. Sie ging nach oben in ihr gemeinsames Schlafzimmer. Sie schlug die Tür nicht hinter sich zu. Als Francis ihr wenige Minuten später folgte, war sie dabei, einen Koffer zu packen.

«Julia, es tut mir sehr leid.»

«Es spielt keine Rolle mehr», sagte sie. Sie weinte.

«Wohin willst du?»

«Ich weiß es nicht. Ich habe mir gerade den Fahrplan angesehen. Um 11 Uhr 16 fährt ein Zug nach New York. Den werde ich nehmen.»

«Du kannst nicht einfach weggehen, Julia.»

«Ich kann nicht bleiben. Das weiß ich.»

«Es tut mir leid wegen Mrs. Wrightson, Julia, und ich …»

«Die Sache mit Mrs. Wrightson spielt keine Rolle. Das ist nicht das Problem.»

«Was ist das Problem?»

«Du liebst mich nicht.»

«Aber ich liebe dich, Julia.»

«Nein, das tust du nicht.»

«Ich liebe dich, Julia, und ich wünschte, es wäre zwischen uns so wie früher – süß und unanständig und dunkel –, aber jetzt sind immer so viele Leute da.»

«Du haßt mich.»

«Ich hasse dich nicht, Julia.»

«Du weißt gar nicht, wie sehr du mich haßt. Ich glaube, es kommt aus dem Unterbewußtsein. Dir werden die grausamen Dinge gar nicht klar, die du mir antust.«

«Was für grausame Dinge, Julia?»

«Die grausamen Dinge, zu denen dein Unterbewußtsein dich treibt, um deinen Haß auf mich auszudrücken.»

«Welche Dinge, Julia?»

«Ich habe mich nie beklagt.»

«Sage es mir.»

«Du weißt nicht, was du tust.»

«Sage es mir.»

«Deine Sachen.»

«Was meinst du damit?»

«Ich meine die Art, wie du deine schmutzigen Sachen überall herumliegen läßt, um deinen im Unterbewußtsein vorhandenen Haß auf mich zum Ausdruck zu bringen.»

«Ich verstehe nicht, was du meinst.»

«Ich meine deine schmutzigen Socken und deine schmutzigen Schlafanzüge und deine schmutzige Unterwäsche und deine schmutzigen Hemden!» Sie hatte vor dem Koffer auf dem Boden gekniet; jetzt erhob sie sich und sah ihn an, ihre Augen funkelten und ihre Stimme bebte vor Erregung. «Ich spreche davon, daß du es noch nie für nötig gehalten hast, etwas aufzuhängen. Du läßt deine Sachen einfach auf dem Boden liegen, wo sie gerade hinfallen, um mich zu demütigen. Du tust es mit Absicht!» Sie ließ sich schluchzend auf das Bett fallen.

«Julia, Liebling!» sagte er, aber als sie seine Hand auf ihrer Schulter fühlte, sprang sie auf.

«Laß mich in Ruhe», sagte sie. «Ich muß gehen.» Sie lief an ihm vorbei zum Wandschrank und kam mit einem Kleid zurück. «Ich nehme nichts von den Sachen mit, die du mir geschenkt hast», sagte sie. «Ich laß die Perlen und die Pelzjacke hier.»

«Oh, Julia!» Die über den Koffer gebeugte Gestalt seiner Frau, so hilflos in ihrem Selbstbetrug, machte ihn fast krank vor Mitleid. Sie wußte nicht, wie verlassen sie sein würde ohne ihn. Sie wußte nicht, wie lang der Arbeitstag einer berufstätigen Frau war. Sie wußte nicht, daß die meisten ihrer Freundschaften nur im Rahmen ihrer Ehe gedeihen konnten und daß sie ohne diesen Rahmen allein sein würde. Sie wußte nichts über Reisen, Hotels, Geld. «Ich kann dich nicht gehen lassen, Julia! Verstehst du denn nicht, daß du auf mich angewiesen bist?»

Sie warf den Kopf zurück und bedeckte das Gesicht mit den Händen. «Sagtest du, daß *ich* auf *dich* angewiesen bin?» fragte sie. «Hast du das gesagt? Und wer sagt dir morgens, wann es Zeit zum Aufstehen ist, und abends, wann es Zeit ist zum Schlafengehen? Wer kocht dein Essen und sucht deine schmutzige Wäsche zusammen und lädt deine Freunde zum Essen ein? Ohne mich wären deine Schlipse voller Fettflecke und deine Anzüge voller Mottenlöcher. Als wir uns kennenlernten, warst du allein, Francis Weed, und wenn ich gehe, wirst du wieder allein sein. Als Mutter die Einladungen zu unserer Hochzeit verschickte und dich um eine Liste deiner Freunde bat – wie viele Namen konntest du ihr da nennen? Vierzehn!»

«Ich war in Cleveland nicht zu Hause, Julia.»

«Und wie viele deiner Freunde sind zur Kirche gekommen? Zwei!»

«Ich war in Cleveland nicht zu Hause, Julia.»

«Da ich die Pelzjacke nicht mitnehme», sagte sie ruhig, «ist es wohl besser, wenn du sie wieder einlagerst. Die Versicherungsprämie für die Perlen ist im Januar fällig. Den Namen unserer Wäscherei, die Telefonnummer der Putzfrau – all diese Dinge findest du in meinem Schreibtisch. Hoffentlich trinkst du nicht zuviel, Francis. Hoffentlich stößt dir nichts zu. Wenn du ernsthafte Schwierigkeiten hast, kannst du mich anrufen.»

«Oh, mein Liebling, ich kann dich nicht gehen lassen!» sagte Francis. «Ich kann dich nicht gehen lassen, Julia!» Er nahm sie in die Arme.

«Es ist wohl doch besser, wenn ich bleibe und mich noch ein bißchen länger um dich kümmere», sagte sie.

Als Francis am nächsten Morgen im Zug saß, sah er das Mädchen den Mittelgang des Wagens entlanggehen. Er war überrascht; er hatte nicht gewußt, daß sie in der Stadt zur Schule ging. Aber sie hatte Bücher unter dem Arm; sie schien auf dem Weg zur Schule zu sein. Vor Überraschung reagierte er nur langsam, aber dann erhob er sich schwerfällig und trat in den Gang. Mehrere Leute waren zwischen ihnen, aber er sah sie weiter vorne. Sie wartete darauf, daß jemand die Tür öffnete, und als der Zug in eine Kurve ging, streckte sie die Hand aus, um sich festzuhalten, während sie über die Plattform in den nächsten Wagen ging. Er folgte ihr durch diesen Wagen und halb durch den nächsten, bevor er ihren Namen rief: «Anne! Anne!» – aber sie drehte sich nicht um. Er folgte ihr in einen weiteren Wagen; dort setzte sie sich auf einen Platz am Gang. Er ging zu ihr, all seine Empfindungen leidenschaftlich auf sie konzentriert, und legte die Hand auf die Lehne ihres Sitzes – sogar diese Berührung erfüllte ihn mit Wärme. Er beugte sich hinunter, um sie anzusprechen, und da sah er, daß es gar nicht Anne war. Es war eine ältere Frau, die eine Brille trug. Er ging langsam weiter in den nächsten Wagen; Verlegenheit und das viel tiefer gehende Gefühl, hereingefallen zu sein, ließen sein Gesicht erröten. Denn wenn er nicht einmal einen Menschen von einem anderen unterscheiden konnte, welchen Beweis gab es dann, daß sein Leben mit Julia und den Kindern so real war wie seine Träume von lasterhaften Stunden in Paris oder wie der Abfall und der Grasgeruch in der von Bäumen überwölbten Sackgasse, wo sich die Liebespaare trafen?

Spät am Nachmittag rief Julia Francis an, um ihn daran zu erinnern, daß sie zum Dinner eingeladen waren. Ein paar Minuten später rief Trace Bearden ihn an. «Hör mal, Junge», sagte Trace, «Ich rufe für Mrs. Thomas an. Du weißt, wen ich meine? Clayton, ihr Sohn, findet offenbar keinen Job, und ich dachte, vielleicht könntest du ihm helfen. Wenn du Charlie Bell anrufen würdest – ich weiß, daß er dir verpflichtet ist –, und ein gutes Wort für den Jungen einlegst, würde Charlie sicher...»

«Es ist mir sehr unangenehm, Trace», sagte Francis, «aber ich sehe mich außerstande, etwas für den Jungen zu tun. Er taugt nichts. Ich weiß, das hört sich hart an, aber es ist eben so. Jeder Gefallen, den man ihm erweist, würde auf einen selbst zurückschlagen. Er taugt einfach nichts, Trace, und daran läßt sich nichts ändern. Auch wenn wir einen Job für ihn fänden – er würde nicht einmal eine Woche bei der Stange bleiben. Ich weiß, daß es so ist. Es ist schrecklich, Trace, und ich weiß das, aber anstatt den Jungen zu empfehlen, müßte ich die Leute vor ihm warnen – Leute, die seinen Vater kannten und verständlicherweise etwas tun möchten. Ich müßte die Leute vor ihm warnen. Er stiehlt...»

Im gleichen Augenblick, in dem dieses Gespräch beendet war, kam Miss Rainey herein und blieb vor seinem Schreibtisch stehen. «Ich muß meine Stellung bei Ihnen kündigen, Mr. Weed», sagte sie. «Ich kann bis zum Siebzehnten bleiben, wenn Sie mich brauchen, aber mir ist ein toller Job angeboten worden, und ich würde gern so bald wie möglich gehen.»

Sie ging hinaus, und er blieb allein mit seinen Gedanken an die Niederträchtigkeit dessen, was er dem jungen Thomas angetan hatte. Seine Kinder auf dem Foto lachten und lachten, unter Glas konserviert in den leuchtenden Farben des Sommers, und er erinnerte sich daran, daß sie an jenem Tag am Strand einen Dudelsackpfeifer getroffen hatten und daß er ihm einen Dollar gezahlt hatte, damit er ihnen ein Kampflied der Black Watch vorspiele. Das Mädchen würde bei ihnen sein, wenn er nach Hause kam. Er würde wieder einmal einen Abend mit seinen freundlichen Nachbarn verbringen und über Sackgassen nachdenken, über Feldwege und Auffahrten verlassener Häuser. Es gab nichts, was seine Gefühle mäßigen konnte – nichts, was sich durch Lachen oder eine Partie Softball mit den Kindern ändern würde –, und während er zurückdachte an die Notlandung, an Farquarsons neues Mädchen und an Anne Murchisons Probleme mit ihrem betrunkenen Vater, fragte er sich, wie er es hätte vermeiden können, genau dahin zu kommen, wo er jetzt war. Er saß in der Patsche. Ein einziges Mal in seinem Leben hatte er sich verlaufen, auf dem Rückweg von einem Forellenbach in den Wäldern im Norden, und jetzt kam ihm die gleiche trostlose Erkenntnis wie damals, daß nämlich alle Heiterkeit, alles Hoffen, aller Mut und alle Ausdauer ihm nicht helfen würden, in der zunehmenden Dunkelheit den Weg wiederzufinden, von dem er abgekommen war. Er konnte den Wald riechen. Das Gefühl der Trostlosigkeit war unerträglich, und ihm war völlig klar, daß er einen Punkt erreicht hatte, an dem er sich entscheiden mußte.

Er könnte zu einem Psychiater gehen wie Miss Rainey. Er könnte in eine Kirche gehen und die Beichte ablegen. Er könnte in einen dänischen Massagesalon in den West Seventies gehen, den ein Vertreter empfohlen hatte. Er könnte das Mädchen vergewaltigen oder darauf vertrauen, daß irgend etwas ihn davon abhalten würde. Oder er könnte sich betrinken. Es war sein Leben, sein Boot, und wie jeder andere Mann war er dazu geschaffen, Vater von Tausenden zu sein; wem würde ein Stelldichein schaden, das sie beide die Welt mit freundlicheren Augen sehen lassen würde? Das war die falsche Einstellung; er kam wieder zurück auf die erste Möglichkeit, den Psychiater. Er hatte die Telefonnummer von Miss Raineys Arzt. Er rief dort an und bat um einen sofortigen Termin. Er bestand gegenüber der Sekretärin des Arztes darauf – so pflegte er sich auch im Geschäftsleben zu verhalten –, und als sie sagte, für die nächsten Wochen sei alles besetzt, verlangte er einen Termin für den gleichen Tag. Man sagte ihm, er solle um fünf kommen.

Die Praxis des Psychiaters war in einem Gebäude, in dem sich fast nur Arzt- und Zahnarztpraxen befanden. In den Gängen hingen die Bonbongerüche von Mundwasser und die Erinnerungen an Schmerzen in der Luft. Francis' Persönlichkeit hatte sich aus einer Reihe einsamer Entschlüsse entwickelt – Entschlüsse, bei denen es um Sauberkeit ging, um das Springen vom Zehnmeterbrett oder die Wiederholung von anderen Dingen, die eine Herausforderung an seinen Mut waren, um Pünktlichkeit, Aufrichtigkeit und Rechtschaffenheit. Der Verzicht auf die vollkommene Einsamkeit, in der er bisher seine wichtigsten Entscheidungen getroffen hatte, zerschlug seine Vorstellung von der eigenen Persönlichkeit und versetzte ihn in einen Zustand, der einem Schock gleichkam. Er war wie betäubt. Die Szene seines *miserere mei Deus* war wie die Wartezimmer so vieler Ärzte ein billiges Zugeständnis an die Annehmlichkeiten einer gepflegten Häuslichkeit: ein Raum mit antiken Möbelstücken, kleinen Tischen, Topfpflanzen, Radierungen von schneebedeckten Brücken und in Formation fliegenden Gänsescharen – obwohl es keine Kinder gab, kein Ehebett, nicht einmal einen Herd in dieser Karikatur einer Wohnung, in der niemand je eine Nacht verbracht hatte und in der die mit Vorhängen versehenen Fenster direkt auf einen dunklen Luftschacht hinausführten. Francis nannte einer Sekretärin seinen Namen und seine Anschrift, und dann sah er aus einer Ecke des Zimmers einen Polizisten auf sich zukommen.» Ganz ruhig, ganz ruhig», sagte der Polizist. «Keine Bewegung. Lassen Sie Ihre Hände, wo sie sind.»

«Ich glaube, es ist schon in Ordnung, Officer», begann die Sekretärin. «Ich glaube, es ist…»

«Wollen lieber mal nachsehen», sagte der Polizist und fing an, Francis' Kleider abzutasten – nach Pistolen, Messern, einem Eispickel? Als er nichts fand, verließ er den Raum, und die Sekretärin entschuldigte sich nervös: «Als Sie anriefen, Mr. Weed, hörten Sie sich sehr erregt an, und einer von unseren Patienten hat gedroht, er werde den Doktor umbringen, und wir müssen ja vorsichtig sein. Wenn Sie jetzt bitte hineingehen würden?» Francis stieß eine Tür auf, die ein elektrisches Glockenspiel auslöste, dann setzte er sich schwerfällig auf die Couch des Doktors, zog ein Taschentuch hervor und putzte sich die Nase, durchwühlte seine Tasche nach Zigaretten, nach Streichhölzern, nach irgend etwas und sagte mit Tränen in den

Augen und mit heiserer Stimme: «Ich bin verliebt, Doktor Herzog.»

Es ist eine Woche oder zehn Tage später in Shady Hill. Der 7 Uhr 14 ist eingelaufen und wieder abgefahren, und hier und da ist man mit dem Abendessen fertig, und die Teller sind schon in der Geschirrspülmaschine. Der Ort hängt, moralisch und wirtschaftlich, an einem seidenen Faden, aber er hängt im Abendlicht an seinem Faden. Donald Goslin quält wieder die Mondscheinsonate. *Marcato ma sempre pianissimo*! Er scheint ein nasses Badetuch auszuwringen, aber das Dienstmädchen beachtet ihn nicht. Sie schreibt einen Brief an Arthur Godfrey. Francis Weed ist im Keller seines Hauses mit der Herstellung eines kleinen Tisches beschäftigt. Dr. Herzog hat das Tischlern als Therapie empfohlen, und Francis findet tatsächlich Trost in den einfachen Berechnungen und in dem segensvollen Geruch frischen Holzes. Francis ist glücklich. Oben weint der kleine Toby, weil er müde ist. Er nimmt seinen Cowboyhut ab, zieht Handschuhe und Lederfransenjacke aus, schnallt den mit Gold und Rubinen besetzten Gürtel ab, die silbernen Patronengurte und Pistolenhalfter, streift die Hosenträger ab, setzt sich auf die Bettkante, um die hohen Stiefel auszuziehen, und läßt das karierte Hemd und die Levis auf den Boden fallen. Er läßt alles auf einem Haufen liegen und geht zum Schrank, um seinen Batman-Anzug vom Haken zu nehmen. Er hat Mühe, in das enge Trikot zu kommen, aber schließlich gelingt es ihm. Er wirft sich den Zauberumhang über die Schultern, klettert auf die Fußkante seines Bettes, breitet die Arme aus und fliegt die kurze Entfernung bis zum Boden. Er landet mit einem Bums, den alle im Haus außer ihm selbst hören.

«Geh nach Hause, Gertrude, geh nach Hause», sagt

Mrs. Masterson. «Ich habe dir schon vor einer Stunde gesagt, daß du nach Hause gehen sollst, Gertrude. Abendbrotzeit ist schon lange vorbei; deine Mutter wird sich Sorgen machen. Geh nach Hause!» Bei den Babcocks öffnet sich plötzlich die Tür zur Terrasse, und Mrs. Babcock kommt herausgelaufen, unbekleidet, verfolgt von ihrem nackten Ehemann. (Ihre Kinder sind im Internat, und ihre Terrasse ist von einer Hecke umgeben.) Sie laufen über die Terrasse und durch die Küchentür wieder ins Haus, eine Nymphe und ein Satyr, so hübsch und leidenschaftlich, wie man sie auf alten Wandgemälden in Venedig auch nicht schöner findet. Während Julia die letzten Rosen in ihrem Garten schneidet, hört sie, wie der alte Mr. Nixon die Eichhörnchen auf seinem Fütterungsplatz für Vögel anschreit: «Lumpenkerle! Spitzbuben! Hinweg! Mir aus den Augen!» Eine Katze kommt jammervoll in den Garten geschlichen, psychisch und physisch aus dem Gleichgewicht. Man hat ihr einen kleinen Strohhut um den Kopf gebunden, einen Puppenhut, und sie in ein Puppenkleid geknöpft; ihr langer, struppiger Schwanz schaut aus den Röcken hervor. Beim Gehen schüttelt sie die Füße, als ob sie ins Wasser gefallen wäre.

«Komm, Miezekatze, Miezekatze!» ruft Julia.

«Komm, Miezekatze, komm, arme Miezekatze!» Aber die Katze wirft ihr nur einen skeptischen Blick zu und stolpert in ihren Röcken davon. Als letzter kommt Jupiter. Er stolziert durch die Tomatenpflanzen und hält die Überreste eines Abendpantöffelchens in seinem edlen Maul. Dann wird es dunkel; eine Nacht, in der Könige in goldener Rüstung auf Elefanten über die Berge reiten.

DER ZUG FÜNF UHR ACHTUNDVIERZIG

Als Blake aus dem Fahrstuhl trat, sah er sie stehen. Ein paar Leute, meist Männer, die auf ihre Mädchen warteten, hielten sich in der Halle auf und fixierten die Fahrstuhltür. Darunter war auch sie. Sobald er sie erblickt hatte, nahm ihr Gesicht einen so deutlichen Ausdruck von Abscheu an, daß er sofort merkte, sie wartete auf ihn. Er ging nicht auf sie zu. Sie hatte keinerlei Anrecht auf ihn. Sie hatten sich nichts zu sagen. Er wandte sich ab und ging auf die Glastür am Ende der Halle zu, fühlte sich schuldig und verwirrt, wie wenn man an einem alten Freund oder Klassenkameraden vorübergeht, der verarmt, krank oder sonst in irgendeiner Weise bedürftig geworden ist. Auf der Uhr im Büro der Western Union war es fünf Uhr achtzehn. Er konnte den Eilzug noch bekommen. Als er an der Drehtür wartete, sah er, daß es immer noch regnete. Es regnete schon den ganzen Tag, und ihm fiel nun auf, daß die Straßengeräusche bei Regen viel lauter waren. Kaum draußen, begann er eilig ostwärts, in Richtung Madison Avenue, zu gehen. Die Straßen waren verstopft, und von einer entfernten Kreuzung her ertönte ein Hupkonzert. Auf dem Gehsteig herrschte Gedränge. Er fragte sich, was sie sich davon versprach, einen Blick von ihm zu erhaschen, wie er nach Arbeitsschluß das Bürohaus verließ. Zudem hätte er gern gewußt, ob sie ihm folgte. Wer durch die Stadt geht, dreht sich selten um, um zurückzublicken. Außerdem widerstrebte es ihm. Es war lächerlich, aber eine Zeitlang lauschte er beim Gehen, ob er nicht aus der Symphonie der Großstadtgeräusche an einem Regentag ihre Schritte heraushören könnte. Dann sah er etwas voraus auf der anderen Straßenseite eine Lücke in der Häuserfront. Irgend etwas war an dieser Stelle abgerissen worden, und etwas anderes wurde statt dessen gebaut, aber das Stahlgerüst überragte gerade erst den Bauzaun, und durch die Lücke fiel Tageslicht auf die Straße. Dieser Baustelle gegenüber blieb Blake stehen und blickte in ein Schaufenster. Es war der Laden eines Innenausstatters oder Auktionators. Das Schaufenster war wie ein Zimmer dekoriert, in dem Menschen leben und ihre Freunde empfangen. Auf dem Kaffeetisch lagen Zeitungen zum Lesen, standen Tassen und Blumenvasen, aber die Blumen waren aus Wachs, die Tassen waren leer, und die Gäste waren nicht gekommen. In der Fensterscheibe sah Blake sich deutlich wie in einem Spiegel, und die Leute hinter sich auf der Straße sah er als Schatten. Dann erkannte er sie im Spiegel – so nahe war sie, daß er erschrak. Sie stand keinen halben Meter hinter ihm. Er hätte sich umdrehen und sie fragen können, was sie wollte, aber anstatt sie anzusprechen, riß er sich abrupt vom Bild ihres verzerrten Gesichts los und ging weiter. Vielleicht wollte sie ihm dieses antun, vielleicht wollte sie ihn umbringen.

Die Plötzlichkeit, mit der er sich abwandte, als er ihr Gesicht in der Scheibe erblickte, ließ das Wasser über seinen Hutrand schwappen, so daß etwas davon seinen Hals hinablief. Er fühlte sich unangenehm an Angstschweiß erinnert. Das kalte Wasser, das ihm übers Gesicht und über die bloßen Hände rann, der penetrante Geruch der Gullys und des nassen Pflasters, die Erkenntis, daß seine Füße naß zu werden begannen und daß er sich erkälten könnte – all die Unannehmlichkeiten eines Fußmarsches durch den Regen –, schienen ihm die Bedrohung durch seine Verfolgerin noch deutlicher zu machen, und in ihm formte sich der düstere Gedanke, wie sterblich und leicht verletzbar er doch war. Vor sich sah er die Madison Avenue, wo mehr Lichter glänzten. Er würde es wohl geschafft haben, wenn er nur erst die Madison Avenue erreicht hätte. An der Ecke war ein Bäckerladen mit zwei Eingängen, er betrat ihn durch den Eingang in der Querstraße, kaufte wie ein ganz normaler Kunde einen Kaffeekranz und verließ den Laden durch die Tür zur Madison Avenue. Als er die Madison Avenue hinunterzugehen begann, sah er, daß sie neben einem Zeitungskiosk auf ihn wartete.

Sie war alles andere als raffiniert. Er hätte sie leicht abschütteln können. Er hätte nur in ein Taxi steigen und auf der anderen Seite wieder aussteigen müssen. Er konnte einen Polizisten ansprechen. Er konnte anfangen zu laufen – obgleich er Angst hatte, daß das den Anschlag, den sie ganz offenbar auf ihn vorhatte, erst recht auslösen könnte. Er kam nun in eine Gegend, die er sehr gut kannte und wo das Labyrinth aus Über- und Unterführungen, Bankhäusern mit Fahrstühlen und überfüllten Foyers es leichtmachte, einen Verfolger abzuhängen. Dieser Gedanke und der süße, warme Duft seines Kaffeekranzes, der ihm für einen Augenblick in die Nase stieg, machten ihm wieder Mut. Sie war verrückt, durcheinander, vielleicht auch einsam – das war aber auch alles. Er war ein völlig unwichtiger Mann, und es gab keinen Grund, warum ihm irgend jemand vom Büro zum Bahnhof folgen sollte. Er wußte keine Geheimnisse, jedenfalls keine von Belang. Die Dokumente in seiner Aktentasche schwiegen von Krieg, Frieden, Rauschgifthandel, Wasserstoffbomben und von internationalen Geheimprojekten, wie er sie mit Verfolgern, mit Männern in Trenchcoats und nassen Gehsteigen assoziierte. In dem Augenblick sah er vor sich die Tür zu einer ausgesprochenen Männerbar. Oh, wie einfach doch alles war!

Er bestellte sich einen Gibson und drängelte sich zwischen zwei Männern zur Theke durch, so daß sie ihn, sollte sie ihn durchs Fenster beobachten, aus den Augen verlieren mußte. Das Lokal war voller Pendler, die noch schnell, bevor sie nach Hause fuhren, ein Glas kippten. Sie hatten mit ihrer Kleidung, mit ihren Schirmen und Schuhen den penetranten Geruch von nassem Staub mit hereingebracht, aber Blake entspannte sich sofort, als er einen Schluck von seinem Gibson getrunken hatte. Er blickte in die durchschnittlichen, meist nicht mehr jungen Gesichter, die ihn umgaben und die sich – wenn überhaupt – höchstens darum bekümmerten, ob die Steuern stiegen und wer den besten Job bekäme. Er versuchte sich an ihren Namen zu erinnern – Miss Dent, Miss Bent, Miss Lent –, und er war ganz überrascht, daß er ihm nicht einfiel, dabei war er doch immer so stolz auf sein gutes und zuverlässiges Gedächtnis, und das Ganze lag erst sechs Monate zurück.

Der Personalchef hatte sie eines Nachmittags heraufgeschickt – er suchte eine Sekretärin. Er sah eine dunkle Frau vor sich – vielleicht in den Zwanzigern –, sie war schlank und schüchtern. Sie hatte ein einfaches Kleid an, keine sehr auffallende Figur, und einer ihrer Strümpfe saß schief, aber ihre Stimme war sanft, und er wollte es mit ihr versuchen. Nachdem sie ein paar Tage für ihn gearbeitet hatte, erzählte sie ihm, daß sie acht Monate im Krankenhaus gewesen sei und danach – Mühe gehabt habe, eine Stelle zu finden, und sie wolle ihm danken, daß er ihr eine Chance gebe. Ihr Haar war dunkel, ihre Augen waren dunkel; ihre ganze Erscheinung kam ihm auf angenehme Weise dunkel vor. Als er sie etwas besser kennenlernte, merkte er, daß sie hochsensibel und, folglich, einsam war. Einmal beschrieb sie ihm, wie sie sich sein Leben vorstellte – viele Freunde, Geld und eine große, in Liebe vereinte Familie –, und er meinte herausgehört zu haben, daß sie sich vom Leben zurückgesetzt fühlte. Sie schien das Leben aller anderen Menschen in übertriebenem Glanz zu sehen. Ein andermal hatte sie eine Rose auf seinen Schreibtisch gestellt, und er hatte die Blume in den Papierkorb geworfen. «Ich mag keine Rosen», hatte er ihr erklärt. Sie war tüchtig, pünktlich, eine gute Schreibkraft, und es gab eigentlich nur eines das er hätte gegen sie anführen können – ihre Handschrift. Er konnte das Unausgeglichene ihrer Handschrift nicht mit ihrer Erscheinung in Einklang bringen. Er hätte von ihr schwingende, kraftvolle Schriftzüge erwartet, aber die waren nur in Ansätzen vorhanden, vermischt mit holprigen Druckbuchstaben. Aus ihrer Handschrift schloß er, daß sie das Opfer irgendwelcher inneren Konflikte gewesen sein mußte, die ihr mit Gewalt die Zeilen, die sie zu Papier brachte, zerrissen hatten. Als sie drei Wochen für ihn gearbeitet hatte – keinen Tag länger –, blieben sie eines Abends etwas länger im Büro, und er bot ihr an, sie nach der Arbeit noch zu einem Glas einzuladen. «Wenn Sie wirklich etwas trinken wollen», sagte sie, «ich habe noch etwas Whisky zu Hause.»

Sie lebte in einem Zimmer, das ihm eher wie ein Schrank vorkam. In einer Ecke stapelten sich Koffer und Hutschachteln, und obwohl der Raum kaum groß genug war, um das Bett, den Frisiertisch und den Stuhl, auf dem er saß, aufzunehmen, stand auch noch ein Klavier an der Wand, ein Heft mit Beethoven-Sonaten aufgeschlagen auf dem Notenständer. Sie gab ihm ein Glas und sagte, daß sie es sich bequemer machen wolle. Er bestärkte sie darin, schließlich war er deswegen hergekommen. Wenn er Bedenken hatte, dann nur solche praktischer Natur. Der Mangel an Selbstvertrauen, das Gefühl, ewig zu kurz gekommen zu sein, das in allen ihren Ansichten zum Ausdruck kam, versprach, daß er vor Konsequenzen bewahrt bleiben würde. Die meisten von den vielen Frauen, die er kennengelernt hatte, hatte er sich wegen ihres Mangels an Selbstbewußtsein ausgesucht.

Als er sich wieder anzog, ungefähr eine Stunde später, weinte sie. Er fühlte sich zu warm, schläfrig und zufrieden, um sich wegen ihrer Tränen Gedanken zu machen. Fertig angezogen, sah er auf dem Frisiertisch einen Zettel, den sie an ihre Reinemachefrau geschrieben hatte. Das wenige Licht kam aus dem Badezimmer – die Tür stand sperrangelweit auf –, und in diesem Halblicht schienen ihm die fürchterlich krakeligen Buchstaben wieder einmal gar nicht zu ihr zu passen, so als sei dies die Handschrift einer anderen und ziemlich gewöhnlichen Frau. Am nächsten Tag tat er das, was er für das Vernünftigste hielt. Als sie zum Essen gegangen war, rief er den Personalchef an und bat ihn, sie zu feuern. Dann nahm er sich den Nachmittag frei. Ein paar Tage später kam sie in sein Büro und bat, ihn sprechen zu dürfen. Er befahl der Telefonistin, sie nicht vorzulassen.

Bis zu diesem Abend hatte er sie nicht wiedergesehen.

Blake trank einen zweiten Gibson und sah auf der Uhr, daß er den Eilzug verpaßt hatte. Er würde den Personenzug nehmen müssen – den fünf Uhr achtundvierzig. Als er die Bar verließ, war der Himmel über ihm immer noch hell; und immer noch regnete es. Vorsichtig sah er sich nach beiden Seiten um und stellte fest, daß die arme Frau gegangen war. Ein- oder zweimal blickte er auf dem Wege zum Bahnhof über die Schulter zurück, aber er schien in Sicherheit zu sein. Er hatte sich immer noch nicht wieder gefaßt, stellte er fest, denn er hatte seinen Kaffeekranz in der Bar vergessen, und er war nicht der Mann, der seine Sachen liegenließ. Diese plötzliche Vergeßlichkeit quälte ihn.

Er kaufte sich eine Zeitung. Der Zug war nur halb besetzt, als er einstieg. Er bekam einen Platz auf der Flußseite und zog seinen Regenmantel aus. Er war ein hochgewachsener Mann mit braunem Haar – in jeder Hinsicht unauffällig, es sei denn, man hätte von seiner bleichen Gesichtsfarbe und seinen grauen Augen auf seine wenig schönen Neigungen geschlossen. Wie wir alle, zog er sich an, als unterwerfe er sich, was die äußere Erscheinung betraf, einem ungeschriebenen Gesetz. Sein Regenmantel war hellbraun, pilzfarben. Sein Hut war dunkelbraun, ebenso sein Anzug. Abgesehen von ein paar helleren Tönen auf seiner Krawatte, fiel seine Kleidung durch eine bewußte Farblosigkeit auf, die wie ein Schutzschild wirkte. Er blickte sich im Abteil nach Bekannten um. Mrs. Compton saß, ein paar Sitze entfernt, ihm zur Rechten. Sie lächelte, aber ihr Lächeln erlosch erschreckend schnell. Mr. Watkins saß Blake direkt gegenüber. Mr. Watkins mußte zum Friseur, und er hatte gegen das ungeschriebene Gesetz verstoßen; er trug eine Kordjacke. Er und Blake hatten sich gestritten, daher sprachen sie nicht miteinander.

Daß Mrs. Comptons Lächeln so knapp geraten war, ließ Blake völlig kalt. Die Comptons waren Blakes Hausnachbarn, und Mrs. Compton hatte nie begriffen, wie wichtig es ist, sich um seine eigenen Angelegenheiten zu kümmern. Louisa Blake ging mit ihren Sorgen zu Mrs. Compton, das wußte Blake, und anstatt ihr die kalte Schulter zu zeigen, wenn sie tränenüberströmt angelaufen kam, hatte sie angefangen, sich als eine Art Beichtvater zu betrachten, und sie hatte, was die intimeren Dinge bei den Blakes anging, eine gehörige Portion Neugier entwickelt. Wahrscheinlich war ihr auch über ihren letzten Streit Bericht erstattet worden.

Blake war eines Abends nach Hause gekommen, müde und abgearbeitet, um festzustellen, daß Louisa keinerlei Anstalten getroffen hatte, etwas zu essen zu machen. Er war in die Küche gegangen, gefolgt von Louisa, und er hatte sie davon unterrichtet, daß sie den Fünften hatten. Er hatte auf dem Kalender einen Kreis um die Zahl gezogen. «In einer Woche ist der Zwölfte», hatte er gesagt. «In zwei Wochen ist der Neunzehnte. «Er zog einen Kreis um die neunzehn. «Zwei Wochen lang werde ich nicht mehr mit dir sprechen», hatte er gesagt. «Bis zum Neunzehnten.» Sie hatte geweint, sie hatte protestiert, aber es waren schon acht oder zehn Jahre her, seit er sich das letzte Mal von ihren Bitten hatte erweichen lassen. Louisa war alt geworden. Die Linien in ihrem Gesicht waren zu Runzeln geworden, und wenn sie sich die Brille auf die Nase klemmte, um die Abendzeitung zu lesen, kam sie ihm vor wie eine wenig willkommene Fremde. Ihre einzigen Reize waren körperlicher Art gewesen, und diese waren vergangen. Vor neun Jahren hatte Blake eine Bücherwand in den Türrahmen zwischen ihren Zimmern eingelassen, und den Bücherschrank hatte er mit massiven Holztüren versehen, die abschließbar waren; denn er wollte nicht, daß die Kinder an seine Bücher gehen konnten. Aber ihre fortschreitende Entfremdung schien für Blake nicht von Belang. Er hatte sich immer wieder mit seiner Frau gezankt, aber das tat schließlich jeder von einer Frau geborene Mann. Das war nun einmal die menschliche Natur. Wo immer man Stimmen hören kann – in Hotelhinterhöfen, in Luftschächten, auf der Straße an einem Sommerabend –, hört man heftige Worte.

Die Spannung zwischen Blake und Mr. Watkins hatte ebenfalls mit Blakes Familie zu tun, aber die Sache war nicht so schwerwiegend und unangenehm wie das, was da hinter Mrs. Comptons knappem Lächeln lauerte. Die Watkins' wohnten in einem Mietshaus. Mr. Watkins verstieß Tag für Tag gegen das ungeschriebene Gesetz – einmal war er in Sandalen zum Zug acht Uhr vierzehn erschienen –, und er lebte von seinen Einnahmen als Werbegrafiker. Blakes ältester Sohn – Charlie war vierzehn – hatte sich mit Watkins' Jungen angefreundet. Er verbrachte die meiste Zeit in dem baufälligen Haus, das die Watkins' gemietet hatten. Diese Freundschaft färbte auf sein Benehmen ab und auf die Neigung, sich zu waschen. Eines Tages hatte er damit begonnen, zum Essen bei den Watkins' zu bleiben und am Wochenende dort zu schlafen. Als er schließlich mit den meisten seiner Sachen zu den Watkins' umgezogen und dazu übergegangen war, jede zweite Nacht dort zu verbringen, sah Blake sich zum Handeln gezwungen. Er hatte nicht mit Charlie, sondern mit Mr. Watkins gesprochen und hatte, was unumgänglich war, eine Reihe von Sachen zur Sprache gebracht, die kritisch geklungen haben mußten. Mr. Watkins' langes und schmuddliges Haar und seine Kordjacke bestärkten Blake darin, daß er recht getan hatte. Aber Mrs. Comptons erlöschendes Lächeln und Mr. Watkins' schmuddliges Haar konnten das Vergnügen nicht beeinträchtigen, mit dem Blake sich auf dem unbequemen Sitz des fünf Uhr achtundvierzig breitmachte. Der Wagen war alt und roch eigentümlich wie ein Luftschutzbunker, in dem ganze Familien die Nacht zugebracht hatten. Das Licht, das von der Decke auf ihre Köpfe und Schultern fiel, war trüb. In dem Schmutz auf den Scheiben hatte der Regen auf früheren Fahrten seine Spuren hinterlassen, und nach und nach stiegen hinter jeder Zeitung Wolken von scharfem Tabak- und Zigarettenrauch auf, aber es war ein Bild, das Blake das Gefühl gab, er sei in Sicherheit, und nachdem er eben noch das Weiße im Auge der Gefahr gesehen hatte, empfand er nun sogar ein bißchen Wärme für Mrs. Compton und Mr. Watkins. Der Zug fuhr aus der Erde hervor in bläßliches Tageslicht hinein, und die Slums, ja, die ganze Stadt brachten ihm die Frau, die ihn verfolgt hatte, flüchtig ins Gedächtnis zurück. Um entsprechenden Grübeleien oder Gewissensbissen zu entgehen, wandte er seine Aufmerksamkeit der Abendzeitung zu. Aus den Augenwinkeln beobachtete er die Landschaft. Es war eine Industrielandschaft, die um diese Tageszeit einen recht trübseligen Eindruck machte. Maschinenschuppen und Lagerhäuser, darüber sah er ein Loch in der Wolkendecke – eine Insel gelben Lichts. «Mr. Blake», sagte eine Stimme. Er sah auf. Es war sie. Sie stand da und hielt sich mit einer Hand an der Rückenlehne des Sitzes fest, um in dem schwankenden Wagen nicht das Gleichgewicht zu verlieren. Auf einmal erinnerte er sich an ihren Namen – Miss Dent. «Guten Tag, Miss Dent», sagte er.

«Haben Sie etwas dagegen, wenn ich mich hierhersetze?»

«Warum sollte ich.»

«Danke. Das ist sehr freundlich von Ihnen. Ich möchte Ihnen hier keine Ungelegenheiten bereiten. Ich möchte nicht...» Er hatte einen Schreck bekommen, als er aufgeblickt und sie gesehen hatte, aber ihre furchtsame Stimme beruhigte ihn sofort wieder. Er rückte etwas zur Seite –

eine leere und reflexhafte Bekundung von Gastlichkeit –, und sie setzte sich. Sie atmete auf. Er roch ihre nasse Kleidung. Sie trug einen unförmigen Hut mit einem billigen Federbusch. Ihr Mantel war aus ziemlich dünnem Stoff, stellte er fest, sie trug Handschuhe und eine dicke Handtasche.

«Wohnen Sie jetzt in dieser Richtung, Miss Dent?»

«Nein.»

Sie öffnete ihre Handtasche und holte ihr Taschentuch heraus. Sie hatte angefangen zu weinen. Er drehte den Kopf, um zu sehen, ob jemand im Wagen etwas gemerkt hatte, aber niemand war aufmerksam geworden. Er hatte neben Tausenden von Reisenden in diesen Abendzügen gesessen. Er hatte auf ihre Kleidung geachtet, auf die Löcher in ihren Handschuhen; und wenn sie einschliefen und im Schlaf sprachen, hatte er sich vorzustellen versucht, was sie bedrückte. Bevor er seine Nase in der Zeitung vergrub, hatte er fast alles schnell mit einem Etikett versehen. Darauf stand entweder reich oder arm, interessant oder langweilig, bekannt oder fremd, aber keiner von diesen Tausenden hatte jemals geweint. Als sie ihre Handtasche aufmachte, erinnerte er sich an ihr Parfüm. Es hatte ihn an dem Abend, den er mit ihr verbracht hatte, noch lange verfolgt.

«Ich war sehr krank», sagte sie. «Heute bin ich seit zwei Wochen zum erstenmal wieder auf. Ich war ganz entsetzlich krank.»

«Es tut mir leid, daß Sie krank waren, Miss Dent», sagte er mit einer Stimme, die laut genug war, daß Mr. Watkins und Mrs. Compton ihn hören konnten. «Wo arbeiten Sie jetzt?»

«Was?»

«Wo Sie jetzt arbeiten?»

«Daß ich nicht lache», sagte sie sanft.

«Ich verstehe nicht.»

«Sie haben sie gegen mich eingenommen.»

Er setzte sich aufrecht hin und hob die Schultern. Diese Verrenkungen drückten den vorübergehenden – und leider unerfüllbaren Wunsch aus, jetzt lieber ganz woanders zu sein. Das konnte unangenehm mit ihr werden. Er holte tief Luft und warf einen gefühlsschweren Blick auf das halbvolle, halbdunkle Abteil, um sich zu vergewissern, daß ihn diese Wirklichkeit umgab, diese Welt, in der es insgesamt doch recht behaglich zuging. Neben sich spürte er ihren heftigen Atem, und es roch nach ihrem regennassen Mantel. Der Zug hielt. Eine Nonne und ein Mann im Overall stiegen aus. Als der Zug wieder anfuhr, setzte Blake den Hut auf und griff nach seinem Regenmantel.

«Wo gehen Sie hin?» fragte sie.

«Ich gehe in den nächsten Wagen.»

«O nein», sagte sie. «Nein, nein, nein.»

Sie rückte mit ihrem weißen Gesicht so dicht an sein Ohr, daß er ihren warmen Atem auf der Wange spürte. «Gehen Sie nicht», flüsterte sie. «Versuchen Sie nicht auszurücken. Ich habe einen Revolver und müßte Sie töten, und das möchte ich nicht. Ich will nur mit Ihnen reden. Bewegen Sie sich nicht, oder ich bringe Sie um. Tun Sie es nicht, tun Sie es nicht!»

Blake setzte sich abrupt wieder hin. Selbst wenn er hätte aufstehen und um Hilfe schreien wollen, wäre er dazu nicht fähig gewesen. Seine Zunge war plötzlich doppelt so dick, und als er versuchte, sie zu bewegen, klebte sie am Gaumen. Seine Beine waren wie gelähmt. Er konnte nichts tun als darauf warten, daß sein Herz aufhörte, wie irrsinnig zu schlagen, damit er einen klaren Gedanken über seine gefährliche Lage fassen konnte. Sie saß ein wenig seitlich auf dem Sitz, und in der Handtasche befand sich der Revolver. Der Lauf war auf seinen Bauch gerichtet.

«Jetzt verstehen Sie mich besser, nicht wahr?» fragte sie. «Sie begreifen, daß ich es ernst meine?» Er versuchte zu sprechen, aber er blieb stumm. Er nickte. «So, jetzt sitzen wir eine Weile ganz ruhig», sagte sie. «Ich bin so aufgeregt, daß ich ganz durcheinander bin. Wir sitzen also eine Weile ruhig da, bis ich meine Gedanken wieder beisammen habe.»

Es würde schon Hilfe kommen, dachte Blake. Es war nur eine Frage von Minuten. Irgend jemand, der auf seinen Gesichtsausdruck oder ihre eigentümliche Haltung aufmerksam wurde, würde stehenbleiben und eingreifen, und alles wäre überstanden. Er brauchte nur zu warten, bis jemand seine verzweifelte Lage bemerkte. Durchs Fenster sah er den Fluß und den Himmel. Die Regenwolken kamen herab wie eine Jalousie, und während er aus dem Fenster sah, begann ein Streifen orangefarbenen Lichts aufzuglänzen. Das Leuchten breitete sich unter seinem Blick über den Wellen aus, bis es schließlich das Flußufer mit einem düsteren Feuerglanz überzog. Auf einmal verlosch es. Gleich würde Hilfe zur Stelle sein, dachte er. Hilfe würde kommen, bevor sie wieder hielten. Aber der Zug hielt, Leute stiegen ein und aus, und Blakes Leben hing immer noch von der Gnade der Frau auf dem Nebensitz ab. Daran, daß vielleicht überhaupt keine Hilfe käme, mochte er nicht denken. Die Möglichkeit, daß man auf seine Situation vielleicht gar nicht aufmerksam wurde – daß Mrs. Compton annehmen könnte, er nehme eine arme Verwandte nach Shady Hill zum Essen mit –, war etwas, worüber er später nachdenken wollte. Allmählich kehrte der Speichel in seinen Mund zurück, und er konnte wieder sprechen.

«Miss Dent?»

«Ja.»

«Was wollen Sie?»

«Ich will mit Ihnen sprechen.»

«Sie können doch in mein Büro kommen.»

«O nein. Das habe ich zwei Wochen lang jeden Tag versucht.»

«Wir könnten einen Termin ausmachen.»

«Nein», sagte sie. «Ich glaube, wir können auch hier reden. Ich habe Ihnen einen Brief geschrieben, aber ich war zu krank, um ihn zur Post zu bringen. Ich habe ihm alle meine Gedanken anvertraut. Ich reise gern. Ich liebe Züge. Aber leider konnte ich es mir nie leisten zu reisen. Ich nehme an, daß Sie dieses Panorama jeden Abend sehen und es schon nicht mehr wahrnehmen, aber für jemanden, der lange im Bett war, ist es sehr hübsch. Manche sagen, daß er gar nicht in dem Fluß und in den Bergen ist, aber ich glaube doch, daß er es ist. ‹Wo wird man Weisheit finden›, heißt es. ‹Wo ist der Ort des Verstehens? Die Tiefe sagt, nicht in mir, das Meer sagt, nicht in mir. Vernichtung und Tod sagen, wir haben die Kraft mit unseren Ohren vernommen.›

Oh, ich weiß, was Sie denken», sagte sie. «Sie denken, ich bin verrückt, und ich bin wieder einmal krank gewesen, aber es geht mir schon besser. Ich fühle mich viel besser, wenn ich mit Ihnen reden kann. Ich war die ganze Zeit, bevor ich bei Ihnen anfing, im Krankenhaus, aber sie haben gar nicht erst versucht, mich zu heilen, sie wollten mir nur mein Selbstvertrauen nehmen. Drei Monate bin ich jetzt schon ohne Arbeit. Selbst wenn ich Sie umbringen muß, könnte mir niemand etwas tun, mich höchstens ins Krankenhaus zurückbringen. Sie sehen also, ich habe keine Angst. Aber wir wollen uns noch ein bißchen länger ruhig verhalten. Ich muß mich sammeln.»

Der Zug setzte seine langsame Fahrt am Flußufer entlang fort, und Blake versuchte sich krampfhaft auf einen Ausweg zu besinnen, aber die unmittelbare, lebensgefährliche Bedrohung machte das schwierig, und anstatt vernünftig nachzudenken, überlegte er, wie er es hätte vermeiden können, sich überhaupt mit ihr einzulassen. Aber während er Reue in sich hochsteigen fühlte, merkte er zugleich, wie wenig sie jetzt noch nützte. Er hätte jetzt ebensogut bedauern können, daß er nicht hellhöriger gewesen war, denn sie hatte ihren langen Krankenhausaufenthalt erwähnt. Ihre Schüchternheit hätte ihn warnen müssen, ihr Mangel an Selbstvertrauen und ihre Handschrift, die wie die Spur eines Tieres aussah. Es hatte wenig Sinn, jetzt wegen dieser Fehler mit sich selbst ins Gericht zu gehen, und vielleicht zum erstenmal, seit er erwachsen war, lernte er die Macht der Reue kennen. Durch das Abteilfenster sah er Männer in dem dunklen Fluß angeln und erblickte ein baufälliges Bootshaus, das aussah, als sei es aus angeschwemmten Brettern zusammengenagelt worden.

Mr. Watkins war eingeschlafen. Er schnarchte. Mrs. Compton las die Zeitung. Der Zug ächzte, wurde langsamer und hielt schließlich an der nächsten Station. Blake konnte den anderen Bahnsteig sehen, auf dem ein paar Reisende warteten, um in die Stadt zu fahren: ein Arbeiter mit einem Eßgeschirr, eine ziemlich aufgetakelte Frau und eine Frau mit einem Koffer, jeder für sich alleine. Auf der Wand hinter ihnen klebten ein paar Reklameplakate. Auf dem einen trank sich ein Paar mit Wein zu, daneben hingen ein Bild mit Gummiabsätzen der Firma Cat's Paw und das Foto einer hawaiianischen Tänzerin. Ihr fröhlicher Appell schien kaum bis zu den Wasserpfützen auf dem Bahnsteig zu reichen. Der Bahnsteig und die Leute darauf wirkten verlassen. Der Zug verließ den Bahnhof und fuhr durch die weitverstreuten Lichter einer ärmlichen Wohngegend hinein in die Dunkelheit der Flußlandschaft.

«Ich möchte gern, daß Sie meinen Brief lesen, bevor wir in Shady Hill sind», sagte sie. «Er liegt auf dem Sitz. Heben Sie ihn auf. Ich hätte ihn an Sie abgeschickt, aber ich war zu krank, um das Haus zu verlassen. Ich bin zwei Wochen lang nicht draußen gewesen. Seit drei Monaten bin ich ohne Stelle. Ich habe außer mit meiner Zimmerwirtin mit niemandem gesprochen. Bitte lesen Sie meinen Brief.»

Er nahm den Brief vom Sitz, wo sie ihn hingelegt hatte. Das billige Papier fühlte sich scheußlich und schmutzig an. Es war ein paarmal zusammengefaltet. «Mein lieber Ehemann», hatte sie in ihrer verrückten Handschrift geschrieben, «es heißt, die menschliche Liebe führe zur göttlichen Liebe empor, ob das wahr ist? Ich träume jede Nacht von dir. Ich habe ein schreckliches Verlangen nach dir. Ich habe schon immer die Gabe gehabt zu träumen. Am Dienstag habe ich von einem Vulkan geträumt, der Blut spie. Als ich im Krankenhaus war, haben sie gesagt, sie wollten mich gesund machen, aber sie wollten mir nur mein Selbstbewußtsein nehmen. Sie wollten nur, daß ich vom Nähen und Körbeflechten träumte, aber ich habe mir meine Gabe zu träumen bewahrt. Ich kann hellsehen. Ich kann voraussagen, wann das Telefon klingelt. Ich habe in meinem ganzen Leben keinen wirklichen Freund gehabt…»

Der Zug hielt erneut. Wieder der gleiche Bahnsteig, das Bild mit dem trinkenden Paar, dem Gummiabsatz und der Tänzerin aus Hawaii. Plötzlich drückte sie ihr Gesicht wieder ganz nah an seins heran und flüsterte ihm ins Ohr: «Ich weiß, was Sie denken. Ich sehe es Ihrem Gesicht an. Sie denken, Sie können mir in Shady Hill entwischen, nicht wahr? Oh, seit Wochen plane ich diesen Ausflug. Ich konnte an nichts anderes denken. Ich tue Ihnen nichts, wenn Sie mich reden lassen. Ich habe über Teufel nachgedacht. Ich meine, wenn es auf dieser Welt Teufel gibt, wenn es Leute in dieser Welt gibt, die das Böse verkörpern, ist es dann nicht unsere Pflicht, sie auszurotten? Ich weiß, daß Sie immer nur auf Kosten schwacher Menschen leben. Das kann ich ganz genau sehen. Manchmal denke ich, daß ich Sie töten sollte. Manchmal denke ich, daß Sie das einzige Hindernis zwischen mir und meinem Glück sind. Manchmal…»

Sie berührte Blake mit dem Revolver. Er fühlte die Mündung an seinem Bauch. Die Kugel würde aus dieser Entfernung nur ein kleines Einschußloch hinterlassen, aber aus seinem Rücken würde sie ein Stück, so groß wie ein Fußball, reißen. Er erinnerte sich an die unbestatteten Toten, die er im Krieg gesehen hatte. Die Bilder überstürzten sich: Eingeweide, Augen, umhergestreute Glieder, Kot und anderer Unrat.

«Alles, was ich je im Leben wollte, war ein bißchen Liebe», sagte sie. Der Druck der Revolvermündung gegen seinen Bauch ließ nach. Mr. Watkins schlief immer noch. Mrs. Compton saß ganz still, die Hände gefaltet. Der Wagen wiegte sich sanft, und die Überzieher und die pilzfarbenen Regenmäntel, die zwischen den Fenstern hingen, schwangen leicht hin und her. Blakes Ellbogen ruhte auf dem Fensterbrett, und sein linker Fuß stand auf dem Gehäuse der Dampfheizung. Im Abteil roch es wie in einem trostlosen Klassenzimmer. Die Fahrgäste schienen zu schlafen oder vor sich hin zu dösen, und Blake hatte das Gefühl, daß er nie mehr dem Geruch warm gewordener nasser Kleidung und dem trüben Licht entkommen würde. Er versuchte die kalkulierten Selbsttäuschungen zu mobilisieren, mit denen er sich bisweilen aufheiterte, aber er brachte nicht die Kraft auf, sich Hoffnungen oder Illusionen zu machen.

Der Schaffner steckte seinen Kopf zur Tür herein und rief: «Shady Hill, nächste Haltestelle Shady Hill.»

«Also», sagte sie. «Sie gehen jetzt vor mir her.»

Mr. Watkins wachte plötzlich auf und lächelte Mrs. Compton zu, die ihre Pakete mütterlich um sich scharte. Sie gingen zur Tür. Blake stellte sich dazu, aber keiner der beiden sprach ihn an, noch schienen sie die Frau hinter ihm zu bemerken. Der Schaffner stieß die Tür auf, und Blake sah auf der Plattform des nächsten Wagens einige Nachbarn, die ebenfalls den Eilzug verpaßt hatten. Geduldig und müde warteten sie in dem trostlosen Licht auf das Ende ihrer Fahrt. Er hob den Kopf, sah das verlassene Landhaus vor der Stadt, an einen Baum genagelt das Schild BETRETEN VERBOTEN, dann kamen die Öltanks. Die Betonpfeiler der Brücke glitten so dicht an der geöffneten Tür vorüber, daß er sie hätte anfassen können. Die ersten Lampenmasten auf dem Bahnsteig für die Züge in nördlicher Richtung gerieten ins Blickfeld, das Schild Shady Hill in Schwarz und Gold, dann die kleine Grünfläche und das Blumenbeet, die vom Verein für Verschönerung des Stadtbilds unterhalten wurden, und schließlich der Taxistand und eine Ecke des altmodischen Lagerschuppens. Es hatte wieder angefangen zu regnen, es goß in Strömen. Er hörte das Rauschen der Fluten des Wassers und sah, wie sich die Lichter in den Pfützen und auf dem glänzenden Pflaster spiegelten. Das träge Rauschen und Tropfen weckte in seinem Innern ein Gefühl der Geborgenheit, so leise und eigentümlich, das es in einer Zeit seines Lebens zu wurzeln schien, an die er sich nicht mehr erinnern konnte.

Er ging die Treppe hinunter, die Frau in seinem Rükken. Ungefähr ein Dutzend Autos warteten mit laufendem Motor vor dem Bahnhof. Aus den anderen Eisenbahnwagen stiegen einige Leute, die meisten erkannte er, aber niemand bot sich an, ihn mitzunehmen. Eiligen Schrittes gingen sie einzeln oder paarweise durch den Regen auf den überdachten Bahnsteig zu, dorthin, wo die Autos hupend auf sich aufmerksam machten. Es war Zeit, nach Hause zu kommen, Zeit für einen Cocktail, für die Liebe, für das Abendessen, und im Regen sah er die Lichter auf der Anhöhe, wo Essen gekocht wurde, wo man Geschirr wusch und Kinder badete. Ein Auto nach dem anderen nahm das jeweilige Familienoberhaupt auf, bis nur noch vier Personen übrig waren. Zwei der angespülten Reisenden fuhren in dem einzigen Taxi, das es in dem Ort gab, davon. «Entschuldige, Liebling», sagte eine Frau zärtlich zu ihrem Mann, als sie mit ein paar Minuten Verspätung vorfuhr. «Unsere ganzen Uhren gehen nach.» Der letzte sah auf seine Uhr, dann auf den Regen und marschierte los, und Blake blickte ihm mit einem Gefühl nach, als müßten sie Abschied nehmen – keinen Abschied von Freunden nach einer Party, sondern einen unerbittlichen und unfreiwilligen Abschied von ganzem Herzen und von ganzer Seele. Die Schritte des Mannes waren noch zu hören, während er über den Parkplatz zum Bürgersteig ging, dann war er verschwunden. Im Stationsgebäude begann ein Telefon zu läuten. Es klingelte laut, in gleichmäßigen Abständen, und niemand nahm ab. Der Anrufer wollte wissen, wann der nächste Zug nach Albany fuhr, aber Mr. Flannagan, der Stationsvorseher, war vor einer Stunde nach Hause gegangen. Bevor er ging, hatte er noch alle Lichter angemacht. Sie brannten in dem leeren Wartesaal. Sie brannten, in ihren Blechtrichtern, den ganzen Bahnsteig entlang, eine triste, überflüssige Beleuchtung, die die hawaiianische Tänzerin, das trinkende Paar und die Gummistiefel aus dem Dunkel hob.

«Ich bin noch nie hier gewesen», sagte sie. «Ich habe es mir ganz anders vorgestellt. Ich hätte nicht gedacht, daß es so armselig aussieht. Wir wollen aus dem Lichtschein raus. Gehen Sie da rüber.»

Ihm taten die Beine weh. Er fühlte sich schwach. «Los, gehen Sie», sagte sie.

Auf der Nordseite des Bahnhofs lagen ein Güterschuppen, eine Kohlenhalde und eine Bucht, in der der Fleischer, der Bäcker, und der Tankstelleninhaber ihre kleinen Boote vertäut hatten, auf denen sie sonntags zum Angeln hinausfuhren. Jetzt waren sie bis zum Rand voll mit Regenwasser. Als er auf den Güterschuppen zuging, sah er, wie sich am Boden etwas bewegte. Er hörte ein Rascheln und erkannte, daß es eine Ratte war, die ihren Kopf aus einer Tüte zog, um ihn anzustarren. Die Ratte nahm die Tüte zwischen die Zähne und zerrte sie in einen Abzugskanal.

«Halt», sagte sie. «Drehen Sie sich um. Oh, eigentlich sollte ich Mitleid mit Ihnen haben. Sie müßten nur einmal Ihr jämmerliches Gesicht sehen. Aber Sie wissen nicht, was ich durchgemacht habe. Ich habe Angst, am Tage rauszugehen. Ich habe Angst, der blaue Himmel stürzt über mir zusammen. Ich bin wie die arme Hausmaus. Ich bekomme erst wieder Mut, wenn es dunkel wird. Aber im ganzen gesehen, bin ich immer noch besser dran als Sie. Ich träume wenigstens hin und wieder noch etwas Schönes. Ich träume von Picknicks, vom Himmel und davon, daß alle Menschen Brüder sind, von Schlössern im Mondschein, einem weidenbestandenen Flußlauf und von fremden Städten, und immerhin weiß ich mehr von der Liebe als Sie.»

Vom dunklen Fluß her hörte er das Dröhnen eines Außenbordmotors, ein Geräusch, das eine so deutliche und herrliche Spur von Erinnerungen an vergangene Sommer und gewesene Freuden durch das dunkle Wasser zog, daß er eine Gänsehaut bekam, und er dachte an die Dunkelheit in den Bergen und an Kindergesang. «Sie wollten mich gar nicht gesund machen», sagte sie. «Sie...» Das Geräusch eines Zuges, der von Norden kam, übertönte ihre Stimme, aber sie sprach immer weiter. Der Krach drang in seine Ohren, und Fenster rauschten vorbei, hinter denen die Leute saßen, tranken, schliefen und lasen. Als der Zug hinter der Brücke verschwunden war, verebbte der Lärm, und er hörte sie auf ihn einschreien. «*Auf die Knie!* Auf die Knie! Tun Sie, was ich sage. *Auf die Knie!*»

Er kniete sich hin. Er ließ den Kopf sinken. «Gut», sagte sie. «Sie sehen, wenn Sie machen, was ich sage, tue ich Ihnen nichts, denn ich will Ihnen im Grunde gar nichts antun, ich will Ihnen helfen, aber wenn ich Ihr Gesicht sehe, kommt es mir manchmal so vor, als könnte ich Ihnen gar nicht helfen. Manchmal habe ich das Gefühl, wenn ich liebevoll und gesund und gut wäre – oh, viel besser noch, als ich es jetzt bin –, manchmal habe ich das Gefühl, wenn ich das alles wäre und noch jung und schön dazu, und wenn ich Sie anriefe, um Ihnen den rechten Weg zu weisen, so würden Sie mir doch nicht folgen. Oh, ich bin besser als Sie, ich bin besser als Sie, und ich sollte meine Zeit, mein Leben nicht auf diese Weise verschwenden. Mit dem Gesicht in den Dreck. *Mit dem Gesicht in den Dreck!* Tun Sie, was ich sage. Das Gesicht in den Dreck!» Er fiel vornüber in den Schmutz. Der Kohlenstaub rieb ihm das Gesicht auf. Er legte sich auf die Erde und weinte. «Jetzt geht es mir besser», sagte sie. «Jetzt bin ich mit Ihnen fertig, jetzt bin ich mit all dem fertig, denn, sehen Sie, in mir ist noch Güte und Vernunft, die ich jetzt wiederfinden und gebrauchen kann. Ich bin endlich fertig.» Dann hörte er, wie sich ihre Schritte auf dem ungepflasterten Boden entfernten. Auf der festen Oberfläche des Bahnsteigs waren sie noch einmal deutlich zu hören. Dann wurde es still. Er hob den Kopf. Er sah, wie sie die Holzstufen der Fußgängerbrücke hinaufstieg, die Brücke überquerte und auf dem anderen Bahnsteig wieder hinunterging. Ihre Gestalt wirkte in dem trüben Licht klein, durchschnittlich und ungefährlich. Er erhob sich aus dem Schmutz – vorsichtig zuerst, bis er an ihrer Haltung, an ihrem Blick merkte, daß sie ihn vergessen hatte. Daß sie alles, was sie hatte tun wollen, getan hatte und daß er jetzt vor ihr sicher war. Er stand auf und hob den Hut auf, der auf den Boden gefallen war, und ging nach Hause.

FREUDEN DER EINSAMKEIT

Eines Abends, als Ellen Goodrich gerade vom Büro in ihr Zimmer in Chelsea zurückgekommen war, hörte sie ein leises Klopfen an der Tür. Sie war mit niemandem in der Stadt näher bekannt und hatte keine Ahnung, wer es sein könnte. Als sie die Tür öffnete, sah sie zwei kleine Jungen auf dem Flur stehen. Sie schätzte sie auf zehn oder elf. Sie waren zu dünn angezogen und zitterten vor Kälte.

«Wohnt Florence Valle hier?» fragte einer von ihnen.

«Ich kenne niemanden dieses Namens», sagte Ellen.

«Vielleicht, wenn ihr die Hauswirtin fragt – sie wohnt im ersten Stock.»

«Wir suchen Florence Valle. Sie ist seine Cousine», sagte der zweite Junge und zeigte auf seinen Freund. «Sie hat hier gewohnt...»

«Es tut mir sehr leid», sagte Ellen, «aber ich kenne sie nicht.»

«Vielleicht ist sie umgezogen», sagte er. «Und dabei haben wir so'n weiten Weg gehabt...»

Ellen hatte nur sehr selten das Gefühl, sich Mitleid oder Anteilnahme für andere Leute leisten zu können, aber die Jungen sahen verängstigt und durchgefroren aus, und ihre Hilfsbereitschaft war stärker als ihre Zurückhaltung. Sie merkte, daß sie an ihr vorbei ins Zimmer sahen und eine Schachtel mit Süßigkeiten anstarrten, die dort stand. Als sie sie aufforderte, sich ein Stück zu nehmen, lehnten sie mit so überaus schüchterner Höflichkeit ab, daß sie sie am liebsten in die Arme genommen hätte. Sie schlug vor, sie sollten sich jeder ein Stück mit nach Hause nehmen, und ging ins Zimmer, um die Schale zu holen. Sie kamen hinter ihr her.

«Sie haben 'ne hübsche Wohnung hier, Miss.»

«Ja, Sie haben 'ne hübsche Wohnung hier.»

Sie hatten schmale und ernsthafte Gesichter, und ihre Stimmen waren heiser.

«Habt Ihr denn keine Mäntel, Jungens?» fragte sie. «Lauft ihr so dünn angezogen in der Kälte herum?»

«Wir haben keine Mäntel, Miss.»

«Ihr erkältet euch bestimmt, wenn ihr so herumlauft.»

«Wir haben keine Mäntel.»

Sie sagten ihr, wie sie hießen und wie alt sie wären, als sie danach fragte, und erzählten ihr, daß sie in der unteren East Side wohnten. Sie war schon selbst durch die Slums gegangen und konnte sich vorstellen, in welchem Schmutz und welcher Verkommenheit sie lebten. Während sie sich mit ihnen unterhielt, erwischte sie sich auf einmal bei dem Gedanken, daß sie seit über einem Jahr zum erstenmal jemand anderen als die Hauswirtin in ihr Zimmer gelassen hatte. Es machte ihr Freude, die Jungen da zu haben, und sie stellte ihnen immer neue Fragen, bis der erregte Ton ihrer eigenen Stimme sie auf einmal aufhorchen ließ. Sie stockte. «Ich glaube, ihr geht jetzt am besten», sagte sie. «Ich habe noch was zu tun.» Sie bedankten sich für die Süßigkeiten und drückten sich aus dem Zimmer. Im ganzen hinterließ ihr die Begegnung ein beglückendes Gefühl der eigenen Großmut.

Ellen war kein großmütiger Mensch. Sie wohnte in dem Mietshaus in Chelsea, um soviel wie möglich von ihrem

Gehalt auf der Bank hinterlegen und sich später davon eine Rente kaufen zu können. Es war ihr immer schwergefallen, Freunde zu finden. Während der zehn Jahre, die sie jetzt in New York lebte, hatte sie oft unter ihrer Einsamkeit gelitten, aber inzwischen hatte sie sich so gemütlich in dieser Einsamkeit eingerichtet, daß diese Leiden längst vergessen waren. Sie konnte rücksichtslos gegen sich selbst und andere sein. Ihre Mutter hatte einmal brieflich bei ihr angefragt, ob sie ihrem jüngsten Bruder nicht mit einem Darlehen aushelfen könne. «Ich glaube», hatte Ellen zurückgeschrieben, «es ist besser für Harold, wenn er auch einmal schlechte Zeiten durchmacht. Erst wenn man schon einmal in Bedrängnis geraten ist, weiß man den Wert des Geldes richtig zu würdigen. Ich will nicht behaupten, daß ich arm bin, aber das wenige, was ich auf der Bank habe, habe ich unter großen Opfern zurückgelegt, und ich habe keineswegs die Absicht, es Harold zu leihen, der das, wie wir alle wissen, ebensogut hätte schaffen können, wenn er sich nur etwas Mühe gegeben hätte. Ich glaube, er ist es dir schuldig, mehr zu erreichen als ich, denn schließlich habt ihr, Du und Vater, mehr auf seine Erziehung verwendet als auf meine.» Damals war sie achtundzwanzig.

Als die Jungen an diesem Abend gegangen waren, vertauschte Ellen ihr Kleid mit einem Morgenrock und kochte sich etwas zum Abendessen. Der kalte Wind rüttelte an den Fenstern, so daß sie allen Grund hatte, sich in ihrem warmen, hellen Zimmer wohl zu fühlen. Sie wusch ab, setzte sich dann hin und las ein Buch aus der Leihbibliothek. So verbrachte sie ihre meisten freien Abende, und sie war sehr stolz darauf, daß sie sich dabei nicht mehr unruhig und einsam fühlte. Ihre Gedanken kehrten jedoch immer wieder zu den beiden Jungen zurück. Sie sah ihre schmalen, ernsthaften Gesichter vor sich, und wenn sie daran dachte, wie sie in der Kälte herumliefen, wurde sie von Trauer und Mitleid ergriffen. Ihr nicht eben abwechslungsreiches Leben verleitete sie dazu, den wenigen aus dem Rahmen fallenden Ereignissen unverhältnismäßige Bedeutung beizumessen. Sie hatte das bestimmte Gefühl, daß diesem zufälligen Zusammentreffen irgendeine Absicht, irgendein Zweck zugrunde läge.

Eine Woche später klopfte es um die gleiche Stunde an der Tür, und die Jungen standen wieder auf dem Flur.

«Wir kommen hier gerade vorbei.»

«Da dachten wir, wir könnten mal reingucken.»

«Schön, ich bin sehr froh, daß ihr raufgekommen seid», sagte Ellen, und dabei fiel ihr ein, daß die andern Mieter, deren Türen auf den Flur hinausgingen, ihre Stimme hören konnten. Es war ja nichts Unrechtes an dem, was sie tat, aber gleichzeitig wollte sie die andern Mieter nicht wissen lassen, daß sie fremde Jungen in ihr Zimmer ließ, also machte sie erst die Tür hinter ihnen zu, ehe sie weitersprach. «Ich bin sehr froh, daß ihr raufgekommen seid», wiederholte sie. Sie forderte sie auf, sich zu setzen. Dann wollte sie ihnen etwas Coca-Cola zu trinken geben, aber das kam ihr doch etwas übertrieben vor. Sie erzählten ihr, sie seien Italiener, und sie fragte sie, ob sie wüßten, wie man Kalbfleisch *parmigiana* zubereite, etwas, was sie immer schon gern gewußt hätte. Sie wußten es auch nicht, erzählten ihr aber von andern italienischen Gerichten. Einer der Jungen, der ältere, schien sich für einige Nippsachen auf Ellens Frisiertisch zu interessieren, und sie zeigte sie ihm. Der Jüngere zog einen Zigarettenstummel aus der Tasche und zündete ihn an.

«Bist du nicht noch zu jung, um zu rauchen?» fragte Ellen.

Er warf einen Blick auf seinen Freund, und beide kicherten. Ellen errötete. Ihr Gelächter und die Blicke, die sie wechselten, beunruhigten sie. «Die hier heißen Maracas», sagte sie nervös und zeigte auf ein Paar bemalter Maracas, die an der Wand hingen. «Ich hab sie 1933 auf einer Kreuzfahrt durch die Karibik gekauft. Sie werden da als Orchesterinstrumente verwendet.»

Seit dem Zwischenfall mit der Zigarette schienen die Jungen sich schon wesentlich mehr zu Hause zu fühlen. Ellen hätte sie wegschicken können, aber sie zögerte. Der Jüngere drückte seine Zigarette in ihrer Stecknadelschale aus, und sie sah es mit an, ohne ein Wort zu sagen. Sie war so gehobener Stimmung, daß sie sich selbst nicht wiedererkannte. Sie erzählten ihr von ihren Familien, von ihren Schwestern, verschlagene und anrüchige Geschichten, die sie sich eigentlich hätte verbitten müssen. Nach Ablauf einer halben Stunde schickte sie sie weg. Sie waren schon einige Zeit fort, als sie merkte, daß ihr Portemonnaie nicht mehr da war.

Wenn sie zu diesem Zeitpunkt noch im Zimmer gewesen wären, hätte sie sie ermorden können. Sie packte eine Stuhllehne und hielt sie fest umklammert, bis ihr Arme und Schultern weh taten. «Sie brauchen nicht zu stehlen!» schrie sie. «Sie brauchen nicht zu stehlen! Das brauchen sie doch nicht!» Sie warf sich auf das Bett und weinte lange Zeit. Als sie sich wieder aufgerichtet hatte, entwarf sie im stillen eine Predigt über die Ehrlichkeit und malte sich aus, wie sie sie ihnen vortragen würde. Sie dachte daran, die Polizei zu verständigen, aber wenn sie den Vorfall so zu schildern versuchte, als spräche sie mit der Polizei, klang er alles andere als überzeugend, eher verdächtig. Sie ging ins Badezimmer und wusch sich mit einem kalten Lappen das Gesicht. «Sie brauchen nicht zu stehlen», sagte sie. «Sie brauchen nicht zu stehlen. Ich hätte ihnen Geld gegeben, wenn sie Geld brauchen.» Sie lief im Zimmer auf und ab und redete aufgebracht mit sich selbst.

Am Morgen faßte Ellen den Entschluß, sich die Jungen aus dem Kopf zu schlagen; es war besser, die fünfzehn oder zwanzig Dollar zu verlieren, die sie im Portemonnaie gehabt hatte, als ihren Seelenfrieden. Normalerweise konnte sie die Dinge vergessen, die ihr Verdruß bereiteten, aber diesmal war es nicht so leicht. Sie wurde das heimliche Gefühl nicht los, daß sie irgendeinen Fehler gemacht hätte, der ihre gesamte Lebensauffassung in Frage stellte. Ein paar Tage später, an einem Mittwoch abend, klopfte es wieder an der Tür. Sie öffnete und sah die beiden Jungen auf dem Flur stehen.

Sie hätte darauf gefaßt sein müssen. Sie hatte sich oft genug zurechtgelegt, was sie sagen wollte, aber als sie jetzt zu sprechen versuchte, fiel ihr nichts ein. «Kommt rein», sagte sie schließlich. «Kommt rein, ihr beiden. Ich hab mit euch zu reden.» Sie folgten ihr in das Zimmer. «Ihr braucht nicht zu stehlen», sagte sie. «Ihr müßtet doch wissen, daß ihr nicht zu stehlen braucht.»

Sie sprach mit lauter Stimme und zitterte so, daß sie sich an die Wand lehnen mußte. «Wenn ihr Geld braucht, wenn ihr wirklich etwas braucht, gibt es auch ehrliche Mittel und Wege, zu Geld zu kommen. Ihr habt mein Portemonnaie gestohlen. Als ihr letztesmal hier wart.»

«Wir haben nichts gestohlen, Miss.»

«Wir sind keine Diebe.»

«Also, es hat keinen Zweck, hier rumzustehen und sich deswegen zu streiten», sagte sie. «Macht, daß ihr rauskommt.»

«Gebense uns fünf Dollars, Miss.»

«Raus mit euch», sagte Ellen. «Raus hier, sonst ruf ich die Polizei!»

Sie drückten sich aus dem Zimmer, und sie schloß die Tür, verriegelte sie und horchte, ob sie auch den Flur hinuntergingen. In der Nacht träumte sie von ihnen. Sie konnte sich nachher nicht mehr an alle Einzelheiten des Traumes deutlich erinnern, aber als sie aufwachte, war sie bedrückt und verängstigt. Die ganze übrige Woche schlief sie unruhig. Am Freitag spürte sie eine aufkommende Erkältung und bat um die Erlaubnis, schon mittags nach Hause gehen zu dürfen. Sie holte sich ein Buch aus der Leihbibliothek und kaufte etwas fürs Abendessen ein.

Trotz ihrer Unpäßlichkeit genoß sie ihr Alleinsein an diesem Nachmittag wie schon lange nicht mehr. Sie las bis zum Einbruch der Dunkelheit. Ehe sie das Licht andrehte, ging sie zum Fenster, um das Rollo herunterzulassen. Zwischen ihrem Fenster und den Hinterhöfen wirbelten die Schneeflocken schräg durch die Luft. Sie nahm ein Bad und ging um sieben mit leichtem Fieber ins Bett. Sie war schon halb eingeschlafen, als sie sie an die Tür klopfen hörte. Sie entsann sich dunkel, daß sie vergessen hatte, den Riegel vorzuschieben. Eine Weile hörte sie sie auf dem Flur miteinander reden, dann klopften sie noch einmal und drückten die Tür auf. Als sie sie auf dem Bett liegen sahen, kamen sie hinüber und starrten sie an.

«Krank, Miss?»

«Bitte, laßt mich in Ruhe», sagte sie schwach. «Bitte, geht.»

«Wir brauchen Geld, Miss.»

«Seht ihr nicht, daß ich krank bin?» sagte sie. Es kostete sie Mühe zu sprechen. «Bitte, geht. Ich hab kein Geld.»

Einer von ihnen sah ihr Portemonnaie auf dem Tisch liegen. Er ging darauf zu, entfernte die Kleingeldtasche und fing an, die Scheine herauszunehmen. Sie sprang aus dem Bett und schlug ihn, aber er hatte das Geld schon in der Hand. Sie versuchte, es ihm wegzunehmen, aber er war stärker als sie, er konnte seine Hand freimachen, und beide Jungen rannten aus dem Zimmer und den Flur hinunter. Sie stand auf dem Flur und schrie «Mrs. Duval! Mrs. Duval!» Niemand antwortete, und sie warf sich auf das Bett, zu elend und müde, um zu weinen. Zehn Minuten später klopfte die Hauswirtin an die Tür und fragte, was los sei. Ellen sagte, sie glaube ein paar fremde Männer auf dem Korridor gehört zu haben, und der Riegel an der Haustür müsse in Ordnung gebracht werden.

Am nächsten Morgen entschloß sich Ellen umzuziehen. Es fiel ihr nicht leicht, aber sie war verzweifelt. Eins von den Mädchen im Büro empfahl ihr ein Mietshaus in der östlichen siebenunddreißigsten Straße, und Ellen ging noch am gleichen Abend hin und mietete eine Wohnung. Am nächsten Abend brachte sie ihre Besitztümer in einer Taxe hinüber. Das neue Zimmer war nicht so freundlich wie das, aus dem sie ausgezogen war, aber sie tat ihr Bestes, um es gemütlich herzurichten. Irgendwie hatte sie das Gefühl, ein neues Leben anzufangen.

Am nächsten Abend ging sie vom Büro direkt nach Hause. Es regnete in Strömen, und als sie in die siebenunddreißigste Straße einbog, sah sie sie vor dem Haus stehen und zu den Fenstern emporstarren. Der Regen war eisig, und die Jungen trugen weder Hüte noch Mäntel. Sie ging zur vierunddreißigsten Straße hinüber und aß dort zu Abend. Es war acht Uhr, als sie sich auf den Rückweg machte, inzwischen waren sie verschwunden. Sie ging auf ihr Zimmer, stellte ihren Schirm in einen Ständer und vertauschte ihr nasses Kleid mit ihrem Morgenrock. Es klopfte an der Tür, sie öffnete, und sie standen da.

«Woher wißt ihr, daß ich hier wohne?»

«Die Dame in dem andern Haus hat es uns gesagt.»

«Ein für allemal, raus. Laßt mich in Ruhe, laßt mich in Ruhe, verstanden?» Sie ergriff ihren Schirm, nahm alle Kraft zusammen und schlug den Jüngeren damit auf die Schultern. Er fiel auf die Knie und dann auf den Boden, und sie schlug immer weiter auf ihn ein, während der andere anfing, so laut «Hilfe! Polizei! Polizei!» zu kreischen, daß seine Stimme bis auf die Straße zu hören war.

Die Übersetzer

Lore Fiedler

Der Topf voll Gold

Die Sutton-Place-Story

Freuden der Einsamkeit

Jürgen Manthey

Das Wiedersehen

Der Zug um fünf Uhr achtundvierzig

Karin Polz

Marcie Flints Schwierigkeiten

Marito in città

Der Ozean

Die Kur

Das goldene Zeitalter

Der Vorort-Ehemann

Paul Auster

Paul Auster, geboren 1947 in Newark / New Jersey, gilt in Amerika als eine der großen literarischen Entdeckungen der letzten Jahre. Er studierte Anglistik und vergleichende Literaturwissenschaft an der Columbia University und verbrachte danach einige Jahre in Paris. Heute lebt er in New York.

Die New York-Trilogie *Roman*
(rororo 12548)
«Eine literarische Sensation!»
Sunday Times

Mond über Manhattan *Roman*
Deutsch von Werner Schmitz
(rororo 13154)
«Paul Auster ist der vielleicht bedeutendste amerikanische Autor der letzten Jahre; seine literarischen Qualitäten suchen auch hierzulande ihresgleichen.»
Deutschlandfunk

Smoke. Blue in the Face
Zwei Filme
(rororo 13666)

Die Erfindung der Einsamkeit
Deutsch von Werner Schmitz
256 Seiten. Gebunden und als rororo 13585

Mr. Vertigo *Roman*
Deutsch von Werner Schmitz
320 Seiten. Gebunden
«Paul Auster, einer der bekanntesten Vertreter der jüngeren amerikanischen Schriftstellergeneration, scheint seinen europäischen Kollegen weit voraus zu sein: So einfach kann hier noch niemand von der Verwirrtheit der Welt erzählen.»
Süddeutsche Zeitung

rororo Literatur

Das rote Notizbuch
Deutsch von Werner Schmitz
64 Seiten. Pappband
Paul Auster hat in seinem roten Notizbuch über viele Jahre Ereignisse aus seinem Leben und dem Leben von Freunden festgehalten – daraus sind dreizehn unglaubliche Geschichten entstanden.

Die Musik des Zufalls *Roman*
Deutsch von Werner Schmitz
256 Seiten. Gebunden und als rororo 13373

Im Land der letzten Dinge
Roman
Deutsch von Werner Schmitz
200 Seiten. Gebunden und als rororo 13043
«Ein ausgezeichnetes, höchst lesbares Buch. Paul Auster hat sowohl der modernen Literatur als auch unserer Sicht der Welt eine Dimension hinzugefügt.»
The Boston Globe

Leviathan *Roman*
Deutsch von Werner Schmitz
320 Seiten. Gebunden

Harold Brodkey

Harold Brodkey wurde 1930 in Staunton, Illinois, geboren, wuchs in Missouri auf und absolvierte ein Literaturstudium in Harvard. Später ließ er sich als freier Schriftsteller nieder und unterrichtete amerikanische Literatur und Creative Writing in Cornell und an der City University of New York. Für sein Werk wurde er u. a. mit dem begehrten Prix de Rome und zweimal mit dem O. Henry Award ausgezeichnet. Er starb im Januar 1996 in New York an den Folgen von Aids.

Drei nahezu klassische Stories
Unschuld. Engel. Der verschwenderische Träumer
(rororo 13802)

Unschuld *Nahezu klassische Stories Band 1*
(rororo 13156)

Engel *Nahezu klassische Stoeries Band 2*
(rororo 13318)

Profane Freundschaft *Roman*
Deutsch von Angela Praesent
544 Seiten. Gebunden und als rororo Band 22103
Der Roman ist «ein Kunstwerk von atemberaubender Intensität, ein Pandämonium der Leidenschaft wie der Ängst, der Sucht wie der Flucht». *Die Zeit*

Die flüchtige Seele *Roman*
Deutsch von Angela Praesent
1344 Seiten. Gebunden

rororo Literatur

Die Geschichte meines Todes
Deutsch von Angela Praesent
192 Seiten. Gebunden
Nach der Diagnose Aids im Frühjahr 1993 begann Harold Brodkey zu protokollieren, wie die tödliche Krankheit sein Leben veränderte und was sie seinem Körper, seinem Geist, seiner Frau und seinen Freunden antat. Brodkey starb im Januar 1996.
«Der Mensch Harold Brodkey wirkte wie eine Erfindung des Schriftstellers Harold Brodkey. Der Beobachter, der auf die höchste Bewußtseinsgenauigkeit versessen war, hat die Trennung zwischen Leben und Phantasie, zwischen Leben und Werk aufgehoben, wie er die Trennung zwischen Lüge und Sünde aufgehoben hat. Sein Blick auf das Leben war der Blick aus radikaler Nähe». *Süddeutsche Zeitung*

Venedig
Zusammengestellt, übersetzt und mit einem Nachwort von Angela Praesent. Mit Fotos von Guiseppe Bruno.
128 Seiten. Gebunden

Thomas Pynchon

Thomas Pynchon lebt mit unbekanntem Aufenthaltsort in Mexiko und an der amerikanischen Westküste. Er verweigert jegliche Auskunft über sein Privatleben. Nur seine Bücher sollen Zeugen seiner Existenz sein. Die allerdings sorgen für Aufsehen und gelten wie sein Roman «Die Enden der Parabel» als literarische Ereignisse vom Rang eines «Ulysses». Pynchons Helden irren durch ein unentwirrbares Labyrinth von Widersprüchen und Mehrdeutigkeiten, von endlos ineinander verschachtelten und daher nie abschließbaren Geschichten.

Thomas Pynchon, am 8. Mai 1937 in Glen Cove, New York, geboren, studierte zunächst an der Cornell University, Ithaca, Physik, später Geisteswissenschaften. 1959 arbeitete er knapp drei Jahre bei Boeing als technischer Texter. Seitdem ist Thomas Pynchon nur noch in seinen Veröffentlichungen sichtbar.

«Der bedeutendste Romancier in Amerika heute.» George Levine

Die Enden der Parabel *Roman*
(rowohlt jahrhundert 57)
Das Leben als Parabel: Flugbahn zwischen zwei Punkten und der V-Waffen im Zweiten Weltkrieg, die Rakete als Sinnbild besiegter Schwerkraft und hybriden Männlichkeitswahns mit seinen katastrophalen Folgen. Peenemünde, Berlin, Los Angeles: die Tempel böser Geister.

rororo Literatur

V. *Roman*
(rowohlt jahrhundert 52)
Eine ungeheure Weltverschwörung- und Welterschütterungs-Phantasmagorie, die auf den Kopf gestellte Kosmogonie: der wahnsinnig gewordene Leviathan.

Die Versteigerung von No. 49 *Roman*
(rowohlt jahrhundert 84)
Zwei Wirklichkeiten der amerikanischen Welt: Unterhalb der Ebene offizieller Kommunikation existiert ein geheimnisvolles Informations-Netzwerk für Eingeweihte: Oedipa Maas irrt durch Kalifornien auf der Suche nach einer Erbschaft.

Im Rowohlt Verlag ist außerdem lieferbar:

Spätzünder *Frühe Erzählungen*
Deutsch von Thomas Piltz und Jürg Laederach
240 Seiten. Kartoniert.

3264/1

John Updike

Scharfsichtig, komisch, leidenschaftlich schildert **John Updike** die normale Welt des normalen amerikanischen Kleinbürgers. John Updike, geboren 1932 in Shillington, Pennsylvania, studierte in Harvard und Oxford. Er war zeitweise Redakteur des «New Yorker» und schreibt heute noch für das Magazin brillante Essays, Parodien und Kritiken. Seine Romane und Erzählungen fanden ein enthusiastisches Echo und wurden mit zahlreichen angesehenen Literaturpreisen ausgezeichnet. «John Updike reproduziert den Alltag nicht, son-dern er macht ihn, weil er ihn kennt und schreibend durchdringt wie kein anderer, zu einer großen, schönen, traurigen Metapher menschlichen Lebens.» *Ulrich Greiner in «Die Zeit»*

Eine Auswahl der lieferbaren Titel bei rororo:

Amerikaner und andere Menschen *Essays*
(rororo 5850)

Auf der Farm *Roman*
(rororo 12570)

Der Coup *Roman*
(rororo 5667)

Ehepaare *Roman*
(rororo 1488)

Das Gottesprogramm. Rogers Version *Roman*
(rororo 12867)

Heirate mich! *Eine Romanze*
(rororo 4982)

rororo Literatur

Henry Bech *Erzählungen*
(rororo 5448)

Die Hexen von Eastwick
Roman
(rororo 12366)

Die «Rabbit»- Romane: Hasenherz. Unter dem Astronautenmond. Bessere Verhältnisse. Rabbit in Ruhe.
Kassette mit 4 Bänden
(rororo 13553)

S. *Roman*
(rororo 12955)

Vermischtes *Essays*
(rororo 12329)

Der verwaiste Swimmingpool
Erzählungen
(rororo 12680)

Der weite Weg zu zweit
Szenen einer Liebe
(rororo 5777)

Ein Gesamtverzeichnis aller lieferbaren Titel von **John Updike** finden Sie in der *Rowohlt Revue*. Jedes Vierteljahr neu. Kostenlos. In Ihrer Buchhandlung.

3281/3